愿你从此爱情温软，余生温暖

婉兮 ◎ 著

清华大学出版社
北京

内 容 简 介

本书作者——"90后"励志作家婉兮罹患过尿毒症，尽管肾移植手术取得了成功，但身体还是很赢弱。后来，她遇到了此生的"真命天子"——她的"高先生"。在知道她的身体状况的情况下，"高先生"仍义无反顾地牵起她的手，为她戴上了结婚戒指。选择"裸婚"的两个人都以为，只要有爱就可以了。可当工作与生活的压力、家庭的磨合不断"撕扯"着携手前行的两个人时，他们这才发现——婚姻生活，远不是只有爱情就可以支撑的……

在本书中，婉兮用她特有的柔美而不失坚韧的文字，将她对恋爱、婚姻与家庭的心得体会，以及对他人情感经历的见闻感受娓娓道来，字字句句汇聚成治愈的暖流，温暖着围城内外的读者。

图书在版编目(CIP)数据

愿你从此爱情温软，余生温暖 / 婉兮著. —北京：清华大学出版社，2023.9
（2024.11重印）
　ISBN 978-7-302-64364-7

Ⅰ.①愿… Ⅱ.①婉… Ⅲ.①长篇小说—中国—当代 Ⅳ.①I247.5

中国版本图书馆CIP数据核字(2023)第143045号

责任编辑：陈立静
装帧设计：杨玉兰
责任校对：张文青
责任印制：刘　菲

出版发行：清华大学出版社
　　　网　　址：https://www.tup.com.cn，https://www.wqxuetang.com
　　　地　　址：北京清华大学学研大厦A座　　　　邮　　编：100084
　　　社 总 机：010-83470000　　　　　　　　　邮　　购：010-62786544
　　　投稿与读者服务：010-62776969, c-service@tup.tsinghua.edu.cn
　　　质量反馈：010-62772015, zhiliang@tup.tsinghua.edu.cn
印 装 者：三河市春园印刷有限公司
经　　销：全国新华书店
开　　本：148mm×210mm　　　印　　张：9.125　　字　　数：235千字
版　　次：2023年9月第1版　　　印　　次：2024年11月第3次印刷
定　　价：59.00元

产品编号：085121-01

2016 年 5 月 20 日，我跟高先生领了证。

掐指一算，竟然已经七年了，可当天的婚检、拍照、填表、宣誓，依旧历历在目，恍如昨日。

成年人的日子，感觉是加速度的。

学生时代的十几年，漫长得令人无所适从。升学与升学之间，仿佛隔着千山万水，挨过十几年，翻过无数书、写过无数字，漫长得像是过了半辈子。

结婚却不同。

柴米油盐的日子一天接一天，在不经意中，时间就从锅碗瓢盆间倏忽而过。等反应过来，少年夫妻已经有了中年人的模样，他的肚子大了、面容沧桑了，外出吃饭，会被年轻的服务员喊一声"叔叔"；而我的眼角似乎也爬上了隐约的皱纹，护肤品和美容觉都无法再做抵抗。

我和高先生的故事，有一个感天动地的开头。

面对一个肾移植手术后大概率无法生育的姑娘，他义无反顾地要娶我，将未来可能面对的一切问题抛之脑后。

毅然决然地领证。

毅然决然地过日子。

甚至在一段时间里，放弃了生儿育女的打算。

这样的故事，被人们当作爱情典范，值得赞美和传扬。所以，在当年的某档电视节目里，我们也算感动了很多人，成为鲜活的爱情范本，

活在别人的欣赏和祝福中。

但七年后，爱情已经不是褒义词了。

时代发展，社会剧变，人们变得理性而冷静，婚姻也更倾向现实考量。高先生的选择，放在今天或许会被嘲笑，被视为切切实实的"恋爱脑"。

而事实上，我们的七年婚姻，也确实不是童话。其他夫妻经历过的矛盾，我们一样没落下。

比如经济问题、婆媳纷争、观念各异、育儿矛盾，困难一层层叠加，有时也让人怀疑结婚的意义，悔不当初，哭着骂着叫嚷着，"有一百次杀死对方的冲动"。

甚至，动了离婚的心思。

这些纠结、无奈、痛苦和绝望，最后都被我写成了文章，收进了这本书里。

当然，也不全部是负面情绪。

七年中，我们的悲伤和欢喜应该是四六开，甜总能比苦多一点点，快乐总能把忧愁覆盖。也正因如此，我们才坚持到了今天。

当然，靠的不是运气，也不是爱情，而是各自的修行，互相的了解、理解、妥协、接纳和包容。

这些抽象的词语，在领证宣誓当天，民政局的工作人员说过，婚礼前后，父母长辈也说过，但这些词语，非得亲身经历、在婚姻中尝尽酸甜苦辣，才能真正领悟。

而这领悟过程，注定是不轻松的。

所以人们才说，婚姻是一场修行。

好在，我们熬过来了。

结婚第七年，房子有了，孩子也有了，吵架少了，包容和理解多了。按照过来人的说法，我们的婚姻应该是更坚固、更持久了。

反正，我没感觉到"七年之痒"。

我只觉得，如果不发生意外，这辈子，我们应该能够白头偕老。

至于婚姻的感悟和经营，我都写在这本书里了。

不过，这只是一家之言，算不上"婚姻指导"，更谈不上是"金科玉律"。若翻开此书的你能产生共鸣，得到些许慰藉，就已经是我的造化了。

最后，祝每一位读者朋友都"七年不痒，百年好合"！

第一辑
第一次当你老公／老婆，请多指教

领证那天，许多人都会深情款款地说一句："余生，请你多多指教。"因为我们早就知道，余生漫长而艰辛，一起走的两个人，务必要相互关照、相互成全。好老公与好老婆，都不是天生的。

第二辑
历尽人间烟火，愿与你尘世蹉跎

许多人以为领了证，故事就走到了圆满处，王子和公主从此幸福地生活在一起。不幸的是，童话以此为结局，生活却以此为序幕。婚姻需要两个人一起，时时勤拂拭，不使惹尘埃。

第三辑
"大家"与"小家"

　　亲爱的，别对公婆抱有太高期待。当我们不用"你应该、你必须"来定义一段关系，人与人之间就会简单许多。婚姻呢，说到底，还是两个人自己的事情。

第四辑
围城内外

离婚前，请务必做好三种"独立"的准备：经济独立、精神独立、生活独立。如果学不会婚姻经营之道，也没有恰当的自我成长与成就，再结十次婚，也只能哭着从围城里逃出来。

第五辑
对错之间

世间事，哪一件能完美？大部分人，不过是在七八十分的婚姻里，努力寻求九十分的快乐。根本就没有什么"对的人"，只有肯爱、敢爱、会爱的普通人。

第一次当你老公 /
老婆，请多指教

第一辑

领证那天，许多人都会深情款款地说一句："余生，请你多多指教。"因为我们早就知道，余生漫长而艰辛，一起走的两个人，务必要相互关照、相互成全。好老公与好老婆，都不是天生的。

裸婚的第 1283 天

1

高先生娶我，没花一分钱彩礼。

当然，我的嫁妆也为零。

这婚"裸"得彻彻底底：房子是租的；车是电动车；家电选了老牌子里的基本款，床铺、饭桌也只买了我们看过的最便宜的……我们这个崭新的小家庭，组建得简单至极，甚至透着一股寒酸气。

其实也是不得已而为之。当时他创业失败，而我大病初愈。上天安排了两个一无所有的人相爱，仿佛是刻意设置了重重障碍，要考验我们的真心与决心。

我得过尿毒症，倾家荡产做了肾移植手术，物欲早就被病痛磨损得寥寥无几。可我依然忐忑，怕他会在未来可能出现的一切风险面前望而却步。

幸运的是，他没有知难而退，我也没有嫌贫爱富。于是，谈恋爱，领证，把结婚认真提上日程。不过，双方父母都没什么积蓄，我们也不想啃老，便毅然决然裸了婚。

那是 2016 年 5 月 20 日。

520，我爱你，所以房子、车子都靠边儿站，我嫁给爱情就好了！

2

记得领证那天，两人的全部存款加起来，也不过是 1284 元。他开玩笑："以后把这段讲给孩子听，他会觉得爸爸是个疯子，妈妈是个傻子。"

接着，"疯子"和"傻子"刷爆三张信用卡，买了些简单的家具，办了个朴素的婚礼，小日子便磕磕碰碰地过开了。

后来有人问我："你为什么敢裸婚？"

我觉得这个问题，可以用另一个问题来作答——高先生为什么敢娶我？

毕竟，我算不上一个正常人。

体内揣着三颗肾，却只有一颗在工作；月月都得往医院跑，花上一笔钱，检查、开药；怀孕风险极大，生孩子的可能性很低；更要命的是，这颗肾保质期不确定，随时都有撂挑子的可能……

对高先生的决定，几乎所有人都好奇。因为像我这样的姑娘，男人也许会同情怜惜，却不大可能娶回家做老婆。

人嘛，谁不是趋利避害的？谁会主动往未知的风险里凑？

可他却说："人人都会死，难道因为要死就不活了吗？"

这话令我感动，同时也茅塞顿开。

既然死亡是一切的最终指向，那又何必太过在乎身外之物？倒不如听从内心，去过想过的生活，爱想爱的人。

另一方面，我俩都受过高等教育，也都能吃苦耐劳，白手起家想来也不是不可能。

可当锅碗瓢盆摆开、柴米油盐涌来，我们才发现——生活，远没那么简单。

3

第一年的关键词，始终是"还账"。

两人节衣缩食，工资一发便全部填了窟窿，有时还得拆东墙补西墙，几张信用卡相互套现使用。

说不在乎是假的，毕竟是肉体凡胎，追求轻松舒适的好日子，几乎是与生俱来的本能。我们像许多贫贱夫妻一样吵闹争执，被一个"钱"字支使得团团转。

唯一值得庆幸的是，哪怕生活如此窘迫，我们也没想过要离开对方。吵完闹完，依然凑到一块儿合计，该怎样开源节流、怎样把苦日子尽快挨完。

我开始利用业余时间投稿、经营自媒体，他也在下班后重操旧业，接了些平面设计的活儿。他在书房做设计，我就在卧室写稿子。中间隔一个客厅，两人各自忙碌，互不干扰。但心和力，始终都是朝着同一个方向的。

就这样，我们在裸婚400多天后，还完了结婚时欠下的债务，又把买房提上了日程。就在那一年，我出版了第一本书，苦心经营的自媒体也开始盈利。在保证衣食住行的前提下，渐渐有了些积蓄。

好在小县城的房价不算太高，首付在10万元左右，也算是在能力范围之内。于是，在裸婚的第774天，我们交了首付，拿下房子。裸婚第1282天，房子装修完毕。我们终于真正拥有一个家了！

它不大，不豪华，风格还有点混乱，装修过程也出了许多纰漏和瑕疵。但无论如何，那是我们辛苦赚来的，没跟公婆要钱，也没让我爸妈操心。

这就好像衔泥筑巢，两只燕子一趟趟地奔波劳碌，共同努力来建起小窝。辛苦是有的,但我觉得,这是最美好的爱情和婚姻:一砖一瓦有了房,一点一滴有了家。

我也是第一次当你的老公

1

婚后第七天,朋友菲菲就觉得日子过不下去了。

那天吃完晚饭,她嘱咐她的大牛哥洗碗、收拾餐桌。可大牛哥急着出门和兄弟打篮球,嬉皮笑脸地告饶请假,再三保证会在十点前归家,将厨房、餐厅一并收拾干净。菲菲自然是不乐意的,但又不能做一个管头管脚、不给老公自由的母夜叉,只好点头答应。

想不到的是,大牛哥一直磨蹭到了十一点还不见踪影。菲菲打电话去催,听到那一头人声鼎沸,猜到了是几个狐朋狗友约着去喝酒。她怒火中烧,勒令大牛哥半小时内必须出现在她面前。

身边的几个哥们儿大笑,纷纷嘲讽大牛哥成了"耙耳朵妻管严"。好面子的男人一气之下撂了电话,继续大口喝酒、大声划拳,对响个不停的手机置若罔闻。

菲菲气得发抖,打电话向我哭诉,只觉得婚姻摇摇欲坠、难以为继。因为这个男人,竟然抛下她出去鬼混,不接电话、不归家,简直是犯了滔天大罪,她恨不得将婚姻凌迟处死。

我劝她,处于新婚期的年轻夫妇,都少不了这样的磕磕碰碰。第一次做老公的人,难免会小错不断,只要初心不改、真爱尚在,就该

给彼此一些时间，去成长、去完善。

领证那天，许多人都会深情款款地对爱人说一句："余生，请多多指教。"因为我们早就知道，余生漫长而艰辛，一起走的两个人，务必要相互关照、相互成全。好老公与好老婆，都不是天生的。

第二天见面，见到菲菲挽着她的大牛哥招摇过市，我不禁哑然失笑——或许每对夫妻的磨合期都是疼痛伴随着快乐。初为人妇与初为人夫都非易事，好在真心相爱的人，总是愿意去学习怎样成为一个好伴侣。

有人说，我不羡慕街头热吻的情侣，我只羡慕牵手漫步的老人。因为牵手的老人，代表了一生一世不离不弃。我们觉得那样的爱情美，是因为他们走到了我们想要的结局。

我家对面，正好就住着这么一对老夫妻。

每天早晨出门上班，都能遇到晨练回来的两个人，拎着满兜的菜蔬，轻声细语地说着茄子要酱爆、土豆要醋溜、牛肉要红烧。吃完晚饭，也总能看见他们挽着手散步，两个人都是一脸笑容，白发衬着夕阳，让人一看，就想到了"执子之手，与子偕老"，信了天长地久、此情绵绵。

我认为那是婚姻最好的模样，在正当年华时遇见情投意合之人，夫唱妇随，一辈子不红脸、不吵闹，和和美美。所以每当我和老公言语不合起冲突时，我总会疑心自己选错了人，内心的小魔鬼便撺掇着主人歇斯底里、大发雷霆。终于，在一次激烈争吵后，老公摔门而去，我站在过道里大声号哭。

这时，对面的门轻轻打开了。那位慈眉善目的老奶奶探出身，邀我进去坐一坐。我进了门，见到老爷爷正提笔画画，老奶奶端出水果来，开始安慰我。她说："小两口吵架，可别动不动就提离婚。哪一对夫妻不是从吵架、和好里过来的？"

"你们也是吗？"我一脸震惊，不敢相信眼前相视而笑的神仙眷侣，也有摔盆砸碗、过不下去的时候。

"是啊！"老爷爷哈哈笑起来，"做夫妻可不比做工作容易，开始谁都不擅长啊！"

S

时光里的那些老故事，今日说起来已云淡风轻，当年却不见得那么轻松容易。可若要细细讲起来，也无非是些鸡毛蒜皮的小事，让彼此伤了心、生了怨。

老奶奶提起，年轻时的丈夫不解风情，更不知温柔为何物。作为那时的小资女孩，她没少为这个生气。老爷爷却说，开始时，自己并不懂得女性的细腻心思，直到在一起生活了好几年，才真正理解了一朵鲜花对女人的意义。

大部分女性，都注定要在婚姻里遭遇大大小小的失望。他不知道纪念日要送礼物，常忘了早点回家、有人在等，也不晓得主动分担家务……

很多人告诉你，爱你的男人会怎样怎样，却很少有人注意到：从一个大男孩到一个成熟的丈夫，也有一条漫长的路要走，粗枝大叶和马马虎虎，都需要慢慢改正、逐步完善。年轻的小夫妻之间，缺的不是爱，而是宽容、耐心和等待。一步到位的婚姻，并不存在。

毕竟，他也是别人家被宠爱的儿子，就像你是父母的掌上明珠，都曾少不更事、无忧无虑。两个人相知相爱、组建家庭后，要承担起

家庭的责任和重担，身份与角色的转变，当然需要时间来适应和摸索，男人、女人都一样。婚姻的意义，便是将两个半大不小的年轻人从原生家庭中剥离出来，在生活里摸爬滚打，成长为真正的大人。

许多热播剧，比如《金婚》《王贵与安娜》《父母爱情》，讲的都是这个道理。故事里的生活脉络清晰，生活中的故事却模糊不清。我们看得到白头偕老、儿孙满堂，但看不到一地鸡毛和心底的波澜起伏。

任何一场婚姻都不容易，且行且珍惜、走到白头的，才格外令人感慨和敬佩。那个体贴入微的老头子，可能也曾是个懵懵懂懂的愣头青；那个温柔细致的老太太，可能也曾骄纵蛮横，一身公主病。真正爱你的人，不一定把你宠成女儿、尊为皇帝，却一定会为你，成长为一个优秀的丈夫或妻子。

4

步入围城前，谁都有许多美好的幻想，包括我。

当时的婚姻，被我们简单理解为爱情的延续，依旧风花雪月、温柔缱绻。可是实实在在的日子，却被柴米油盐牵绊，被人情世故制衡，被七情六欲左右，不如意事，往往十之八九。

我和老公吵到不可开交时，他总会怒气冲冲地吼："我也是个人，我也有情绪和底线！"

我们都刚刚从烈火烹油的青春里走过来，对生活的看法还略为浅显，对婚姻的认识自然也不够全面，难免会放大自己的委屈而忽略对方的难处。我只顾自己伤心，完全看不到这个大男孩眼中的委屈和难过。气消了一想，他也不过才二十几岁啊，电视剧里那些儒雅大叔的风度翩翩和善解人意，还在时光那头远远地等着他。而我要做的，便是和他并肩同行、跋山涉水、架桥铺路、互相鼓励、互相成就。因为我们结合的初衷,是过上快乐幸福的日子。

一朵含苞欲放的花蕾,要经过风吹雨打、烈日暴晒,才能结出甜美的果实。未经烹饪的食材,要舔过刀口、滚过油锅,才能释放出内里的芳香。人世间的许多道理,说来也不过是历经风雨方可见彩虹。爱情与婚姻里的那些坎坷、磨难,其实也殊途同归。无非是两个年轻人产生了爱情,用尽大半生相依相伴,由青涩懵懂,变得成熟温柔。

婚姻是更高段位的人生修行,其本质正是"成长"二字。世上没有天生的好老公,更没有轻轻松松就走到白头的两个人。多一分宽容去磨合,少一分抱怨去相处。等到红颜老去、双鬓斑白,牵着手夕阳漫步时,肯定也会有年轻的情侣,悄悄指着你们的背影说羡慕。

人生最幸运的事情之一,便是我们在彼此的陪伴和见证下,变成了更好的自己。正如那位老爷爷当年写下的保证书。

"第一次做你的老公,不当之处,请你多多担待。我会慢慢改正错误、争取进步,因为我的愿望,是一辈子做你的老公。"

我不爱做饭,但我爱你

1

我是个狂热的火锅爱好者,恨不得吹着电扇吃涮羊肉的那种。可碍于身体原因,只能对市面上的许多火锅退避三舍。

认识高先生后,他接过我爸妈手中的任务,继续严格管理我的饮食。他掰着手指头一条条说给我听:"火锅嘌呤高,火锅热量高,火锅

脂肪高。三高，你受不了的，不能吃！"

我嗷呜一声，只觉得天地变色、生无可恋。但他的头又凑了过来："不过，我可以在家给你做一个'健康火锅'……"

番茄要选熟透的，青椒一定要新鲜的，嫩姜切片，和蒜瓣爆炒出香味，加入番茄、青椒煮成汤底。他又端上了瘦肉片、青菜、山药、粉条、薄荷，随后一挥手："你可以开吃啦！"

我看了看面前的小碟子，葱花和蒜泥加了芝麻油、酱油拌匀，没有一丁点儿辛辣刺激，和配菜一样，温和滋补，全是为我量身打造的。

番茄锅底煮开，肉片、薄荷扔进去，红红绿绿，一大锅热热闹闹的人间烟火。锅里蒸腾的雾气猛地冲破阴雨天的沉郁，一顿火锅瞬间治愈了我。

因为这是独一无二的、专属于我的、精确到盐放了多少克的火锅。

高先生还改良过干锅鱼和红烧肉，他想方设法将浓郁的口味淡化，少油少盐，在健康的前提下，最大限度地满足我的口腹之欲。

我始终觉得，能满足食欲的爱情才能长久。因为这漫长的一生由无数的欲望连缀而成，那个能让你吃出幸福感的人，更具备和你过好这一生的能力。所以，找个能为你做饭的人很重要。

可从前我并不知道，这位一有空就钻进厨房研究菜谱的高先生，其实特别讨厌油烟味儿。

2

我第一次跟着他回老家，他的父母高兴坏了，拿出陈年的火腿，杀鸡宰鸭，忙前忙后。

我卷起袖子准备帮着干活，未来婆婆却把我推出了厨房："不用你做，你出去看电视就行！"

我犹犹豫豫：“我喊他过来一起干？”

“他？”未来婆婆一笑，"剥蒜、洗菜、收拾桌子还行，炒菜就算了，油烟太重！"

当时我就震惊了，因为他第一次邀请我去吃家常便饭，就做了三个颇为像样的菜，初步塑造了在我心里的厨神形象，想不到……

我急吼吼地跑去客厅找他，低声逼问真相，他扭扭捏捏地承认："当时，我可是练习了好几天才敢喊你吃饭的。"

“那你为什么要这么为难自己？”

“我是不爱做饭，但我爱你啊！希望你吃好喝好、身体棒棒。”

相识之初，我久病初愈，体重不足八十斤。他说第一眼看见我，只觉得眼前的女孩苍白孱弱，需要大量的美味佳肴来养成血肉，健康起来，美丽起来。别人追女孩是送玫瑰、看电影，他追我时，却天天做了饭请我去吃。一荤一素一汤，都是清淡的家常味道，甚至能与我的病症相呼应：山药补肾、鲫鱼滋阴、番茄补充维生素，对症下药一般润养身心。而当我的味蕾被俘虏，心也就自然而然被征服。

舌头连通着心脏，嘴巴里过往的味道，都可以成为幸福的前兆。但我没想到的是，这一切都是他的"别有用心"。可这"别有用心"，真的让人好生感动。

饮食男女表达爱情的最直接方式，大约就是让对方的味蕾和身体都在美食中得到满足。让那爱意隐匿在油盐酱醋里，早早与生活挂上了勾，每一片菜叶、每一根肉丝都在说我爱你，浪漫得实实在在。

3

对一个十指不沾阳春水的娇矜女孩来说，能让她心甘情愿洗手做羹汤的，也无非一个"爱"字。

闺蜜小筠一年前置办了整套炊具，原因是她的宝贝儿子六个月了，到了该添加辅食的时候。她热火朝天地从商场搬回豆浆机、电炖盅以及五花八门的卡通餐具，立誓要做一个超级厨娘。

开始我是不信的。我跟小筠认识十几年了，她家境优渥，向来都是饭来张口、衣来伸手。结婚时，她对老公说："我可不做饭，烧菜油烟滚滚的，不变成黄脸婆才怪！"

于是婚后的小两口吃遍各类饭店、小馆，日子过得逍遥快活。直到孩子的娇嫩肠胃也开始需要五谷杂粮的滋养，可外面再高档的饭店也是不放心的，怕不卫生、怕地沟油、怕一丝一毫的闪失。视做饭为大敌的小筠亲自出马，开始系统学习营养学，废寝忘食地研究各式各样的儿童食谱。

我有点不解："你的妈妈和婆婆，让她们做也可以啊！"

"这你就不懂了吧？因为他是我的孩子啊，我爱他，我乐意给他做好吃的！"小筠一边搅动着电饭煲里的米粥，一边回答我。

那一碗胡萝卜泥熬成的粥，小筠小心翼翼地端着，用小勺子慢慢喂给孩子，还要不时给他擦擦嘴，温声细语地和他说话，虽然他还听不懂。

她的素脸上挂着浅浅的笑，不施一丝脂粉，美甲也已洗去，长发随便挽了个髻，有了过日子的安稳感。

原来，这一生一世的烟火连绵，得用爱去点燃。

1

天生爱做饭的人有，但肯定不多。

因为买菜、洗菜、切菜、做菜，每一项看似轻而易举的程序，做起来都考验耐心、挑战毅力。所以，肯为你下厨做饭、惹一身油烟味儿的人，必定是真心爱你的。

有一部张曼玉主演的旧港片，讲的是一个不可一世的黑社会老大，为了讨女友欢心，从刀光剑影的浴血生涯中抽出空来，威胁酒店大厨，教他做女友最爱吃的番茄猪扒饭。那个凶神恶煞的男人，竟像个认真而又满怀期待的小学生一样，温柔小心地看着心爱的女人大快朵颐。他大可以胁迫大厨做猪扒饭，或一掷千金、买尽城里各式猪扒饭供女友挑选。可深陷爱情里的人，总会有那么一点点傻气和执着，要亲自去菜市场，认真挑选食材、配料，再仔细调和五味，做出你喜爱的佳肴。

只要你吃得开心，我不辞辛苦、不怕麻烦。

想请你吃饭的人很多，但愿意为你做饭的，茫茫人海里也不过寥寥几个。这个人，在我们小时候是妈妈，等我们长大了是另一半。

国人历来含蓄，内心的爱波涛汹涌，说出口的却只有一句"饿了吗？我给你做点吃的"。

方寸之间的厨房，放着油盐酱醋，涌动着酸甜苦辣，日子的鲜活生动，都在锅碗瓢盆的和谐奏鸣里。难怪有人会说，想知道一个家庭好不好，看厨房就可以了。一个热气腾腾的厨房，催生出和乐融融的日子，必定是有人倾注了许许多多的爱。

平凡如你我的饮食男女，难得遇见诗词里惊天动地的死生契阔，那么浓浓爱意，也就只能藏在一粥一饭里了。不需要为你奋勇杀敌，那就杀只鸡，炖成汤、炒成菜，看着你美美地吃下去。

原来，爱才是世间所有心甘情愿的源动力。

总有一个人的出现，能弥补命运对你的所有亏欠

故事的主角是我的三姨，已年近半百。这个年纪，似乎已经和爱情扯不上什么关系了，因为在许多人的五十岁，爱情已被漫长的岁月锤炼升华为浓得化不开的亲情。但我的三姨，在四十多岁时才遇见真正属于她的那个人。

情人节那天，三姨给我打电话，略带一丝娇羞地告诉我，三姨父送了她一部新手机，她绘声绘色地描述姨父把手机藏在身后，趁她不注意猛地拿出来献宝。她的语气里有掩藏不住的自豪与幸福。被宠爱纵容的女人大概都是这样的，骄傲，却也带着羞怯，无论她多大年纪。

1

三姨的故事，开头实在算不上好。

有人说，属羊的女人命不好。这句话在三姨身上，似乎得到了淋漓尽致的体现：生于 20 世纪六十年代末，排行老三，在姐妹众多、生活困苦的大家庭里，得不到太多重视与宠爱。在那个年代，这样的成长方式是极为普遍的，姑娘们活得像一株顽强的野草，风吹日晒下，也能长成美丽明艳的鲜花。

十七八岁时，三姨出落得亭亭玉立。那时候，她认识了邻村一个小伙子。情窦初开的少女，以为自己已经看见了全世界，于是心心念念地想要嫁给那个男人。

当时，三姨的父母，也就是我的外公、外婆很反对这门亲事，不得不说，在婚姻大事上，老人的看法还是相当具有参考意义的。后来的事实证明，外公、外婆看人的眼光极准，当时的三姨父的确不是可托付之人。

可被爱情冲昏头的姑娘哪儿听得进去父母的劝告？尤其是三姨这样一个倔强的姑娘。外公、外婆无奈，最后也只能同意了。

结果当然是不好的。男方家里条件不好，兄弟四人都娶了媳妇，和公婆挤在一间老房子里，磕磕碰碰免不了。性情刚烈的三姨受不了婆婆的刁难，也学不会和妯娌们虚情假意。新婚不久，强烈的失落和不安便席卷而来。更糟糕的是，丈夫和婚前判若两人，酗酒、赌博，对妻子的艰难处境不闻不问。夫妻间矛盾越来越大，即使后来有了孩子，裂痕也在以不可挽回的姿态一天天扩大，直到最后，日子真的无法继续过下去……

2

三姨的女儿还不满三岁便失去了完整的家庭，她的父亲抢到了抚养权，三姨含着泪离开了那个嗷嗷待哺的小姑娘。随后，三姨离开家乡，去了云南省个旧市，投奔她的大姐，也就是我的姨妈，开始了艰难的异地谋生。

九十年代的边疆小城市，经济还在发展的初级阶段，商机似乎遍地皆是。可对一个没文化、也没一技之长的农村妇女来说，在一个陌生城市生存下去并非易事。所幸三姨凭着勤劳坚韧地走过来了，唯一让人觉得遗憾的是，她一直没能找到一个共度一生的伴儿。

其实，在那将近二十年的时间里，也有几个男人陆陆续续从三姨的世界路过，其中有一个男人，三姨几乎完全认定了他，可两人住到一起不久，那个男人一遇到不顺心的事就打骂她。也就是说，这一次，

三姨遇到了传说中的家暴。

有好几次，她鼻青脸肿地逃回姨妈身边，却又被那个男人的花言巧语、跪地求饶哄骗回去。而下一次，是变本加厉的暴打。如此反复，好像掉进了一个死循环。那几年，年迈的外婆几乎为她操碎了心，可不知为什么，三姨就是无法完全摆脱他。

当我慢慢长大，看过人世间各种曲折爱恨，才渐渐明白：所谓"愿得一心人，白首不相离"，三姨不会吟诗，但她的内心存在着这样一种强烈却又难以说出口的期望。只是，遇人不淑。

"遇人不淑"这四个字，似乎将她漫长的前半生都简单地概括了进去。当她完全想通，从那场无望的感情里抽身而退时，已经有了累觉不爱的迹象。

那时，她快四十岁了，脸上已经有了中年人的沧桑，多少脂粉都无法掩盖眼角的皱纹和满脸的疲惫。一个女人的苍老，往往是从心开始的。

3

依然有人给她介绍对象，她都笑着拒绝。有时候她打电话给我，和我絮絮叨叨地聊很久，还会跟我说："姨把这些年挣的钱都给你，等我老了，和你过好不好？"我答应着她，心里有些难过。

直到三姨过了四十岁生日，家人又给她介绍了一个出租车司机。开始时，她是拒绝的，可这位叔叔每天到她的小铺子里帮忙，等她收工后开车送她回家，和她闲话家常。与年轻人浪漫热烈的爱情相比，他们的爱情是春雨般润物细无声。爱情，终究还是在岁月荏苒后姗姗到来了。

这一次，三姨穿上了婚纱，姨父给了她一个极其隆重的婚礼，满足了她在少女时期对婚姻与爱情的所有向往。那天的三姨美丽极了，那样的容光焕发是由内而外透出来的，不需要脂粉点缀，已然倾国倾城。

后来，他们生活得很美满。姨父会在每个纪念日送礼物，会为三姨做好每天三顿饭，三姨也会在深夜里等待跑夜车的姨父回家……每次三姨给我打电话秀恩爱时，我都能从她的笑声里嗅出幸福的味道。

这样的结局，真好。

有句话是这样说的：如果最后是你，晚点真的没关系。

愿你也能遇见那个人，那时的世界将阳光明媚；而你，终会原谅命运所有的亏欠。

老公送的玫瑰，是我开口要来的

1

七夕节快到了，吐槽男人的活动，已经在紧锣密鼓地筹备中。因为主动送花、送口红、送红包的，永远都是别人家的男友和老公。

自家那位呢，好像从来都比时间慢半拍。要等到节日气氛铺天盖地，他才懵懵懂懂地过来问："今天又是什么纪念日？"

等你费尽心思解释完毕，他就淡淡地哦一声，然后该干吗干吗去，丝毫不受影响。

5月20日，朋友小眉因为礼物和男友大吵过一架。

那天是周日，小眉起得很早，认真描眉画眼、梳妆完毕，便含情脉脉地推醒了男友。对方睁开惺忪的睡眼，一脸疑惑地看着小眉说："好

好的，为啥要化妆？"

小眉顿时泄了气，话也懒得多说了，只是恨恨地回一句："睡你的大头觉吧！"

他就真的继续跟周公约会了！

好不容易起床，男友像昨天一样打游戏、看视频、吃外卖，玩得不亦乐乎。到了下午，他才后知后觉地发现女友的脸色不对。

"宝贝，你怎么啦？"

"没怎么。"

"真的吗？"

"真的。"

他放下心来，继续把自己丢进玩乐的小世界。然后，晚饭时间到了，小眉已经悲痛欲绝，看他的眼神，也带着寒意和杀气。

"到底怎么了？我哪里做错了？"男友快崩溃了，语气也急躁起来。

小眉哇的一声哭起来："你不爱我了！今天是 520，你竟然毫无表示，还凶我……"

男友一拍脑袋："呀，我忘了！那你想要个什么礼物？"

"不要！"小眉赌气。男友愧疚，不停地追问，可小眉死活不肯说出自己的真实想法。

然后，又过了几个小时，520 过完了……

小眉伤心了好几天："他怎么就不知道我说的是反话呢？主动表示一下有那么难吗？"

瞧瞧，典型的嘴上说不要，心里却想得不得了。

2

说到这里，请允许我先撒一把"狗粮"。

因为我就是那个七夕节收玫瑰、生日收"1314.520"红包的人。

但你以为礼物是怎么来的？高先生真的会玩浪漫，给惊喜？

不不，他是个"钢铁直男"，脑子里从来都没有口红、玫瑰、香水的概念，也记不住那些五花八门的节日和纪念日。所以，我会提前半个月在他耳边念叨，提醒他该准备礼物了。每当这时，他就会像小眉的男友那样问我，你想要什么？

开始我也不想讲。因为笃定"懂"是"爱"的一部分，总是下意识地相信，一旦开口就低了一头，诚意和爱意都会大打折扣。可当我看到直男们送出的奇葩礼物，便不得不改了主意。毕竟我的老公，是一个能把电脑桌买成办公桌的"24K纯直男"！

本着方便自己也放过他人的原则，我一五一十地把心仪礼物列成单子，告知高先生。

这下好了，皆大欢喜。

几乎所有女人都渴望惊喜，但惊喜可遇而不可求。这时候，最好的办法是主动开口，为满足自己的愿望而推波助澜。

男人猜不透女人的心是正常的。因为爱情是一种感觉和状态，它并不能有效提升我们在两性相处中的智商和情商。更何况，礼物表达的是心意，实在没必要把它变成考验爱情的工具。

3

在电视剧《情深深雨蒙蒙》中，依萍曾对书桓说过这么一句话："每次我让你走的时候，心里都在喊着不要走，不要走！"

其实大部分女人和依萍一样，得了一种"口是心非"的怪病。这或许是因为，含蓄委婉是公认的女性传统美德，我们都习惯了把心事和欲望遮掩起来，然后等着男人来猜、来哄、来满足。

但现实恐怕要让人大失所望，因为男人和女人是不一样的。这种不同，并不仅仅是简单的生理结构迥异，更是方方面面的偏差与误解。比如，那些被女人上升到了根本矛盾的"大是大非"，在男人眼中，有时真的不值一提。

邓超曾在微博上高调秀恩爱："媳妇，2011 年我生日那天咱俩领证，之后每年我生日再也没有收到你的礼物，都是我送你，合适吗？"

结果孙俪回复他："哥，我们是 2010 年 2 月 8 日领的结婚证。"

我把它当段子讲给高先生听，不料他一脸认真："有时我也会记不清，但真的不是故意的，更不是心里没你。"

来自火星的男人天生粗线条，理性与现实占据了他们大脑的绝大多数空间。而来自金星的女人细腻敏感，更看重那些具象生动的表达。

当然，浪漫的男人也存在，但那通常是热恋时期的昙花一现。随着感情的稳定，男人会选择另一种方式来表达爱意。

那些和谐美满的感情，必然是男女双方都能承认并能面对彼此的不同，然后达成某种程度上的默契。

你记不住节日吗？

没关系，我会温柔提醒，只要你还能像热恋时那样，配合我偶尔的矫情，大大方方地满足我的小小虚荣心。

4

有多少女性像小眉这样，将自己的想法忍着不说，让男友或老公去猜，最后搞得双方都筋疲力尽。

"你爱我，就理所应当要懂我！"

恕我直言，这可能是我们对感情最大的妄想。没人是你肚子里的蛔虫，再伟大深沉的爱，都做不到完完全全的心意相通。主动提出合理诉求,才是感情得以良性发展的秘诀之一。

少女时代听 S.H.E 的歌,最爱那首《他还是不懂》,甚至将歌词奉为经典。那时我们还小,误以为主动就是卑微,把开口要来的东西看得一文不值。

如今千帆过尽,才明白甜蜜的感情,其实都是两个人互动而来的。所以现在只想告诉那些暗自生闷气、流眼泪的姑娘——想爱就追啊!想要就说啊!

你说不说是一回事,他给不给,是另一回事。

抱歉,结婚后要一起吃苦了

1

两年前参加一个婚礼,对男方家长的发言记忆犹新。

那位面目儒雅的大叔,对着盛装的儿媳说道:"小薇啊,以后你要吃苦了,真是抱歉。"

宾客们都听得一头雾水,毕竟大喜日子的标配是吉祥话和祝福语。人们习惯用"王子和公主幸福地生活在一起"来为婚礼画上圆满的句号。

可那天,新郎的父亲反其道而行之。他握着话筒,用非常肯定的语气说:"以后你会很辛苦,等有了孩子,你会更忙、更累。当然,小张会帮你,但即便如此,你也会比现在苦很多!我代表张家感谢你!"

同桌吃饭的朋友中,有一位女性已婚已育,她听到这里,忽然鼻子一抽,动情地说了一句:"真是个好公公!"

　　那时，我还不懂这句话的含义。我正沉浸在恋爱的美妙里，高先生忙着为我剥虾，莹白带粉的虾肉一个个放进我的小碟子里。我吃得心满意足，痴迷地盯着新娘的头饰与婚纱，同时也开始幻想我的婚礼、我的婚姻生活。

　　一定很幸福，很美好！

　　我们肯定是跳出俗套的那一对，结婚就是奔着甜蜜而去的，怎么会和吃苦扯上关系呢？

2

　　一转眼，两年过去了，我的想法发生了翻天覆地的变化。因为我也做了围城中的人，对婚姻的酸甜苦辣有了切身体会。

　　它的的确确，是带些苦涩的。

　　蜜里调油是恋爱的专属形容词；适合婚姻的，却是五味杂陈与笑中带泪。

　　从前我把所有精力都拿来对付工作，婚后却不得不面对乱七八糟的客厅与厨房。而那个婚前殷勤的男人，也偶尔露出懒惰邋遢的样子来，为洗碗、拖地斤斤计较。

　　然后，经济压力接踵而至。

　　人一结婚，花钱的地方似乎一下子多了起来。房贷车贷、人情往来、生儿育女、吃喝拉撒，样样都压着钱包，也压着心。

　　我们把各自从茫茫人海中找出来，是为了分享生活的甜，其实也是为了分担生存的苦。只是后者，通常会被私心和欲念有意无意地隐去。

　　但这些并不是最苦的。

　　最大的痛苦，在于夫妻之间的微妙变化。比如被柴米油盐替代的风花雪月，三观不完全吻合引发的种种纠纷，激情褪去的茫然失措⋯⋯

我们吵架、冷战,用最恶劣的方式来惩罚对方,将彼此搞得心力交瘁。还有等在未来的偶然或必然的苦难,那些躲不掉的生老病死、天灾人祸。无论哪一个,都可能把一对平凡夫妻推向深渊。

原来,人生的苦并不会因为结婚而减少,反而会在两个人的碰撞与摩擦中越来越多。

原来,结婚根本无法规避痛苦,它改变不了人生的本质,只能影响我们的生活方式。

3

前几天看到一个故事,说是一个男人破产,铁了心要和女朋友分手。

他说:"你走吧,我不想让你跟着我吃苦。趁现在年轻漂亮,赶快去找个能对你好的人!"

姑娘哭泣着摇头:"大不了以后我养你啊,我不要离开你!"

男人颓丧:"我怎么可能让一个女人来养呢?"

"那你继续养我吧,"姑娘抹着眼泪,"养我很便宜的,你不要赶我走好不好?"

男人一愣,随即泪光闪烁,伸出手揽住姑娘的肩,两人拥抱在一起。我隔着手机屏,都感受到了满满的爱意。

故事戛然而止,但这样的相濡以沫,却已在人间上演千万遍。

当年梁家辉娶江嘉年,预算只有8000港币,只够买一枚钻戒、订一间蜜月套房,再吃一顿豪华晚餐。

马云还是个没权没势的不起眼的男人时,张瑛嫁了他。创业初期,张瑛辞职追随丈夫,把自己一股脑扔进厨房,无怨无悔地给员工们做饭、做宵夜。

我的父亲母亲,结婚时一穷二白。两人养过猪、种过地、扛过包,

在生活的惊涛骇浪前手挽手走了大半生。

吃苦其实是婚姻的必修课。那一纸婚书连接起来的，不仅是生活，更是生命。而生命中最无法逃避的，就是生而为人的痛苦与挣扎。

毕竟成年人的世界里，从来没有"容易"二字。

4

在医院的 B 超室等候区，我曾看过一个动人画面。

妻子虚弱地瘫在轮椅上，丈夫交了单子排了号，便半蹲下来仰头面向妻子，一遍遍抚摸她的脊背。整整十几分钟，他不曾停歇，似乎在用这样的方式安抚妻子的疼痛。两个人都不说话，那情景却安然和谐，苦难似乎也望而却步。

我坐在旁边看，忽然想起三年前的某个夜晚。那天晚上七点，高先生带着高烧腹泻的我，匆忙坐上开往省城的最后一班大巴。我一路都昏昏沉沉，他也是那样温柔地拍着我、哄着我。

到了医院，他又跑前跑后，办手续、交费，在病床前整整守了一星期。就是那七天里发生的点点滴滴，让我坚定了嫁给他的决心。把他拉进我这注定艰难的人生，同时也做好负担辛苦的心理准备，陪他去熬赚钱的苦、人生的愁。

婚姻不易，可那句温柔的"别怕，有我在"，已经稀释了疼痛，暗示着苦中会透出甜来。生老病死、悲欢离合，还有数不清的风暴等在前方。而我们结婚的最直接目的，正是寻找一个志同道合之人，一起对抗命运的哀伤，一起走过生活的阴霾。

同甘共苦，才是婚姻的最基本属性。

5

许多人都以为，幸福会紧随着婚礼，自然而然地到来。可事实是，它意味着另一个开始。而那个开始连缀着的，往往是鸡飞狗跳的世俗日子。它们与理想、爱情、人生价值等高大上的追求，构建起了真实而具体的婚姻。

很多人都渴望通过婚姻来实现阶层飞跃、一步登天，可对大部分普通人来说，婚姻的最直接价值就是找个战友组队，在这艰难的人生中共同打怪升级。从此，资源共通、利益共享、苦难共当。

没错，结婚是为了活得更好。可这种好，往往酝酿在层层叠叠的苦涩中。

我特别喜欢电视剧《金婚》里的演绎：一对平凡夫妻，从青丝走到白发，一起养家糊口、养育儿女、处理感情危机、为父母养老送终，吵吵闹闹地走到人生暮年，又忽然传来儿子车祸去世的噩耗……

永远记得老两口相互搀扶着，在雪地中蹒跚而行的画面。那个情景，或许可以用一句话来诠释——婚姻是一场修行。

匆匆半生，和所爱之人携手相伴，克服命运设置的重重障碍，寻觅到爱情和人生的真正意义。

人生实苦。

越长大，就越理解这四个字背后的百转千回。婚姻作为人生的一部分，也逃不出苦乐交加、喜忧参半的定律。

但请切记，不是所有人都值得你陪他一起；也不是受过苦，就一定能等来甜。

吃苦这种事，也是分人的！

婚姻真相：一边不想过了，一边用力爱着

1

我和老公的婚姻，差点被一袋橘子毁灭。

那天下了班，我们原本高高兴兴地手牵手去买菜。可一进菜市场，我就炸毛了。

因为他买了三大把青菜、五斤番茄，外加一兜青椒，到了卖橘子的摊位前，又挪不动脚步了，不由分说就扒拉了一大袋。

我的怒火一下就被点燃了："每次都买那么多，放坏了又扔掉，你是钱多没处花吗？"

他一听，脸也猛地垮下来："怎么的？难道我连买几个橘子的权利都没有？！"边说边扔下橘子，头也不回地往家走。

卖橘子的大叔看得一脸尴尬，我也气咻咻跟着他往回家的路上走。其实这只是一件寻常小事，可那天的我越想越伤心，只觉得他一点也不懂得过日子的艰辛，和我的价值观、消费观南辕北辙，简直不能过下去。

进了家门，我把门用力砸上，声音也提高了八度："你什么意思，日子还能不能过？"

"该我问你！还过不过？"他显然也被激怒了，面目有些狰狞。

我哭起来，打开手机百度离婚程序，甚至把离婚协议的腹稿打了一遍又一遍……

说实话，结婚以来，离婚的念头我动过不下十次，虽然我们是旁人眼中顶相爱的一对。但如果要我具体分析一下为什么过不下去了，我也说不出个所以然来。我只记得每一次都伤心欲绝，恨不得马上和他断绝关系，撕掉有关他的一切标签，从此江湖相忘，再不相见。

可直到今天，我们都还是一个锅里吃饭、一张床上睡觉的两口子。因为怒气渐渐消下去时，我想到了他每天接送我上下班，想到了他给我做的那些佳肴……

那一刻的心痛欲裂是真的，这一刻的温柔缱绻也是真的。

2

结婚前，我特地把《金婚》又看了一遍。

这一次，我看得心惊胆战，原来白头偕老的两个人，也曾无数次走到悬崖边缘。

年轻时，看不惯对方的地方太多了。脾气秉性、卫生习惯、经济压力，几乎每一件都可以把离婚的导火索点燃。

人到中年，被时光掩埋的欲望又开始探头探脑地冒出来，感情危机又把"离婚"这个冷冰冰的词汇催生了出来。

熬到老了，子女离巢，老两口相依为命，也免不了吵吵闹闹。气急败坏时，不想过了的念头还是会猛地跳出来，在苍老了的心头转悠转悠。

难怪有人会说，再恩爱的夫妻也会有一百次离婚的想法，以及五十次掐死对方的念头。从前我不信，当我也做了妻子，却不由自主地把这句话奉为真理。

结婚，真的不是王子和公主幸福地生活在一起，而是两个各有脾气的成年人，被一种叫作爱情的东西，召唤到了同一个屋檐下，把对

真心的考验扩散到了生活的所有层面。

漫长一生，谁还没想离个婚呀？婚后的日子，真的太不容易了。

紫陌红尘扑面而来，被生活夹裹着的感情难免会弱不经风。柴米油盐样样都是考验，总有那么一个瞬间，我们会觉得精疲力竭，想要逃回一个人的世界去，对所有的考验说"不"。

有人的地方就有江湖，有江湖的地方就有纷争，哪怕是只有两个人的袖珍江湖。而我们对纷争的第一反应，就是逃避和结束。这可能也是一种应激状态下的自我保护。

3

年轻的读者说："看了那么多文章，只觉得婚姻是个坑，我才不会跳进去呢！"

我莞尔一笑，但也不想反驳。说不定三五日后，便会有一个男人出现，瞬间打消她所有的顾虑和犹豫，跃跃欲试地要往围城里面钻。

为什么呢？因为爱啊。

对爱情里的男男女女来说，婚姻是再自然不过的结局，因为一生一世的相伴和相守，需要法律和道德的双重肯定来保驾护航。

闺蜜和老公闹过几次离婚，有一次甚至走到了民政局门口。她猛地回忆起，上一次来这里，两个人手牵手。而这一次，是一前一后地拉出距离。想到从此后山高水长再无关联，闺蜜便鼻子一酸，哭出声来。回头一看，却见老公也红了眼眶。舍不得和放不下瞬间又占了上风，两口子便偃旗息鼓，又把日子安安分分地过下去。

不久前，我们一起逛街，你一言我一语地吐槽各自的老公。可当路过卖糖炒栗子的小摊，闺蜜的脚步却停了下来："等等，我家老杨最爱吃这个，我买一包。"

我哭笑不得："亲爱的，不是刚刚还恨不得马上跟他分道扬镳吗？"

她一拍脑袋："是啊，可我现在怎么只记得他给我剥虾剥栗子了？"

我们常常高估谈恋爱时的激情，却低看了过日子积攒出的温情。这可能才是现实里最常见的夫妻感情，举案齐眉和相敬如宾都只是美好愿景。浸泡在滚滚红尘里的饮食男女，总会轻易被生活的各种"小确丧"击垮，又会突然被对方的小举动拯救。

盛怒之下，你想要劈了对方，却往往会在买刀的路上买了菜。

因为爱还在。

但日子过久了，爱情就未必是完全的你侬我侬，它面目多端，有时甚至反其道而行之。

要不怎么说夫妻是冤家呢？

1

都说婚姻是一场修行，但你可能从没认真思考过，修行到底是什么。

百度给"修行"的定义，是一种持续时间较长的活动，包括思维活动、心理活动、行为活动、社会活动，旨在达到与现阶段相比境界更高、胸怀更广、视野更宽的个人修养水平。

把这个词放置到婚姻的语境里，就是与柴米油盐抗争，和贪嗔痴恨战斗。可我们又都是陷在七情六欲里的普通男女，比不得不染风尘的出家人。所以，我们是如此矛盾而辛苦，一边满腹委屈，一边却又相依为命。

我不是教你凑合，更不是倡导结婚光荣、离婚可耻，我只是想说一个老生常谈的道理——婚姻不易，且行且珍惜。

所谓的"不想过了"，其实也分两种：一种是情绪式的，你大吼大叫着提出来，只觉得热血往上涌；另一种悄无声息，你把它默默埋在

心底，只觉得整颗心都一寸寸凉下去。

前者与后者的最简单分辨，就是你还愿不愿意为他／她付出。

不排除被儿女或利益捆绑在一起的终身怨偶，"不想过"与"不再爱"并存于满目疮痍的生活中。但大部分的我们，都是一边不想过了，一边又积极主动地为对方操心并付出着。

很矛盾，但很真实。

5

婚后的生活，本就是作家不忍落墨的一笔。所以那些经典的言情小说，结尾也仅仅写到相爱的人历经磨难，最后走到了一起。

他们以为自己跋山涉水到了终点，可另一种考验和磨练却刚刚开始。

很抱歉，这就是婚姻的真相。

结发为夫妻后的种种，根本就不能只用一种情绪来笼统概括，我们在这段关系里得到的，也从来不是单一的快乐或烦忧，而是苦乐交织、酸甜交替的人生。

爱不爱，吵一架就知道了

1

我身边有这么一对夫妻：谈恋爱时几乎没吵过架，蜜里调油时领证结婚，婚后却因为工作原因分居两地。女方不如意时打电话过去，语气稍有爆发，男方就会默默挂断电话……

几乎回回都这样，两人的感情逐渐冷淡，连大发雷霆、吵吵闹闹都成了奢侈。所谓的"相敬如宾"，原来是"相敬如冰"。

"就像一拳打在棉花上，说不出的憋屈和难受。"女方这样描述着，一脸的失落与痛苦。

一对夫妻或恋人，若是连吵架都嫌多余，这段关系大概就已经走到山穷水尽。那些携手进了围城的男男女女，对此应该深有体会。不闹过几次分手，没吵到天崩地裂，真的很难走到地老天荒。因为我们能在这样的言语碰撞里一次次触摸对方的脾气秉性，判断出两个人是否能走下去、能走多远。

爱不爱，吵一次架最能知道。

毕竟我们是两个完全独立的个体，来自不同的原生家庭，有矛盾冲突是天经地义的，我们要知道双方的爱能不能催生出足够的包容与理智，来化解这些潜在的危险因子。

其实吵架是个技术活，声音强度、和好契机、道歉方式，几乎桩桩有学问。学不会吵架的两性关系，要么在无尽的沉默中死亡，要么在无节制的宣泄中分崩。

2

我的父母，在他们将近三十年的相伴里也没少了唇枪舌剑。

他们都是粗人，急了便扯着嗓子吼，什么难听的话都往外说。也许是生活压力太大，两个人都有些口不择言，那些话如同刀子一般，狠狠往心里扎。

我总担心他们会离婚，一听见父母抬高声调便吓得大气不敢出，可

不到三天，他们又会和好如初，说说笑笑地一起上山干活、下地割草。而隔壁家的叔叔婶婶却一年吵到头，日子过得磕磕碰碰，苦熬了三五年，最后还是分道扬镳了。

当时未经世事，总以为恩爱夫妻不该吵架，看着邻居家的婚姻悲剧便排斥一切争吵，心里幻想着的爱情和婚姻都是才子佳人式的举案齐眉。

后来谈过几次恋爱，才明白相处不易。两个各有锋芒的人，总是轻易便生出疲倦和敌意，你看不惯我，我也看不惯你，一句好聚好散就能各自天涯。

脾气谁都有，忍耐却谁都缺。仔细想来，也不是不爱，只是年轻时大家还不懂爱，或者说，不懂如何去爱。矛盾分歧一来，便觉得爱情坏掉了，再也不肯修修补补，让它恢复如初。于是反而理解了父母的相处模式，那个对的人，或许就是吵不散也打不走的人。

然而吵不散是有前提的，那就是每一次鸣金收兵后都能总结经验教训，签订和平共处原则，摸索出更适合你们的相处模式。否则那一次次的战火纷飞，只会磨完耐性、耗干感情，得到一片不忍直视的满目疮痍。

3

刚刚认识老公时，我觉得我们永远不会吵架。他那么温柔，那么体贴，好像上天为我量身定做的如意郎君。

热恋时，许多人像我一样，相信自己能与另一半琴瑟相和，因为此时的两个人都巧妙地伪装着自己，力求展现最完美的一面。于是男的深情、女的温柔，怎么看都是一副神仙眷侣的模样。

多巴胺的分泌就是最好的滤镜，它自动过滤了那些龃龉与不易，给

了你一个海阔天空的期许。而婚姻的残酷之处，就在于它会撕开层层
伪装，把各自的不堪和丑陋赤裸裸地呈现出来。

日日相对，夜夜相伴，吃喝拉撒几乎全部绑在一块儿。两个不同
背景、不同家庭成长起来的人，对事物的看法不可能完全同步。你有
你的价值取向，我有我的处世法则。这些抽象的概念会一一投射到生
活的大小事务里，闹出许多鸡飞狗跳。即使三观一致、步伐协调的灵
魂伴侣，也难以做到在漫长的一生中从不红脸。

殊不知，相敬如宾才是婚姻里最大的谎言。就像我和我老公，也
慢慢走到了这一步：我讨厌他打游戏，他看不惯我购物狂；我嫌他邋遢，
他说我犯懒；我认为他不爱我，他埋怨我不理解他……吵起来时也提过
分手，但总在转身的那一瞬间抱头痛哭。因为一想到没有对方的余生，
就会悲从中来，所以能够坐下来谈判和解，借着情绪的宣泄来认识自己
和对方，然后一点点修正坏脾气、小心眼，变成更好的自己。

爱情的美好之处就在于此，唇枪舌剑、烽火连天时，我想买把刀
杀死你，却在买刀的路上买了你最爱吃的菜。两人推杯换盏、交颈缠
绵，日子又鲜活热闹地过起来了。

除非是厌了、倦了，要求已经随着期待一点点弱下去，这是失望
积攒的表现，也是爱情离开的前兆之一。

1

虽说每对夫妻都有一百次离婚的念头和五十次掐死对方的冲动，
可也有那么多人，从青丝走到了白发。所以吵架不可怕，可怕的是那些
无用的宣泄和无尽的沉默。

《登天的感觉》一书里说，只有不良情绪宣泄了，内心恢复平静，沟
通才可能发生。只有沟通发生了，问题才可能解决。发生冲突时，只

愿你牢记，这是一个发现问题并解决问题的过程，而不是简单的发泄和出气。

首先问自己，你们为什么吵架？是因为出轨变心的大是大非，还是因为生活里的鸡毛蒜皮。原则性错误和偶然性失误，不可一概而论。

其次，通过这次争吵看出问题产生的根源。有的争端起源于三观不合，有的只是一时的心烦气不顺，前者需要漫长的磨合忍耐，后者大可一笑了之。

最后，过错方能不能改正或妥协，另一方是否能包容退让，有没有一个方案能达成共识？人是群居动物，却也是独立鲜明的个体。你在茫茫人海中选了他，便意味着要将他的一切全盘接受。优点加倍珍惜，缺点慢慢改造。

世间没有只赚不赔的好事，婚恋也不外乎如此。多一点包容和理解，生活就多一分希望和幸福。要知道，每一次张牙舞爪和口出恶言，都是不理智状态下的自我应激，而它的背后，或许是对方没说出口的期待和等候。

那个还会为你声嘶力竭、为你哭泣的人，其实只是用一种激烈夸张的方式在说我爱你。

老婆不炫富，她们只炫夫

1

小敏说，她的伤心，是被一支口红勾起来的。

当时是傍晚 7 点，吃完饭、洗过碗，她趴在沙发上懒洋洋地玩手机。

微信忽然跳出消息，闺蜜发来了一张图片——某品牌的新款口红。

"怎么样？我老公刚刚送的！"

对话框里的文字仿佛是活的，个个都闪动着欢欣雀跃。小敏点开细看，不由也有几分心动。她把图片发给丈夫，又挪到他身边撒娇："我想要这支口红，做 520 的礼物。"

丈夫正忙着打游戏，只拿眼睛瞥了瞥，拒绝的话脱口而出。他认为他们已是老夫老妻，实在没必要过这些虚头巴脑的节日，太矫情！

也不是第一次听到这种话，丈夫甚至半开玩笑半认真地说过："鱼儿都上钩了，我还费什么饵呀？"

心一下子就跌到了谷底。

闺蜜还在兴奋地讲述着具体的场景和细节，把一场惊喜描摹得绘声绘色。小敏自然是为她高兴的，但心里却涌动着一股无奈与酸涩。

谁都知道，幸福不是比较出来的，可当自己"相形见绌"时，又难免会黯然神伤。听过许多道理却依然会陷进死胡同，这是人的本性。

其实，小敏的丈夫也不是那种令人唾弃的渣男。他们和大部分夫妻一样，日子在不好不坏中凑合，浪漫和仪式感都被人为地忽略不计了。所以每当看到闺蜜的丈夫送花、送首饰、送衣服时，小敏都会失落一阵、沮丧一阵，甚至落几滴泪、和丈夫吵几句嘴。

丈夫觉得她在无理取闹："我那么爱你，何必靠礼物来证明？"

小敏委屈得要哭出声来："可我就是想用一些礼物来证明自己被爱啊，我也想对别人炫耀一下老公对我有多好！"

想要的其实并非礼物本身，而是那份能以此为傲的疼惜与关爱。

2

据说许多姑娘，都拥有一个小敏的"同款老公"。

他们对大部分节日都嗤之以鼻，什么情人节、520、七夕、圣诞，还要加上生日和各种纪念日，仿佛就是变着法儿去掏男人的口袋。说难听点，不就是虚荣拜金吗！

或许也正是因为如此，女人们才会在节日时酸溜溜地发朋友圈，看似搞笑夸张，实则是满怀期待地暗示自家男人。

遗憾的是，能听懂弦外之音的男人并不多；哪怕听懂了，他们也未必愿意迁就妻子，成全她的小小虚荣心。

但也有一批女人，会在朋友圈幸福地晒出红包、项链、香水、裙子，欣喜之情溢于言表，隔着手机屏幕都能感受到她们的春风满面。

你以为那只是一件简单的物品吗？

不，她们真正炫耀的，是藏在礼物背后的男人，是被呵护、被宠爱的矜贵感和幸福感。对女人而言，这是圆满婚姻的重要组成部分。

诚然，日子不是过给别人看的。可婚姻到底不易，我们需要把那些独特的日子拎出来，用送礼物、吃大餐之类的仪式来点缀生活，靠这丝愉悦去撑过日复一日的艰辛与单调。

去年七夕时，我写过一篇文章，主题是说：男人天生粗线条，想要什么就直接说（也就是前文中的《老公送的玫瑰，是我开口要来的》）。评论区里的留言，一边倒地表示，想要什么就自己赚钱去买，何必觍着脸向男人开口？

我很惊愕，私下问了几个读者，这才明白，当她明示、暗示却始终得不到回应时，就会收回期待，长出铠甲，把希望全部寄托到自己身上。

女性当然应该独立自强，可这样的"独立"却带着几分心如死灰的味道，不由让人想问一句：

亲爱的，你到底积累了多少失望，才活成今天的坚强模样？

3

女人为什么喜欢收礼物？

的确有人是借机狮子开口满足物欲，但我相信，大部分妻子更在乎丈夫的心意。十块钱的玫瑰也好，一万块钱的手镯也罢，重要的是男人有所表示，能把女人的渴求记挂在心上。因为女人是感性动物，对这些细微、感性、充满仪式感的表达总会格外看重。

也有男人反驳说："你们不是口口声声说女性要独立吗？为什么还要那么在意一个礼物？自己买呗！"

这话说的，表面上毫无破绽，实际却漏洞百出。因为我们都知道，礼物代表着送礼人的态度，是抽象爱意的具象化表达。

自己买的，是能力的象征。

丈夫送的，是被爱的证明。

我们努力挣钱为自己买单，但也渴求来自丈夫的关爱呵护。那种感觉仿佛人生的锦上添花，又何必用非此即彼来界定？

靠自己和靠男人其实并不矛盾，真正美满的婚姻，是能相互依靠，在某个节点充当彼此的大树。

许多人喜欢袁咏仪，或许就是因为她把老公的钱，花出了一种令人羡慕的感觉。

"我们一起拍节目，分账各占百分之五十。但我非常独立，很少用自己的钱。"

你注意到了吗？讲这句话时，袁咏仪的眼角眉梢都洋溢着笑意，隐隐透出些骄傲和得意来，基本就是一种变相的"炫夫"。

是啊，钱我能挣，但老公愿意为我花钱。在独立女性和被宠爱的小女人之间自由切换，简直不要太幸福！

1

还记得欧·亨利的短篇小说《麦琪的礼物》吗？这篇小说被收录在初中语文课本里，讲了一个阴差阳错的心酸故事。

为了准备圣诞节礼物，妻子卖掉一头秀美长发，换来一条白金表链；与此同时，丈夫却卖掉祖传的金表，给妻子换来一套"纯玳瑁做的，边上镶着珠宝"的梳子……

长发没了，金表没了，梳子和表链都失去了相应的价值。但老师说，他们得到了最珍贵的礼物。

当时我的年纪还小，只看得到表面的物质层面的失去，却不曾窥见故事深处的光芒万丈。多年以后，万丈红尘中打过滚，才会猛地明白过来，书里那对小夫妻有多令人羡慕——在贫瘠困窘的时光里，有人把你看得重于泰山，有人愿不惜一切换你一个笑。

更何况他们的付出和得到都是双向的，礼物代表着的彼此深爱，已经在那个过程中得到了最完美的升华。

事实上，礼物的价值和形式并不重要，重要的是送礼物的态度和诚意。

女人们想要的，如此而已。

不由又想起多年前见过的一位阿姨。她是学校请来的清洁工，整日在琐碎劳动中打转，是个最典型的底层劳动妇女。

有一次和她聊天时，她伸出手来，露出一只朴素的银手镯："看，这是我老公送我的生日礼物，他说戴银可以监测身体健康。"

我附和着夸了几句，阿姨反倒娇羞起来："我本来不想要的，他非要送！"

是半嗔半怨的语气，我却清清楚楚地从她眼中看到了幸福，被深爱着的那种幸福。

嘴上说"别买,不要浪费钱",但实际上,妻子会把丈夫的一切心意都视若珍宝,甚至迫不及待地展示给旁人看。

5

从前,我对炫夫狂魔略有些反感。可当我自己也成为妻子后,却慢慢读懂了她们。这种心理其实类似于年老的父母炫子女,都是在不遗余力地向外界证明:有人真心实意地爱着我。

说实话,绝对独立、完全不依赖丈夫的女人,多少是有些可悲的。

因为那至少证明,丈夫给的爱和钱,都远远不够。

民国女作家苏青早就哀叹过:"我看我家里的每一颗钉子都是我自己买的,没用男人一分钱,但是,这又有什么快乐可言呢。"

这不是示弱,更不是拜金,只是一个女人的怅然若失,为某一瞬间的清冷孤寂。

我们倡导女性独立,口号喊得山响,却也不得不承认,自己的骨子深处渴望被爱、渴望拆礼物、渴望最世俗的幸福。

对此,张爱玲说得一针见血:"花着他的钱,内心是欢喜的。"

因为钞票换成心爱之物的那一刻,我们能真真切切地触摸到对方的在乎与珍视。

所以,男人们,长点心,也用点心吧!

给老婆送礼物,其实就是性价比最高也最简便的婚姻经营啊!

十八岁嫁人，二十七岁抛夫弃子：为什么结婚不宜早

1

青青的离婚大战，春节前夕才落下帷幕。

前夫拿两个孩子的抚养权来胁迫，拉锯战持续了三百多天。最后她说："我不想再耗下去，青春已经不多了。"

谈判结果是她净身出户，每年必须拿出一万元来作为孩子的抚养费。前夫本想挟儿女以令妻子，不料她义无反顾。

当一个女人铁了心要离婚时，没有什么能够阻挡她的破釜沉舟。

青青是我的儿时玩伴，十八岁那年奉子成婚。男方大她八岁，一家子都在土地里刨食，娶媳妇原本是个大难题。不记得是由谁撮合搭线，青青渐渐和对方走近，被甜言蜜语冲昏头，一时把持不住，将生米做成了熟饭。

父母急火攻心，毕竟未婚先孕在农村是个了不得的大事，只得着急忙慌地置办嫁妆，敲锣打鼓地把女儿送上门去。

那时，她刚刚过完十八岁生日，半年后就做了母亲。

在大女儿将近两岁时的某一天，夫妻俩趁着去镇上赶集，拐个弯儿走到民政局，像买菜一样花了几十块钱，把结婚证拿到了手。

这段姻缘，男方当然是用尽心思算计的。我愤愤不平，怀抱着粉嫩婴儿的青青却毫不在意："没关系，过日子不就是这样？"

一副完全认了命的柔顺与愚钝。

可这种钝感的幸福，却随着青青的成长而逐日递减。

2

婚后的青青三年抱俩娃，二十一岁就有了一儿一女。

与此同时，她的心智和思想也在不断成熟，智能手机打开的大千世界也在催化她的欲望，把人生的另一种可能狠狠推到她的面前来。

因为婆家太穷，丈夫也只把她视为搭伴过日子的伴儿，寻常的农家生活，已经无法满足那日夜疯长的物质需求和精神需求。

她对我说："我还那么年轻，实在不甘心就这么过一辈子！"

作为女人，我很赞同她把实现自身价值放在首位，去追求海阔天空的灿烂人生；可母亲和妻子的身份束缚着她，丈夫不允许她的脚步往外走，甚至拿"拜金"和"虚荣"等名头来肆意凌辱她。

她在二者中间挣扎，最终背负抛夫弃子的骂名，成为村里人人唾弃的负心女。可我分明见她流着泪亲吻两个孩子，一步三回头地告别。

这桩婚姻的解体一点都不遗憾，只是可怜了两个无辜稚子。青青一提起来就摇头，喃喃说着"我不该嫁得那么早"。

结婚是成年人的事情。但成年的意思并不仅仅是年龄达标，而是阅历、思维和处世能够挑起生活的重担，能把同一个屋檐下的日子顺畅过起来。

事实上，在农村，依旧有无数个"青青"在重复老路。当背景换成城市，"青青"们的年龄长了，可心智还远远未成熟。妈宝男女之所以横行世道，大概就是许多"小孩子"过家家似的穿上婚纱，一头栽进了柴米油盐里。

$\mathscr{S}$

听过一个闪婚闪离的故事，主角是两个"90后"。从相亲到登记、买房、婚礼，都由父母一手包办。

男主小张，本科学历，互联网从业者，爱好打游戏。他在二十六岁那年，被父母押上了相亲饭局。小伙子烦不胜烦，最后和"看着稍微顺眼"的李姑娘成了家。然而李姑娘也是被父母逼急了的，她也干脆一咬牙从了父母，勉为其难地嫁给了小张。

双方父母为两人操办了一场热热闹闹的婚礼。迎亲路上，小张抓着手机，争分夺秒地玩着《王者荣耀》；李姑娘则边化妆边逛淘宝，对即将到来的终身大事置若罔闻。

这两个活宝凑到一块，过日子自然就成了一个大难题。李姑娘的母亲主动上门做了几天家务，可天长地久的日子，又怎么可能永远假手他人？更何况独生子女的字典里从没有"迁就"二字，家务、游戏、购物、睡眠，几乎个个都能变成导火索，烧焦了生活，也摧毁了继续下去的信心。

两人一合计，干脆先斩后奏，背着父母悄悄办了离婚。此时距离那场盛大的婚礼，还不到一个月。

家长们总是想当然地以为，结了婚，人就会自然而然地成熟起来，可结果是被现实狠狠打脸。男大当婚女大当嫁，这句被念叨了千百年的话，可能才是我们对婚姻最大的误解。有些人哪怕到了不惑之年，也不具备成为丈夫或妻子的资质。结婚不需要考核，也是一件挺可怕的事儿。

1

　　有句话是这样说的：不要和感情经历为零的人结婚。

　　深以为然。

　　感情经历太丰富或太贫瘠的人，出轨概率都相对较高。前者是不甘于婚姻的平淡无趣，后者则是经不起外界诱惑。

　　试想一下，一个直奔着结婚而去的男人，对女性的所有认知都从妻子那里得来。开始时，可能会因为新鲜而激情满满，可时间一久却未免厌倦。此时若出现另一个女人，好奇心就会驱使他不断靠近，以此来弥补缺失的人生体验。因为他未曾经历，那些无处安放的猎奇心和征服欲，都会成为婚姻的潜在危险，一点点蚕食夫妻感情。

　　婚姻才是最考验人性的东西。

　　当然也有例外，但人性普遍如此。大概率之下的小侥幸，并不会降临在每个人身上。

　　初恋之所以很难走到最后，大概也因为爱上对方时，我们都还是一个个没有见过世面的青涩少年。那时的世界太小了，不过是方圆两三公里，由学校和家组成全部，最大的事情莫过于月考。那天穿了白衬衫的他微微一笑，你就觉得整个世界都变明媚了。

　　后来慢慢长大了，遇见许多人，生活半径无限扩大。你再回过头来看，说不定会怀疑当时的审美与价值取向。倒不是对方好与不好，而是光阴塑造出了全新的你我他。

　　若真如此，你该庆幸。

　　因为懵懂的爱情有机会等一等成长的脚步，时间为你留足了选择的余地与空间。

　　刘若英结婚时，已经四十一岁了。

　　相遇时，刘若英已近不惑之年，可在丈夫眼里，却是"一个穿着衬衫牛仔裤、拿着一个大相机东拍西拍的女孩子"，所以他一眼就喜欢了。

　　她经历过轰轰烈烈的暗恋，治愈过心底最深的伤痕。同时也阅读写作、摄影绘画，将自己的工作和人生都安排得井井有条。对感情和生活，也具备深刻的理解。而那位先生，也已经用年岁沉淀出了睿智与深沉。这场相遇，仿佛用了十几年来准备，准备着各自的性情、见识、思想、内涵，甚至独处能力。

　　所以刘若英描写他们的婚姻生活时，字里行间处处透着超脱小女子气的大智慧：分房睡、各忙各的、看不同的电影……完全没问题，因为在相遇之前，他们就已经长成了最好的自己。

　　这样的一见钟情建立在看遍繁华的基础上，人为地降低了风险，相处起来也舒适安宁，浑然天成。

　　对普通人来说，四十岁还是晚了点。我理想中的相遇是不早不晚，已经摆脱少年人的浮躁，又不曾沾染中年人的油腻；既扛得起责任，又保留着天真。然后，我们一起走过青年的热烈，熬过中年的颓丧，最后迎来晚年的安详。

　　如此，甚好。

厨房冷清的家庭，养不出幸福的孩子

1

香港首位女特首林郑月娥，曾在专访里说了这样一句话："我两个孩子小的时候，我从来没有请一个工人，煮饭什么事都是我亲自做。"

林郑月娥 1980 年加入港英政府政务职系。儿子出生时，她的事业正处于上升期，需要付出的时间精力不少。即便如此，她还是亲自下厨，精心准备两个儿子的一日三餐，并陪着他们一起吃饭。她认为这非常重要，因为孩子要感觉到妈妈是照顾他们的。

在穿衣吃饭这些日常琐碎小事里，孩子能感受到的爱往往最深刻。因为在幼小孩子的眼里，妈妈的味道不只是舌尖上的酸甜苦辣，更意味着妈妈很爱我，妈妈和我在一起。

出生在一个厨房热闹的家庭里，大概就是身而为人的第一个幸运。因为人生最早感知到的最直接的幸福，便是唇齿之间的那点香和甜。

2

小学时，我特别羡慕我的同桌丫，因为她的兜里总揣着百元大钞，买起零食来总能随心所欲。她早早集齐了小浣熊的英雄卡，辣条、棒冰和干脆面想吃多少就买多少。

而我只能乖乖回家，吃妈妈做的清淡饭菜。我妈厨艺不佳，做菜品相差，味道也一般，而且翻来覆去就那么几道家常菜。

后来有一次，我带丫到家里玩。到了饭点，爸妈便邀请她留在我家

吃饭。那天，妈妈做了凉拌鸡丝、青椒肉片、素炒青菜和番茄鸡蛋汤。丫的神色有些怯怯的，期待与失落同时在眼里闪现。

吃完两碗米饭、喝完一碗汤后，她才跟我妈妈道谢，然后低声说："我已经好久没吃到妈妈做的饭了。"

我这才知道，丫的父亲是大货车司机，一年四季奔波在高速公路上。而她的母亲沉迷于麻将桌，常常丢给她一点钱，让她自己去解决三餐。

丫几乎吃遍了小镇上的每一家饭馆，有时候也一个人独坐餐桌前，等着方便面慢慢泡开。那个空荡荡的房子里，只回响着电视机里的人声鼎沸。厨房里冷冷清清，案板和炒锅都蒙了灰尘。

一所房子，总要有些烟火气和油烟味儿，才算得上是一个家。而一个家对孩子的意义，不言而喻。

成年后的丫，胃不好，脾气也不好。她与父母关系恶化，和丈夫吵闹不休，迟迟不肯生儿育女。

我们聊天，她总是说："我没办法做妈妈，学不会，也不想学。"

偶尔提起童年往事，她依旧会对一顿饭耿耿于怀。

丫缺少的，表面看是出自父母之手的饭菜，实则是家庭的陪伴、关爱与呵护。而我忽然看见了自己的幸运和幸福：我有一对心怀山川湖海却囿于厨房和爱的父母。

当他们对我的咸淡喜好了如指掌，当他们认真去为考试的我熬一锅鸡汤，当他们把好吃的全部夹到我碗里，我便知道，自己是被深爱着的女孩，也有力量去深爱我的孩子。

爱是一场能量守恒的轮回，得到过爱的人，更容易学会爱。

3

我的闺蜜小雅，原本是大大咧咧的女汉子一枚。洗菜做饭？她表示毫无兴趣。

可近来,小雅却购置炖盅、搅拌机和卡通餐具,准备下厨做饭,洗手作羹汤。一问才知道,原来她的儿子到了加辅食的时候。于是这位新手妈妈开始研习菜谱,为一碗土豆泥试验近十次,恨不能瞬间化身超级厨娘。

"只有在家里亲手做的东西,我才放心给他吃。"装在卡通盘子里的食物精巧可爱,总能引来小家伙的大快朵颐和甜甜一笑。

小雅说,那是她最开心的时候之一。

我忽然懂得了《麦兜响当当》里,麦太那句催人泪下的话:"我每天四处奔波,从早到晚。回到家,最开心最开心的就是能做一顿好吃的。看着你吃的样子,这个是我能够给你的最简单、最基本的幸福。"

为孩子做饭,是母亲的本能,也是亲子关系的最基本维系之一。那些看似普通的饭菜,提供身体的成长养分,更给予心灵发育的爱与能量。热热闹闹的煎炒炖煮声里,藏着一个孩子的安心和幸福。

对孩子来说,钟鼓馔玉不足贵,山珍海味也不稀奇。他们还不懂得世俗眼光里的价值高低,衡量标准只顺从于感官体验和内心感知。而舌尖连通着心间,孩子眼中的幸福很简单,一粥一饭便足以概括。

寻常人家的父母,并不懂得高深的哲学和道理,书里那些感天动地的父爱和母爱,都被细细密密地藏进饭食衣裳的细碎柔情里。

天底下的父母,无一不想把幸福打包送到儿女的面前。但父母的根本使命,并非为儿女持续带来幸福,而是教会他们如何创造和感知幸福。

而"幸福"一词又太抽象,需要通过一些具体的行动,将它变得真实可感。而最简单、最有效的方法之一,正如黄磊所说:"做父亲母亲的给儿女最好的礼物,就是那些做给孩子的一餐又一餐的饭。"

1

有个调查，主题是你想和谁一起吃饭。

大人们的回答是五花八门的名人，而孩子们的回答却是千篇一律的"爸爸妈妈"或"全家人"。

原来在孩子们眼里，父母才是高于一切的存在；原来在孩子们看来，爱就是一家人一起吃饭。

就像林郑月娥的儿子所说："其实妈妈做的饭菜很简单，但有妈妈陪着，吃得就很香。"

吃什么并不重要，重要的是一起吃。因为这个过程包含着满满的安全感、归属感与幸福感。

据说，幸福的家庭都是相似的。而我在想象这种相似时，眼前浮现的总是热气腾腾的厨房，案板上正切碎着酸甜苦辣，汤锅里沸腾着欢喜快乐。电视机里传来《新闻联播》的开场音，窗外或许还有夕阳，正透过纱窗柔柔地照射进来。妻子温柔地喊一声"开饭啦"，丈夫便忙着端菜拿碗，做作业的孩子也活蹦乱跳地跑来，随手抓起一块肉往嘴里送，便招来母亲的笑嗔："馋猫，快去洗手！"

一屋子的欢声笑语和饭香四溢。

事实上，厨房也是家庭幸福指数的晴雨表。能够认真地买菜做饭、烧出一桌子美味佳肴的父母，想必对家庭倾注了十足的爱意。无论多么忙碌，他们都懂得从工作中抽出身来，给家人做一桌好吃的。这样的父母，夫妻感情不会太差，亲子关系也不会太糟。他们有能力、且有意识，积极地为孩子营造一个优质健康的原生家庭。

一个孩子的幸福与未来，原生家庭会对其产生深刻的影响。而一个家庭好不好，看看厨房就知道了。

历尽人间烟火，
愿与你尘世蹉跎

第二辑

许多人以为领了证，故事
就走到了圆满处，王子和
公主从此幸福地生活在一
起。不幸的是，童话以此为
结局，生活却以此为序幕。
婚姻需要两个人一起，时
时勤拂拭，不使惹尘埃。

假如结婚证也采取扣分制

1

有一天夜里，我做了一个噩梦，惊出一身冷汗。

我梦见结婚证到期了！

于是，我和高先生心急火燎地去了民政局。原来我们的结婚证并非永久有效，它需要一年一度的审核检验。

梦里的我，排在长龙似的队伍里，一颗心七上八下，心里反复盘算着结婚一年来的各种表现，拼命回忆着那些模模糊糊的撒泼耍赖和无理取闹。

我忐忑不安，不知道自己违规多少次，不晓得被扣多少分，不确定手里的结婚证会不会被吊销作废，更不清楚注销后结婚证该怎样补办。

于是我四下张望着，想找个工作人员询问。可那些人都面目严肃、神色冷峻，对我的焦虑询问无动于衷。

一着急，我就醒了……

还好，醒来时有一地月光照进卧室，我依然窝在高先生怀里。我们的结婚证安然无恙地压在箱底，有效期是一生一世。除了我们自己，没人能把它作废。

第二天一早，我把这个梦说给高先生听。他哈哈笑着，跟我说起网络上的流行段子：一对夫妻领一本结婚证，和驾照一样，采取扣分制，家暴、出轨、懒惰、蛮横等均有相应的扣分，12分扣完后吊销证件，终身不得再婚，看谁还敢嚣张！

2

考一张驾照，需要过五关斩六将，理论知识与实践经验相结合，笔试、倒桩、路考缺一不可。想要真正掌控方向盘的人，没有哪一个不是认真学习、仔细操练的。因为一旦开了车上了路，自己一双手掌握着的，就是生与死的瞬间切换。

对比之下，领一张结婚证似乎要简单许多。挑一个良辰吉日去趟民政局，拍张合影、填写申请表格，一对男女便可以宣誓结为夫妻，用法律来把爱情固定住。并没有一系列具体的可量化标准，来考核这对男女是否可以胜任夫和妻的角色。而我们也很少在开头就意识到，一张结婚证将带来多少转换、责任与艰辛。

都是第一次为人夫、为人妻，都在婚姻这辆车的后玻璃上含着带怯地贴着"新手上路，请多关照"的字条，磕磕碰碰的小伤、小事故也隔三差五地出现着。只有亲自坐到驾驶座位上的人，才知道耳听六路、眼观八方并非易事，少不得小心翼翼和辛辛苦苦。毕竟婚姻是具体可感的烟火日子，不像爱情那般抽象而轻松。

可大千世界里的平凡男女，谁又不是在柴米油盐里摸索着成长，把这相爱容易相处难的日子一天天过到舒心舒服里去呢？

世上哪有那么多琴瑟和鸣，所谓的"天作之合"，背后是巧妙的婚姻经营与长久的情感守护，得来并非易事。

3

结婚一年，我发现两性关系里的头号敌人并非变心，而是懒惰。

做了夫妻，便不再是恋人，这是大部分婚姻的常态。因为谈情说爱需要花费时间和精力，人类的惰性天然而隐蔽，通常会在结婚证到手后被激发泛滥。

许多人以为领了证，故事就走到了圆满处，王子和公主从此幸福地生活在一起。不幸的是，童话以此为结局，生活却以此为序幕。

我们忙碌着吃饭穿衣、焦虑着升职加薪，被柴米油盐填满的生活，似乎很快就没了爱情的踪影。恋爱时认真相爱的两个人，反而会在婚后漫不经心，用"过日子"的名义收起许多"谈爱情"的细致与精心。

结婚前，我们习惯于换位思考，会积极主动地化解两个人的矛盾和摩擦，也喜欢不时营造出一些小惊喜，勤勤恳恳地经营这段感情。

或许是因为未来还不确定，所以我们都竭尽全力，男的成熟、女的温柔。可当一切都尘埃落定，人就会在安稳里生出惰性；再加上家务琐事缠身，对感情维系也渐渐起了疏忽之意。

然而，婚姻也和马路上奔驰着的车子一样，认真地呵护和保养才能延长寿命，改善体验。洗车、装饰美容，不正对应着激情浪漫和新鲜感？对彼此永不停歇地用心和珍视，一次次地发现对方、爱上对方，这是维系婚姻的根本所在。

结婚证不代表婚姻的一劳永逸，它需要两个人一起，"时时勤拂拭，莫使惹尘埃"。

4

我最欣赏的一种婚姻，是两个人势均力敌而彼此促进，成为生活里的好伴侣、事业中的好搭档。

比如邓超和孙俪。

邓超出生于一个重组家庭，孙俪则和单亲妈妈相依为命，对自己的亲生父亲怨恨不已。他们都来自不甚圆满的原生家庭，孙俪甚至因为父母的残缺婚姻而起过终身不嫁的念头。

可当这样的两个人结合在一起，我们却神奇地看到了传说中的"负负得正"。那些来自父母的负面影响反而变为可借鉴反思的经验教训，促成了再生家庭的良性发展。所以，婚后的他们依旧微博示爱不断，一面儿女双全，一面事业丰收。

好婚姻像一辆动力足且安全系数高的车，能把两个人都带到更好的地方去。事业也好，家庭也罢，它是你的后方与保障，而不是束缚与拖累。

当然，这一切都有个大前提，那就是稳稳掌控住这辆跑在人生大路上的车。毕竟已经有无数例子在告诉我们：不好的婚姻犹如刹车失灵，足以使人跌入万丈深渊。所以要不时检修车子状况，更要时刻提升自己的驾驶技术。

婚姻这辆车，开好了，春风得意马蹄疾；开坏了，车毁人亡两不知。

生个孩子了不起啊？ 了不起！

1

我很想有个孩子，但所有人，包括高先生，都在极力劝我放弃这个计划。

你们知道的，我算不上健康人。这副千疮百孔的残破躯体，早已不适合用来孕育新生命。

可我一直在盼望奇迹发生。

对女性移植群体来说，当妈是一件特别危险的事情。因为一个肾脏要超负荷承担两个人的代谢，一天天变大的子宫，也会压迫移植的肾，对它造成致命威胁。至于那些可能出现的妊娠高血压、子痫，更是紧紧与 ICU 的大门相连，稍有不慎便一尸两命。

但还是有许多适龄的移植女性，心心念念地想要成为母亲。我们建了一个群，专门用来讨论怀孕、换药、保养以及亲子等事项，几乎每个人都跃跃欲试。尽管谁都知道，生娃有风险，怀孕需谨慎。

病友的女儿七个月，长得粉嫩可爱。闲来无事时，我最喜欢翻看这小女娃的照片，感慨生命的美好与伟大，也想象着为了孩子的顺利出生，她遭了多少罪、担了多少心、吃了多少苦。

不怕吃苦受累，甚至将生死置之度外，我认为这样的母亲，完全能够用"了不起"来定义。准确来说，经历过十月怀胎一朝分娩的女人，个个都是英雄！

2

怀孕从来都不是件容易的事情，哪怕是身强力壮的健康女性，也势必要在这十个月内经受各种各样的考验。

恶心、呕吐、睡不安稳，这原本是我对孕期折磨的所有想象。但去年年底，三个好友接连怀孕，她们的境遇，又刷新了我对生孩子的认知。

A 怀的是头胎。她毕业于知名医学院，在医院工作，对保养和健康都很有心得。可就是这样一位"业内人士"，却在怀孕的第五个月出了状况，不得不整日躺在床上保胎。不能乱动，不能随意下床，甚至不能过多地思考用脑。我去看她，她烦闷地吐槽："这跟坐牢有什么区别？"

B 怀的是二胎，孩子的到来是个意外。因为大宝刚刚两岁，正是好动闹腾的年纪，喜欢分分秒秒地黏着妈妈。而她和老公正处于事业上升期，加班出差都是家常便饭。于是，这位挺着大肚子的妈妈，经常会在下班回家后，一手抱着大宝，一手挥舞着锅铲炒菜。

C 怀的也是二胎，但年龄偏大，一场感冒就把她折腾到医院去吸氧。回家爬五楼，感觉像爬了个珠穆朗玛峰。

讲真，在生孩子这个问题上，造物主的"重男轻女"着实严重。男人只需要付出精子，女人却不得不熬过十个月的艰辛。呕吐、水肿、尿频、便秘、抽筋、失眠还都只是表面上的折磨，在我们看不见的地方，女人的内脏正在被慢慢地挤压、移位、变形，承受着男人无法理解甚至无法承受的痛苦。

3

熬过了怀胎十月，还有分娩的阵痛等在前方。

每个女人生孩子，几乎都是去鬼门关走一遭。无论多有权有势、倾国倾城的女人，都必须亲自完成这场实打实的硬战（当然，借助现代科技，的确有不需要自己怀孕生产的案例，在此我们只讨论一般情况）。洗衣做饭可以假手他人，唯独生孩子这件事，你只有亲力亲为，才能把自己的骨血带到人间。

生孩子到底有多疼呢？有个广泛传播的说法是这样的：人体最多只能接受 45 单位的痛苦。但在临产时，一个女人接受的痛却高达 57 单位。这种痛相当于 20 根骨头一起折断！

知乎上的答主则用亲身经历解释：是一种难受得让人喘不上气的痛，你没办法像牙痛一样清晰地指出到底是哪一个点痛，而是一种在一片范围里的"难受＋痛"，难受到我一直想吐，痛到开最后三指的时候全身抽搐。最可怕的是，通常这种痛要持续十几个小时！

可能马上会有人反驳，那就剖宫产呗，反正有麻药。但遗憾的是，麻药是有时效的，它不可能持续镇痛到手术伤口愈合之时；而剖宫产手术的缝合多达 7 层，还必须忍受护士每小时一次的腹部按压，以便排出恶露，受罪可一点不比顺产少。

生孩子从来都不容易。这虽发自本能，却也是体力、精力与意志力的多重考验。

4

弟弟交了一个女朋友，春节带回家来。长辈们心急，纷纷劝说他们尽快完婚生子。女孩嘴一撇，私底下吐槽说："我才不要早生呢，生孩子会变胖变丑！"

我哑然失笑，却猛地想起小说《上海的金枝玉叶》中，有那么一句描写女人怀孕生产的话："怀孕拿去了一个女子在少女时代对自己身体的神秘和珍爱，和一个美丽女子对自己的自信。被孩子利用过的身体，无论如何不再是娇嫩的了。"

有点矫情，也有点扎心，但没人能够反驳。因为生孩子这件事，在喜悦与希望的相互交织里，往往夹杂着一个女人对容颜衰败的默默叹息。毕竟不是每个产妇都能像女明星那样，有条件迅速恢复光彩照人的模样。大部分母亲，都会在孩子出生后迅速跌入育儿的汪洋大海，把自己的容貌和身材都抛之脑后。而外貌改变带来的自卑、脱离工作岗位带来的焦虑，通常就是产后抑郁的前奏曲。

相比生理折磨，心理压力才是怀孕生子的最可怕负效应。更可怕的是婆家人，甚至自己千挑万选的丈夫，一脸不屑地指责："你不就是生个孩子吗？哪个女人不这样？就你矫情！"

这句话才是刺骨钢针，杀伤力远胜于医生手中那把寒光闪闪的产钳。产妇一听，失落和沮丧便溃不成军。不信打开百度搜索，女性因产后抑郁跳楼的新闻屡见不鲜。

那些看不见的压抑、痛苦与不安，就这样被默默吞回去，日复一日地堆积成不可逆转的情绪山洪，然后吞噬新手妈妈的整个人生。

当然，这不是常态，但足以警醒每一个家庭。

5

你可能会问，既然生孩子那么累，那为什么还要生呢？

我觉得这个问题的答案，和"为什么要结婚"是一模一样的：明明有许多过来人告诫你婚姻不易，你也见多了生娃的种种艰辛，但还是会一头扎进围城，义无反顾地为人妻、为人母。

答案只有一个字——爱。

就拿我本人来说，我希望世间能有这么一个可爱的小生命，携带并融合我和高先生各自的 DNA，集齐我们的优点长处，一点一点地，长成我们共有的宝贝。

事实上，当你爱上一个人，必定会想与他血肉交融、合为一体。而最直接的证明，就是人们常说的爱情结晶——孩子。

但我清楚地知道，做母亲，势必要牺牲一部分自我。而生理结构与社会属性，通常要把牺牲归结为母亲的任务。

你得放弃一部分工作，腾出时间来喂饭、做游戏；

你得放弃整夜的安详睡眠，起床喂奶、换尿布；

你得忍受无休止的哭闹，耐心地拍、认真地哄；

……

如果这样的牺牲与劳累都配不上"了不起"三个字，那男人外出挣来的吃穿用度，就更不值得一提了。

没人能够随随便便当妈，更没人能够轻轻松松带娃。假如生儿育女都激不起他的一丁点感恩之心，那这个男人大概已经自私自利得无可救药了。

爸爸们，你们想啊，你给她一颗精子，她就变出了一个娃。

简直酷炸天了，好吗！

好婚姻，是性价比最高的化妆品

1

婚姻对一个女人的最直接影响，大概就是她的容貌和面相。过得不好的女人，通常会在磨砺中迅速苍老。我不敢说这是绝对的真理，但能适用于包括明星在内的大部分女性。

试问一个陷入情感困境，成天忙着与小三斗智斗勇、和婆婆见招拆招的女人，又怎么能呈现美好的一面？

洗面奶洗不去疲惫，粉底遮不住忧伤，眉笔画不出顾盼生辉，口红也抹不出神采飞扬。难怪朱茵说："如果照镜子发现自己变得更漂亮了，那就说明你嫁对人了。"

从前看电视剧《我的前半生》，最让我心疼的倒不是罗子君，而是她的妹妹罗子群。那个斩钉截铁地嫁给爱情的姑娘，婚后却把日子过得像黄连一般苦：丈夫不上进，整天做着发横财的白日梦，还常常惹事生非，需要她拖着疲倦的身躯去收拾残局。

为了生活，罗子群不得不连轴转似的工作，用不起高档护肤品，穿的也是地摊上淘来的便宜货。她明明比罗子君和唐晶年纪小，可看上去，却苍老得多。

有一回，她哭着说："像我这样没本事、没能力、被生活早早摧残成黄脸婆的女人，谁会要我？"

这话真令人心酸，但却是最残忍的现实。

我不会灌鸡汤式地告诉你，只要有爱，不护肤、不保养、不美容，也能美得倾国倾城。我想表达的是，有了爱，梳妆台上的瓶瓶罐罐会更事半功倍。对一个相貌普通的妻子来说，物质滋养和心灵滋养双管齐下，才能保证她越来越好看。

当然，这种好看不代表逆自然而行，也不是整容般的改头换面，而是基础之上的突出和加强，让美成为比较级。

事实上，幸福的女人即使老了，也会有岁月沉淀下的另一种美。

2

《红楼梦》中有句话，出自贾宝玉之口："女孩儿未出嫁，是颗无价之宝珠；出了嫁，不知怎么就变出许多的不好的毛病来，虽是颗珠子，却没有光彩宝色，是颗死珠了；再老了，更变得不是珠子，竟是鱼眼睛了。"

他感慨岁月的摧残与生命的残败，而我看到了女人的苦。事实上，婚后失了光芒的女人，真的遍地都是。

我也曾亲眼见证过一个妙龄少女向沧桑大妈的转变。邻居家的婶婶，嫁过来时一脸娇羞，梳妆台上摆着蛤蜊油和润唇膏，皮肤也鲜嫩得仿佛能掐出水来。

结婚头两年，常见她对镜梳妆，仔仔细细地描眉画唇，像村里鹤立鸡群的一枝花儿。可婆婆嫌她臭美，丈夫也怨她矫情。她无奈，只得把爱美之心小心翼翼地藏起来。

后来有了孩子，公婆相继生病，丈夫又好吃懒做，她不得不里里外外操持，独自撑起一片天来。在变身女强人的过程中，她变得不好看了。先是变黑，后又生出皱纹来，像一朵花渐渐失去水分，慢慢枯萎。

偶尔会听到她自嘲一笑："哪儿能不丑呢？活儿重，心里又急躁，多美都被折腾完了！"

多心酸的一句话。

当初执子之手，想的是与子偕老。但这个"老"，是优雅而幸福地老去，而不是沦为鱼眼珠，让自己都瞧不起自己。

所以啊，有时容貌也是婚姻的晴雨表。私以为，妻子容貌坍塌，丈夫至少要负一半责任。

姑娘们，假如婚后的你越来越丑，请重新审视婚姻。当然，这也不仅仅是男方一个人的问题。男人们呢，如果你发现爱人容颜不再，便要自我反思，多给予关怀和爱护。

套用一句俗话吧——婚前的颜值是自己捯饬来的，婚后的美貌却是夫妻俩一同修来的。

最考验老公的地方，不是床

1

先讲一条骇人的新闻。

事情发生在二十多年前。当时，有个十九岁的女孩和男友同居了，两人一起住在某铁矿的单身宿舍内。一天夜里十二点多，男友干完活回家，见女友还没把饭煮熟，无名之火顿起，矛盾由此爆发。两人先是激烈地争吵，后来发生肢体冲突。女孩用锅铲在男友背上敲了一下，此举彻底激怒对方。他干脆把她按在床上掐死，随即抛尸潜逃，亡命天涯。

现在，我想着重谈谈惨案的导火索——女友没做饭。

咱们先不说女孩到底该不该做饭，也暂且不追究细枝末节，只聊聊男方当时的暴跳如雷，因为这样的情境在生活中实在太常见了。大部分下班回家的男士，的确会因此而怒气冲天："我在外辛辛苦苦干一天，回家竟连口热乎饭都吃不上！"

读者小A就遇到过一次。那天晚上八点多，她从后台发来信息，言语间满是伤心失落。

两个小时前，丈夫下班，见菜没洗、饭没做，家中冰锅冷灶，一张脸瞬间拉下来。他把公文包重重摔在沙发上，开口便是斥责："你一整天在家待着，连个饭都不做？"

当时小A正在给孩子喂药，心情不免烦躁，也毫不客气地回了一句："我是你请的保姆吗？！"

这下好了，战争挑起，两人针尖对麦芒地吵了将近半小时，把生病的孩子吓得哇哇大哭。

小A哭得一把鼻涕一把泪："我又不是故意不做饭，他一点都不体谅全职妈妈的难处。"

说实话，我能理解男人们的心情。在外奔波一天，最能安慰周身疲惫的，便是家中那一桌热气腾腾的饭菜，解了饥肠辘辘，也缓了风尘仆仆。

但他们的理直气壮，恕我实在无法认同。那或多或少地反应了潜意识中的大男子主义，没直接说出口，却无时无刻不在暗示：你是女人，你必须做饭做家务！

哪怕妻子也和他一样拼杀在职场上，哪怕她也同样挣钱养家。

2

现在已经是202X年了，但许多人，包括许多女人，依然固执地把厨房定义为"女人的战场"。

很久前看过一部电视剧，女孩第一次去未来婆家，饭后便积极地擦桌子、洗碗。男友探头探脑地想进厨房帮忙，母亲却拦住他："厨房不是男人该进的地方。"男孩讪笑了一下，也就心安理得地看电视去了。

但如果换一个场景，男孩跟着女友去见家长呢？他们很少有主动收拾的意识，哪怕表现出来了，准丈母娘也多半会说"你坐你坐，这些活儿用不着你来"——这是普遍存在于中国家庭的情况。

在婚姻缔结之初，人们便下意识地把做饭洗碗作为任务派给女方，并用"贤惠"加以定义，形成代代相传的考核标准，女人就这样在厨房里忙碌了几千年。

其实家庭模式乃至社会格局，背后都是生产力在调动。从前生产力低下，身强力壮的男人肩负打猎、种植的重任，用一身力气去换全家口粮；女人们心细手巧，也就顺理成章地烹饪、纺织。男女分工合作，共同撑起家庭。

但现在不一样了，纯粹依靠体力劳动过日子的时代已经远去。社会的进步将女性也推到了台前，她们有了更多的用武之地，不必再靠子宫和厨房来彰显价值。遗憾的是，许多丈夫都还没意识到这一点，他们依然把做饭视作妻子的责任和义务。

或许有人会说："可是男的不会做饭啊。"

可又有谁是天生就会做呢？只不过是我们的社会氛围和家庭教育没教会他们这一点而已。

电视剧《新白娘子传奇》里许仙说得好："烧饭、洗衣，可不是老天造人时就定给女人做的。"

要知道，最顶尖的厨师和美食家，可都是男人啊！只不过扮演"丈夫"这个角色时，他们自然而然地把这一项技能抛开了。

9

圣人有言，君子远庖厨。原意是说：君子对于飞禽走兽，见到它们活着，便不忍心让它们死去；听到它们哀叫，便不忍心吃它们的肉，所以君子总是远离厨房。可有人却将它曲解为男人不该进厨房，还理直气壮地表示："我这可是遵循圣人的教导。"

不久前，好友小霜就因此和丈夫大吵一架。

当时，两口子酒足饭饱，小霜努努嘴，示意丈夫洗碗，可对方却一动不动，眼睛只牢牢盯住手机屏幕。

这种情况，也不是第一次了。丈夫是婆婆的心头肉，衣来伸手、饭来张口地长大，几乎没有任何自理能力。婚后经老婆调教，这才磕磕绊绊地学会了煮面、熬粥、煎鸡蛋，但对家务始终抱着"能逃则逃"的消极态度，总是想方设法地把活儿都推给妻子。

小霜见他装傻，声调便提高了不少："我做饭很累了，碗得你洗！"

丈夫磨磨蹭蹭地起身来，边收拾餐桌边嘟囔："好吧，我勉为其难帮你洗一下。"

"什么叫帮我？你没吃饭？"小霜气不打一处来，火气蹭蹭地从心底窜出，全部化作了嘴上的刀子。

男人也不示弱，理直气壮地把自己的父母搬出来做例证："我们家都是我妈做饭洗碗，我妈可以，凭什么你就不行？！"

两口子唇枪舌剑地闹了一场，冷战持续了将近一周才算完。

都说家是两个人的，家务却为什么只是女人的呢？

厨房里的烟火气息，能构建真实具体的幸福。但它的缔造者和维护者，是且必须是婚姻里的两个人。

4

"做饭的男人最帅气！"

这是近年来特别流行的一句话。所谓"帅气"，当然不一定是客观事实，仅仅是主观感受，就足以使妻子的幸福感爆棚了。

不瞒诸位，我在婚姻中的最幸福时刻之一，就是和老公一起做饭时。他负责切菜、炒菜，我就剥蒜、择菜，两人边干活边聊着一天的见闻，在噼里啪啦的爆炒声中笑作一团。

这样的生活世俗却温馨，熬煮百味人生，调匀酸甜苦辣，让人觉得未来可期，日子能缓缓地、悠然地过下去。因为身边的他懂得分担责任，认真对待生活，用心经营婚姻。

曾听一位男性友人吐槽妻子太作："我命都可以给她，她却总是说我不爱她！"

妻子翻了个白眼："我要你的命干什么？我只不过要你擦擦灶台、洗洗碗。"

许多人都是这样，一说爱情，立刻就联想到生死相许，满脑子都是小龙女和杨过式的悲壮凄美，抑或是韩剧中的生离死别。

许多人也都对伴侣信誓旦旦：如果到了那天，我一定会怎样怎样。说得眼泛泪光，仿佛自己已经是故事中的主人公。

但事实是，遇见上述情况的概率微乎其微，捐器官、挡子弹这种惊天动地的爱，你真不一定有机会实现（祝福各位读者一生健康平安，生命中永远不会出现这样的机会）。能实现的，无非是平凡日子中的琐碎小事；最考验夫妻感情的，也不过是水池里的那一堆脏碗。

说到底，经营婚姻，到底从何经营？

不是说尽甜言蜜语、许尽山盟海誓，而是在生活的各个细微之处用心，比如做饭、洗碗、拖地、刷马桶之类的小事，毕竟普通人的婚姻就是过日子而已。

如果说婚姻是一场修行，那厨房才是最主要的道场。凡夫俗子的一日三餐，让我们在最简单的事情里，接近最本真、最可贵的东西。

5

可能有人会问："我是真的不爱做饭，不做可不可以？"

我的答案是：当然可以！

你看上海那对老夫妻，结婚六十多年，没在家里做过一顿饭，不也恩恩爱爱地走到了钻石婚？但前提是你们三观一致、钱包够鼓，都能享受在外就餐的过程，且不影响夫妻感情。

可惜，丈夫大多会因此大发雷霆：饭都不会煮，我娶你回来做什么！

你看，厨房真的就是老公的"照妖镜"。

我的全职主妇生涯

1

六年前，我也是个全职主妇。

那时候，高先生的小公司运作优良。我朝八晚六挣来的那点钱，对我们的小家似乎并无多大意义。于是在我第 N 个赖床撒娇的清晨，他对我说："不想上班的话，就不要去了。你去学学古筝、健健身，我养你啊！"

他坐在床头看着我，醉人的温柔从他的眼里流淌到了我的心里。他又加上一句："你的健康和快乐才是最重要的，我养得起你。"

我被这句话打动，忽然感觉到：有一个男人，愿意把我认真收藏、妥置安放，免我惊、免我苦、免我四下流离、免我无枝可依。这或许是爱情的附加价值，但也是一个男人的最高级承诺之一。他愿意挑起我的余生，他甘心替我负重前行，他可以为我遮风挡雨……

一个女人想在婚姻里得到的爱和安全感，在那一刻都来到我面前。

尽管嫁人的初衷不是为了得到一张长期饭票，可一张长期饭票里，饱含了一个男人的疼惜和责任心。所以即使"我养你"这三个字是最毒的情话，还是有无数女人沉溺其中，包括当时的我。

后来想想，也不过是人性本贪婪。有了爱情做根据，再有了婚姻为保障，不劳而获便有了合情合理的解释，让人能够理直气壮地逃避人心复杂与社会险恶。

2

那时我们还没有孩子，家务琐事仅限于一日三餐和庭除洒扫。而他的事业，也还没强大到需要一个得体的太太来交际应酬。所以，这个全职主妇做起来并不难。

辞职后的第一天，我在本子上认认真真地写下了计划。除了要求自己做好全职主妇的工作，我还购买了某网校的日语初级课程，兴致勃勃地充值了读书 App 的会员卡。日程表排得满满当当，精确到几时几分。我想成为一个内外兼修的新时代主妇，能上厅堂也能下厨房，还能花容月貌、秀外慧中，给老公装点门面。

第一个月，一切顺利。

系上围裙，拿起锅铲，我喜滋滋地洗手做羹汤，看着忙完回家的他大快朵颐，便有成就感和幸福感在心头荡漾。

日语学完了五十音图，世界史也读到了文艺复兴，眼看着岁月静好、现世安稳，一切都完美得不得了。

但一个月后，我渐渐对擦桌子买菜心生厌烦，在他应酬晚归的夜里，书本和音乐都失去了吸引力。我躺在沙发上，百无聊赖地一次次换着电视频道，守着一盏孤灯，盼望良人归。等他一身酒气地回来，我便歇斯底里地跟他吵、和他闹，憋了一整天的恶言恶语都不受控制地倾泻而出。

是的，那时我几乎没有朋友，我的世界小到只有他一个人，所以容不得一丁点的忽视与怠慢，他简直是我存在的所有意义。

我以为爱情绽放了，人生就能顺理成章地结出硕果。那种对"我养你"的渴望，可能只是将爱情视为捷径，企图找一个人背着你赶路。

3

和他关系低迷的那段时间，我没日没夜地思索，如果他忽然抛弃我，我该怎么生活？

那时我还不到二十五岁，正是一个女人的黄金年华。我受过高等教育，谋生算不上艰难，但我陷入了一种无法独立自主的状态，从物质基础到精神世界。

这并不夸张，普通人家的全职主妇在为柴米油盐操心之际，至少存在四个方面的问题。

第一，家务上的重复性。每天的买菜做饭、擦地洗衣、照顾孩子都是一种机械式的重复劳动，创造和超越几乎不存在，更谈不上发展空间和职业突破。时间久了，积极性和成就感都会大打折扣。

第二，生活上的封闭性。大部分全职主妇的生活范围，几乎被固定在家和菜市场之间，人际交往圈在不断缩小。到了最后，心里只安放得下一个家庭的欢喜悲忧。女人的格局和眼界一变小，气质便难免变得局促，世俗感甚至市侩感也就缠上身来。

第三，经济上的寄生性。钱是最直接的底气和勇气，男女都一样。当你的衣食住行都依赖于男人的给予时，夫妻间的平等已在不知不觉中打破，"经济基础决定上层建筑"的道理，放之四海皆准。

第四，精神上的依赖性。全职主妇的生活，依赖于婚姻带来的安全感，而这样的安全感，几乎全部来源于男人。于是，女人的所有关注点和着力点都变成了男人，依赖是全身心的，独立已无从谈起。

4

我开始意识到，全职主妇面临的最大困境，并不是男人的善变无常，而是自我的严重缺失。所以，我在半年后重新找了工作，回到忙忙碌碌的生活里去。

父母和闺蜜都觉得我是"迷途知返"，这似乎是整个社会的共识："全职主妇"这个身份被视为一种委屈和妥协，其本质更倾向于底层妇女不得已而为之的宿命。在大众眼里，一个知识女性投身家庭，无疑是资源的巨大浪费。

可我切身体会过"全职主妇"的生活，所以我明白一个优质主妇的价值和意义，并不限于柴米油盐和生儿育女。

那时，我在美容院认识了一位太太，她有一儿一女，主要工作便是"稳定大后方，辅助丈夫的前线战斗"。她微笑着跟我们分享她的烘焙心得，偶尔也发表一些育儿观点和理财方案，说得头头是道、有理有据。她的脸上有柔和明媚的笑容，并不像一脸怨气与无助的我。

讲真，能把"全职太太"做成功的女人，能力并不亚于那些在职场上冲锋陷阵的女强人。她需要强大的统筹能力、调控能力与足够的吃苦耐劳精神，才能把家庭正常运转起来。这个过程绝非与世隔绝、闭门造车，一个优秀的主妇，必然集营养师、俏厨娘、外交家、育儿师等角色于一身。

我和这位太太的最大不同，或许就在于对"全职主妇"这四个字的理解力和执行力，我借着它来逃避社会，而事实上，"全职主妇"是一份正经而严肃、极具挑战性的职业。

5

太多人误会了全职主妇，因为整个社会的价值观都深陷在金钱堆积出来的璀璨夺目里，那些无法用钞票来衡量价值的劳动和付出，似乎完全不值得一提。

所以赚钱养家的人有资格颐指气使，操持家务的就只能逆来顺受？都在为家庭做贡献好吗？！

夫妻双方无异于企业里的不同岗位，不过是分工有所区别而已。

说这些，并不是怂恿女孩们往家庭主妇的路上走。毕竟女权运动轰轰烈烈地搞了数百年，自强自立已成新时代女性的标配。自强自立的本质，是靠自己的双手和头脑，用劳动去换取体面与尊严。

全职主妇的问题在于，社会和舆论都很少承认其劳动与价值。因为她们创造的财富是隐性的，非有心人、有爱人不可见。

遗憾的是，很少有男人能够意识到这一点，他们习惯用"我的妻

子没有工作"来彰显自己的劳苦功高，也理所当然地把家庭幸福全部归功于自己的辛勤工作。

更遗憾的是，目前还没有一部法律能够有效保障全职主妇的切身利益。

所以我们对"全职主妇"谈之色变，迫不及待地要用高跟鞋与套装来包裹出一层密不透风的自尊与自强。

事实上，把全职主妇做成功，只需要两点——家人的认同、自身的勤勉。

其实只是把工作地点换到了家里，一样的奋发向上、与时俱进、兢兢业业，且不断学习、不断突破。

三十一岁那年，我做了全职爸爸

1

那天，陆云生回家很早，大约不到五点吧，反正车还没有堵起来，所以从公司到家，一路都畅通无阻。

可当他疲惫地推开家门，看到的却是不满一岁的小儿子正哇哇大哭，一片用过的尿不湿扔在客厅的地面上，上面有金灿灿的一大坨。

沙发上还堆着绵潮的衣物，看样子是刚从洗衣机里捞出来的。遥控器、梳子、水杯、奶瓶、湿巾都在茶几上，横七竖八地摆了一桌。

火气腾地从心底窜出，一路燃烧着经过五脏六腑，最后从嘴巴里喷涌而出："罗敏！罗敏！！罗敏！！！"

喊叫一声高过一声，儿子受到惊吓，哭得更凶了。

"怎么了？"罗敏慌慌张张地从卧室里跑出来，左手上搭着一条小孩裤子，右手拿着一大包纸尿裤。

她的头发松松散散地歪在脑后，身上套了条宽松的睡裙，一张素脸黯淡无光。

陆云生气不打一处来："你在干什么？孩子都哭成这样了，也不知道哄哄！"

"我进去拿尿布呀！"罗敏很委屈，脸色也晴转多云，路过地上的玩具车时，顺脚就踢了一下，恶狠狠地。

那声音咣当一下砸在陆云生心上，他觉得自己再也忍不住了，便一摔公文包，呵斥起来："你整天闲在家里，这点小事都做不好吗？！"

接下来是一场家庭大战，夫妻俩把扎心话来来回回讲了无数遍，都拣着对方最要害的地方戳。

最后罗敏哭起来："你不就是嫌我不赚钱吗？明天我就找工作去！"

陆云生见妻子流泪，心不由一软，身体和神经都松弛下来，那句不知如何开口的话，终于说出口了。

"敏，我失业了。"

2

三十一岁的陆云生，是这个四口之家的唯一支柱。罗敏原本是一家三甲医院的护士，生产后就辞职做了全职妈妈。其实也是不得已而为之，因为双方老人都腾不出手来支援这个小家庭。

罗敏的妈妈忙着照顾大哥家的双胞胎儿子，婆婆则长期卧病在床。夫妻俩商议着请个保姆，却被价钱吓得打消了念头。

得，还是牺牲女人吧，反正大家都是这么做的。

开始时，陆云生还有点歉意，但那细微的愧疚之心，很快就被工作压力冲得荡然无存。

好不容易熬到老大上了幼儿园，罗敏却意外怀孕，刚刚做好的简历又被扔进垃圾桶。

陆云生只觉得房贷、车贷、育儿化为三座大山，压得他窒息，生活一天天过成了张爱玲笔下的模样："中年以后的男人，时常会觉得孤独，因为他一睁开眼睛，周围都是要依靠他的人，却没有他可以依靠的人。"

可眼下，被依靠的人失业了。

原因也不复杂，就是跟丢了一个大单，女上司不分青红皂白，在一众同事面前怒骂，咆哮着要他滚。

为了生活、为了家，只能忍辱负重，可陆云生偏偏瞧不上这个靠睡上位的女人，他忍不住心里的憋屈，不阴不阳地回了几句。

中年人是不会如此任性的，但那天的陆云生仿佛中了邪，反正就是不顾一切地还击了。直到解雇消息传来，他才清醒过来，想起生活远比面子重要。

可木已成舟，悔之晚矣。

好在罗敏只愣了几秒钟，就一声不吭地收拾家务，又默默地出门去接放学的大宝。

陆云生手足无措地抱着嚎哭的二宝，身和心都疲惫到了极点。

3

那一晚，哄睡两个孩子后，罗敏提出应对策略："正好有家民营医院找我，不如我先去上班，你在家带几天孩子吧？"

"民营的？靠谱吗？"陆云生下意识地抗拒，"再说了，男人带孩子，像什么话！"

罗敏不客气地回敬："那你能马上找到好工作吗？"

一句话又戳中了陆云生的痛处，他快快地低下头，深知自己的学历、能力都只在中游，虽然对待每份工作都尽心竭力，却总也等不来升职加薪。

罗敏则不然，还没辞职时的她年年评优，几乎是所有人眼中的护士长候选人。为家庭急流勇退，是出于责任与牺牲，并非她的本意。

见丈夫犹豫，她又趁热打铁："会有点辛苦，但薪水还不错，比之前的高多了。"

话说到这般地步，陆云生只好点头同意，可心里暗暗打着小算盘。他计划边带孩子边考个证，然后杀回职场去，把老爷们儿的地位和底气都抢回来。

就这样，罗敏开始带着陆云生适应"全职爸爸"的生活：做早餐，接送大宝上下学，做家务，带二宝，应付一切可能发生的情况。

陆云生跟在老婆身后瞥着眼学，嘴上不屑道："哟，这些活儿都很简单嘛，也值得你唠叨个没完？"

罗敏回头白他一眼："到时候有你好看的！"

他哈哈一笑："小样儿，尽管放马过来吧！"

1

三天后，罗敏由"家庭主妇"变身为"职业妇女"，化妆品和高跟鞋也都有了用武之地。

陆云生嗤笑："护士不是都穿护士鞋的吗？"

"我就穿着它去挤地铁，到了干活的地方再换呗！"罗敏认真描着眼线，"妆也是淡的，但这是一种仪式感，好像重新披上了战袍。"

　　等她梳妆完拎上小皮包，陆云生眼前一亮，仿佛回到了两人初见之时。他贴上去想亲昵几句，罗敏却着急出门，一边念叨着就要迟到了，一边嘱咐他别忘了接送孩子。

　　陆云生一耸肩，拉着儿子换衣服。谁料孩子闹起别扭来："我不喜欢大嘴猴，我要小猪佩奇！"

　　佩奇？当爹的一脸懵，用了三四分钟才明白儿子说的是哪件衣服，便急急忙忙地翻箱倒柜。可刚把衣服给大宝套上，小床上的二宝就哇哇大哭起来。

　　他三步并作两步地跑进卧室，抱起孩子，用不成调的儿歌哄他，又转回客厅去督促大宝自己穿衣服。

　　忙活了半个多小时，父子三人才磨磨蹭蹭出了门。那一天，大宝迟到了……

　　陆云生陪着笑脸，点头哈腰地接受老师的批评，仿佛又变回陪客户吃饭喝酒时的陆经理。

5

　　送完孩子买完菜，到家已经快十点了。陆云生瘫倒在沙发上，刚想打开电视看看球，小宝便用哭闹不休来表达他的饥饿和不满。

　　还能怎么办呢？

　　当然是拖着疲惫的身体爬起来冲奶粉，顺便换下弄湿的尿片。再收拾收拾早餐后留下的碗筷，一个上午基本就过完了。

　　午饭已经完全没心思做了。陆云生草草地给自己泡了一碗方便面，刚要开吃，儿子又哇哇大哭起来，黏着他要亲亲抱抱举高高。

　　他苦笑一下，忽然隐隐约约地同情起妻子来。难怪她总会抱怨手酸，可自己却总笑她矫情，把做家务和带孩子看得简单轻松。

但反省和愧疚都是一时的，趋利避害才是人的天性，所以当罗敏下班后刚一到家，陆云生就提出了抗议，要求妻子再度做回全职妈妈。

罗敏当然不肯，两人讨价还价了一番，最后商定三个月为期，算是对罗敏辛苦三年的补偿。陆云生心不甘情不愿地接受了这个协议，气哼哼地表示："那我再替你带三个月！"

"替我？"罗敏冷笑一声，自顾自去敷面膜、看资料去了。

陆云生一愣，只好带着两个儿子进卫生间，手忙脚乱地为他们换衣服、洗澡。

好在家务是熟能生巧，孩子也远比客户好应付，更何况血浓于水，所以不到一个月，陆云生就和两个儿子打成一片，从"水深火热"中感受到了天伦之乐。

他突然理解并相信了一句话——孩子由谁带，就和谁更亲。

6

有一个夜晚，罗敏加班，大宝从幼儿园回来就蔫蔫的，饭只吃了两口，对《小猪佩奇》也提不起兴趣。

陆云生赶紧给罗敏打电话，在她的指导下给孩子量体温、喂药。可两个小时过去了，孩子依旧无精打采，一张小脸也越发红了。

他像热锅上的蚂蚁般急得团团转，打老婆电话却没人接。情急之下，他一手抱一个，火急火燎地跑到车库去发动车，风驰电掣地往医院驶去。

等红灯时，陆云生竟生出一丝庆幸：还好今天在家的不是罗敏，她力气小，又不会开车，遇到这种情况，该怎么解决呀？

绿灯亮起来，他一个激灵，忽然想起一年前的某个雨夜，他在开会，大宝突然上吐下泻，当时的罗敏已怀胎六个月，但还是咬紧牙关，

把儿子及时送到了医院。

这么一想，陆云生便有些心疼，觉得自己不是人。

到了医院，已将近晚上十点，但儿科大厅依旧灯火通明，生病的小朋友哭得此起彼伏。

陆云生把小宝绑在自己背上，又抱着大宝上楼下楼，挂号、检查、取药一气呵成。旁边的人都夸他，把他当作模范男人来表扬。

可他的心又酸了，放眼望去，这偌大的儿科大厅里，陪着孩子前来挂急诊的，十之八九是妈妈。

谁又比谁容易呢？男人也好，女人也罢，只是家庭分工不同罢了。

全职爸爸又有什么不好？

陆云生暗自嘀咕着，心里也好受多了。

老婆你好好干，家里有我呢

1

上周有个聚餐，席间有个男士开玩笑："女人的智商明显低于男人，你看世界顶级的科学家、医学家、艺术家，甚至厨师，都是男的。"

话一出口，在座的女士都不高兴了。

这位男士的妻子尤其愤怒，她瞪着丈夫反驳："把我怀孕、带孩子、做家务的时间腾出来，我就不信我比不过你！"

说话间，她正在给儿童餐椅上的女儿喂饭，用小勺子舀起，一口口吹凉往孩子嘴里送。

当爹的早已酒过三巡、菜过五味，当妈的却只见缝插针扒了几口饭，中途还悄无声息地抱着孩子上了一趟洗手间，估计是换尿布去了。

这位姐姐我不太熟，只隐隐约约地知道她是个全职妈妈，大部分时间都在两个孩子中打转。

应该也会不甘心吧？

来人间一趟，谁没有过梦想？谁不渴望建功立业？

可一旦为人妻、为人母，大部分女性的事业，似乎就为家庭让步了。因为社会对女性的评判标准，往往建立在以贤妻良母为基础的角色定位上。不信你想想看，这样的声音是不是很多？

"干得好不如嫁得好！"

"你一个女孩那么拼命干吗？好好找个男人嫁了才是正事儿！"

"不生孩子，就不是个完整的女人！"

……

2

据说每个成功的男人背后，都有一个默默无闻的女人。自身很有才华，但为了丈夫而退隐家庭的女性实在太多了。

家庭是一个统一的整体，有人冲锋陷阵，就必须有人稳定后方。总要有人做出牺牲，而这个人，通常被默认为妻子。

演员朱雨辰的妈妈就说过这么一句话："男女分工不同，女的就应该做贤妻良母。"

我猜，这是大部分婆婆和丈夫的心声。

举几个最简单也最常见的情况。

甲夫妻都任教于某重点中学。有一次，夫妻俩同时得到晋升机会，丈夫即将被提拔为年级组长，妻子则有希望担任教研室主任。可他们

的儿子刚刚步入青春期，正是叛逆的时候，父母都忙于工作的话，对孩子的成长肯定不利。夫妻俩商量了几天，最终妻子放弃了自己的晋升，甚至主动申请辞去班主任一职，把大部分精力放在孩子身上。

乙夫妻的孩子还在上幼儿园，下午五点半放学，可夫妻俩的下班时间都是下午六点。在请不起保姆也没有老人帮忙的情况下，妻子主动辞职，另谋了一份下班较早但薪水降低不少的工作。

丙夫妻新婚不久，还没有孩子。两人的事业发展都不错，但需要天南地北到处跑，久而久之，公婆不悦。为了照顾家庭、减少矛盾，妻子不得不申请调换岗位，减少出差时间，甚至转变自己的职业方向。

以男人的事业为先，是大部分夫妻的共识，就连女人自己都觉得顺理成章。所谓贤妻良母，以"妻"和"母"为核心，在赚钱的同时兼顾家庭，以降低自己的事业为代价，全力辅佐丈夫。

那么，"我"又在哪里呢？

8

古时候的女人被要求大门不出二门不迈，用最原始的生理功能来换取社会的尊重与认可。于是，洗衣、做饭、带孩子成了我们的"天然使命"。但我觉得，美好的婚姻不是由女性的单方面牺牲促成的。作为婚姻的主体，男女双方都有责任、有义务去分担家务、完善自身、成全对方。

这样的夫妻，我见过的。

有人介绍我认识一位紫陶师傅，是个三十多岁的大姐，姓杨。这位杨姐性情直爽、技艺惊人，从拉坯到烧窑，无所不能。那间一百多平方米的店铺里，满满陈列着她的作品，茶壶、花瓶、摆件，个个精美绝伦。

我有些吃惊，因为做这一行费时费力，女性大多只能做个装饰、填泥之类的相对不那么耗力气的工作。很少有人能掌握制作紫陶作品的全套流程，更别提开个人作品店铺、天南地北地比赛、参展了。

当我讲出心中疑惑，杨姐爽朗一笑。

"我老公很支持我，我忙到很晚才回家，辅导作业、洗澡、哄睡之类的活儿，他基本都包了。"

"他是全职爸爸？"

"也不是，但会尽量分担家务。他说，老婆你好好干，家里有我呢！"

人们习惯了把女人看作男人的坚实后盾，所以很少想到角色互换，也很少会以女人的工作为先。所以，每一个能把妻子的梦想放在心上且主动辅佐妻子的丈夫，都值得我们竖起大拇指。

因为他懂爱。

4

男女分工不同，这可能是婚姻里最大的谎言。

有位丈母娘说过一段很中肯的话，大致意思是这样的：过去需要扛大米做煤球，现在都不需要了，家里的活儿，无非就是洗洗刷刷。女儿、女婿都上班，谁都不靠谁养活，家务自然也该两个人一起做。

"男主外、女主内"的时代已经过去了。更何况现在的家庭，也远远不是"男耕女织"就能撑起来的。

妻子们纷纷穿上高跟鞋出门，和丈夫一样拼杀在职场上，赚回吃穿用度。他们心中，其实也有关于梦想和价值的小小火苗在燃烧。

当然，并不是依赖着男人，我们的人生理想就会实现得更容易。

但他的支持与鼓励，能让那一段艰辛的路程好走一些、明亮一些、欢快一些。

"老婆，你好好干，家里还有我呢！"

遇到这样的男人，就痛痛快快嫁了吧。

因为最高级的爱，是主动去协助对方、成就对方。

听说别人家的老公，从未让你失望

1

吐槽老公，几乎是所有已婚妇女的爱好。说来真惭愧，我也是其中之一。

当初满心欢喜地嫁给高先生，满以为自己是韩剧中的幸福女主角。可日子一天天过下来，总觉得这与想象中的美满人生相去甚远。到底是有些意难平的，所以难免惆怅失落。

比如，他会朝我发火。

前天我们在昆明，打车去医院时，不小心把行李箱遗落在出租车后备箱。我心急火燎地联系出租车中心，又拜托在媒体工作的朋友，在电台登寻物启事。

我像热锅上的蚂蚁般团团转，可高先生不慌不忙，淡定地表示丢了就丢了，为它着急上火不值当。可恋物的我很执拗，想尽办法要寻回失物。他见说服不了我，音调就高了起来，连吼带骂地说了几句。

我一愣，眼泪不受控制地掉了下来，委屈、失望、愤怒扭成了一股怨气。他不帮我分忧也就算了，竟还对我横加指责！

忍不了！

忽然想起朋友的丈夫，据说两人出门旅行时，她完全不必带脑子，他自然会做好攻略和计划，一路仔细照看。行李丢失，不可能需要她操心的，那位老公一定会大包大揽，自己想尽办法去解决问题。

别人家的老公，果然从未让我失望。

我的怨气和怒气都加了一层，对某人恨得牙痒痒，吐槽的欲望压都压不住。

男人们常说，儿子是自己的亲，老婆是别人的好。其实对于女人来说，又何尝不是！

2

在夫妻关系上，我羡慕过好几个朋友。

甲的丈夫体贴而浪漫，记得住生理期和纪念日，出差知道带礼物；

乙的丈夫家境优越、能力突出，婚纱照是在日本的樱花雨中拍的，唯美得不像话；

丙的丈夫不抽烟、不喝酒，卫生习惯良好，从来不需要妻子监督着洗脚洗脸；

……

对比之下，高先生还真有些逊色：他既不是大富大贵，也没浪漫过几回，更不会把我宠到生活不能自理。

可这个被我吐槽过几百回的男人，竟然也被当作"别人家的老公"膜拜过，许多人夸过他的，尤其是听说他为了帮我调养身体而改良菜品、化身厨神时。

"这么用心的男人，真是不多，你上辈子肯定拯救了银河系！"

有时我们吵到不可开交，他也会在片刻后主动靠过来，笑嘻嘻地求原谅、求和好。闺蜜表示羡慕，因为她家那口子死倔，如果她不主动开口，他能把冷战延续到地老天荒。

果然，在我不管不顾地嚎哭起来后，高先生温柔地把脑袋凑过来："我说丢了就丢了，是怕你有心理负担，对身体不好。我生气是因为你把行李看得比自己的健康还要重。"

还能说什么呢？

我只好一抹眼泪破涕为笑，危机解除，日子照旧。

原来我羡慕着别人时，也有别人在羡慕我。

可能大部分男人，都有让女人心动倾倒的那一面。只是在他身边呆久了，优点和好处都习以为常，反而不易察觉，也不懂得欣赏了。

3

"别人家的老公，从未让我失望！"

这大概是因为，你只看到了他光鲜亮丽的那一面。

钱锺书才华横溢，当年《围城》一出，文坛皆惊。有位女士读罢，只觉满口余香，便想上门拜访，可钱锺书婉拒："假如你吃个鸡蛋觉得味道不错，又何必认识那个下蛋的母鸡呢?"

讲这段趣闻，是为了说明钱先生是一个有才有趣的男人，也算得上女人们嘴里的"别人家的老公"。

可他是怎么做丈夫的呢？我说出来，你一定会皱起眉头，瞬间打消嫁他的念头。

当年，夫人杨绛在医院生孩子，他着急忙慌地跑过去，告诉妻子自己打翻墨水，把房东家的桌布染了。杨绛安慰他："不要紧，我会洗。"

然后，台灯又被砸了。钱锺书忐忑不安，可杨绛还是一笑："不要紧，我能修。"

换作是你，你干吗？

需要产妇来操心日常生活的丈夫，放到今天的网上，肯定会被当作巨婴骂成筛子。

钱锺书六十多岁才学会划火柴，自理能力低到令人发指。当然，这并不妨碍他的文学建树。这些生活轶事并不像他的作品那般流传广泛，即使后来被诸多公众号文章引用，也不过是为了佐证他与夫人是多么伉俪情深。故事被口口相传，便滤去世俗的那一面，只留下高大伟岸的身影。

类似的传说，还包括文艺深沉的梁朝伟。

据说他会在心情不好时，忧郁地飞去伦敦喂鸽子，然后再乘飞机返回，好像什么事情都没发生。他演技好、爱阅读、有品味，可给你一个梁朝伟，你却未必要得起。

因为这人人称道的影帝，会在新房装修时，拎着箱子潇洒出门，把一堆杂事交给妻子处理……

人人都有 AB 面，结婚意味着好的坏的都要照单全收。

既享受他的优秀，又排斥他的恶劣？抱歉，世上没有这种好事。

4

别人家的老公，可能只在作为参照物时才闪闪发光。亲密关系在拉近距离的同时，也放大了男女双方的所有问题。时间一久，少不得相看两厌。

这个道理，电视剧《我的前半生》中已经赤裸裸地表现过：小三登堂入室，如愿把别人家的老公变为自己的枕边人后，却发现日子过成了一团乱麻，那个绝世好男人消失不见了。

所以，不要羡慕别人家的老公。当你真正融入一个男人的生活和生命，华丽的长袍一层层揭开，必然会发现那里除了盛开的鲜花，还有密密麻麻的虱子。

更何况关起门来的日子，外人看不透彻，"别人家老婆"能吃的苦、能遭的罪，你不一定能。倒不如转换角度，努力从自家的男人身上发掘优点，看到希望。

给你两个小建议。

第一，不苛求完美。大部分丈夫都是平凡人，用他的短处去对比别人的长处是不公平的。嫁人讲究的是平均分与综合素质，在婚姻里求完美，结果通常是失望。

第二，炼一颗包容心。向杨绛和刘嘉玲学习，不强行改造对方，成全他的痴气与执拗。聪明的妻子，从不拿其他男人作标尺。

你站在桥上看风景，看风景的人在楼上看你。或许换一个角度，你身边那位就成了"别人家的老公"了。

中年黄蓉背后，是已婚女性的集体哀愁

1

"从此后，王子和公主幸福地生活在一起。"

故事一般只讲到这里。

作者停了笔，观众散了场，少有人会想跑进婚姻里去一探究竟。年轻人不感兴趣，年纪大些的，则明白后来的故事并不美。

想当年，郭靖和黄蓉也被祝福的目光一路簇拥，飘然往桃花岛而去。岛上的日子，金庸先生却不肯仔细描述，只一笔带过：他们成了亲，有了孩子，日子过得很平静。

等夫妻俩再次亮相江湖时，时间已经过了十多年，灵动俏丽的蓉儿，仿佛变了一个人。

那是她和少年杨过的第一次相见。彼时，穆念慈已死，杨过在江湖上孤身漂泊，衣衫褴褛，食不果腹，常受人欺压，混得像个小乞丐。那种凄楚可怜的模样，一下子就把郭靖的心揉碎了，所以他决定收养故人之子，哪怕杨康生前作恶多端。

黄蓉却不太喜欢杨过，因为他实在太像他爹了：相貌英俊、油嘴滑舌，话里话外地得便宜卖乖，且又和欧阳锋暗中牵连，妥妥的一颗不定时炸弹。更何况，黄蓉本人还是杨过的杀父仇人。把小杨过带在身边，多少有些养虎为患的可能。

总而言之，杨过的一言一行，都会把黄蓉带回不愉快的过去。可她又不便违逆丈夫的侠义之心，最后只得心不甘情不愿地接纳，同时又不动声色地耍了个小心眼——她自告奋勇地要做杨过的师父，但只教些四书五经，拳脚功夫一概不提。

"此人聪明才智似不在我下，如果他为人和他爹爹一般，再学了武功，将来为祸不小，不如让他学文，习了圣贤之说，于己于人都有好处。"

这番思量不无道理，黄蓉心思缜密，自然会对杨康之子处处设限、时时提防，但对年少而不明真相的杨过来说，这显然是不公平的。

后来发生许多事，杨过辗转进了全真教，被上上下下一众臭道士欺负，日子仿佛泡在苦水里。我们看得潸然泪下，心里暗暗记下一笔账——黄蓉对杨过，是有所亏欠的。

而亏欠了男主角的人，在剧中会自带些"原罪"。

2

为人妻、为人母的黄蓉，真的不太讨读者喜欢。

那时候，郭靖打算把郭芙许配给杨过。黄蓉一听，立刻脸色大变："我不答应，芙儿怎么能许配给这小子？瞧他将来能不能有出息再说吧。"

若干年后，杨过在英雄大会上出尽风头，击退金轮法王师徒。郭靖欣喜至极，便在庆功宴上再次提起结亲之事。这回，黄蓉的态度软和许多，对杨过改观不少，自然也允了这桩婚事："过儿人品武功都好，我也是欢喜得紧呢。"

俨然一副"嫌贫爱富"的丈母娘嘴脸，与当年那个不顾一切去追寻爱情的蓉儿判若两人。

谁料此时的杨过，已对小龙女情根深种，张口便要娶姑姑为妻。

徒弟和师父产生了男女之情，今时今日仍觉得惊世骇俗，更何况礼教森严的古代？

也是黄蓉劝退了小龙女，她动之以情、晓之以理，仔细分析了一番利弊，最后竟把小龙女"逼"得悄然而去。

看到这里，读者们不由掩卷叹息——黄蓉变了，从前不是这样的。

当年她离家出走，闯荡江湖，与早有婚约的郭靖两情相悦，可父亲反对，江南七怪也把她骂作"小妖女"，她浑不在意，"夫妇自夫妇，情爱自情爱，小小脑筋之中，哪里有过什么贞操节烈的念头"。

少女时代的黄蓉，也曾不惧世俗，只把自己的内心感受放在第一位，根本不在乎世俗的眼光，和小龙女倒有几分相似。

但十几年后，黄蓉的世界观和价值观，都被江湖重新塑造过了：她由一个无拘无束的"小妖女"，进化为了端正庄严的"郭夫人"，自然而然地接受并主动维护主流价值观，成了传统与礼教的卫道士。

这，或许就是成熟的代价。

3

讲真，黄蓉并非完人。

其实在《射雕英雄传》中，她的小心眼和护短就已初露端倪，可大部分读者，都会选择性地忽略女主角的性格瑕疵。

到了《神雕侠侣》中，黄蓉的主角光环已然褪去，小聪明也就被解读为精明，那些小计谋、小心眼通通被视作狡诈，多少显得有些面目可憎。

还有就是，她嫁了人、当了妈，眼里装的、心里想的都渐渐变多，灵气渐渐消退。

婚姻和家庭，极容易抹去一个女人的轻盈。

有个细节，发生在英雄大会之前：当时，黄蓉已经怀上龙凤胎，身子大不如前。郭靖劝她把丐帮的大小事务都交给鲁有脚，好腾出精力来专心养胎。黄蓉却回答："丐帮之事，我本来就没多操心。倒是芙儿的终身，好教我放心不下。"

对那个被自己惯出来的大女儿，黄蓉简直操碎了心。平日里咋咋呼呼、刁蛮任性也就罢了，可她竟挥剑砍下了杨过的一只手臂。郭靖这个当爹的性情耿直，当下便要斩下女儿的手臂向杨过谢罪。

当娘的黄蓉自然不肯，她从丈夫手中夺过女儿，马不停蹄地找地方安置，然后满腹愁绪地思索该怎样调解矛盾：既能平息丈夫的怒火，又能护女儿周全。

在这一段中，黄蓉的表现坐实了"护短"的罪名，其人设似乎全面崩塌了，可做了母亲的女性读者却能理解她——那是她身上掉下来的一块肉啊！

当妈的，谁不是把儿女的安危放在首位？那一刻，什么江湖道义

都只能先靠边站，先救下孩子再说。

身为母亲，这是一种与生俱来的本能——哪怕它不那么正确，哪怕此举会招致千夫所指。

1

杨绛先生曾说："我最大的功劳，是保住了钱锺书的淘气和痴气。"

这句话，几乎能严丝合缝地套用在黄蓉身上。

中年的郭靖，依然不改天真少年气，为人淳朴，待人真诚，不见一丝油腻气息。见了杨过，恨不能掏出一颗心来，把满腔情谊都真诚奉上。谁料对方已知悉父亲的死因，正憋着一口气来寻仇。

黄蓉急得团团转，可郭靖浑然不觉，反而邀杨过与自己同房而眠，坦坦荡荡，根本没有防备之心。

这么多年过去了，他依然是初初踏入江湖的耿直少年，黄蓉却早就褪去少女时期的娇柔天真，时刻提着一颗心来观察四周，眼里充满猜疑，脸上也布满焦虑。

说到底，郭靖那颗纯粹的赤子之心，有一大半是黄蓉成全的。

"侠之大者"的背后，是妻子殚精竭力、稳定后方，把家庭内部的大部分风风雨雨都一肩扛起。

单说龙凤胎出生那一段吧。

当时蒙古大军来犯，郭靖忙于御敌，身受重伤，黄蓉在烽火狼烟中生下孩子，月子还没来得及做，又匆忙下地去寻找被掳走的小婴儿郭襄。

那一趟也惊险至极。黄蓉拖着产后虚弱的身体，与金轮法王恶斗，跟李莫愁比试，还在绝情谷中斗智斗勇，说是殚精竭力也不为过。

小龙女只是全心全意爱杨过，黄蓉的心儿却分作了两半，一半给了丈夫，一半给了儿女。

女人一旦有了家，就生出软肋与盔甲，免不了要与生活、命运缠斗，便会隐约露出些狼狈不堪来。

黄蓉的身不由己，几乎是已婚女人的集体写照：操心丈夫孩子，打点工作，还得关心儿女的情感状态和终身大事……

千年之后，江湖变为职场，刀光剑影隐藏到了言笑晏晏中。"黄蓉"们扔掉长剑、卸下戎装，又拿起另一种武器，奔波在另一个战场。

5

据说许多人都不喜欢中年时期的黄蓉。当少女感远去，黄蓉也在不知不觉间沦为贾宝玉口中的"鱼眼珠"，不如从前那般光彩照人，甚至还有些俗气市侩。

恕我直言，抱此种想法的人，其实很肤浅。因为他们犯了一种名叫"少女崇拜"的病，只肯去欣赏年轻女孩的娇俏明媚，却从不用心去感受成熟女性的别样魅力。

黄蓉这个角色，横跨金庸先生的两部巨作，完成了一个女人从成长到成熟的全过程。她的身上，不可能永远是少女的纯真。

所谓护短、狡诈与精明世故，就如悄悄爬上额头眼角的皱纹那般，是岁月对一个人的必然改变。

或许不那么光鲜可爱，但却是真实的人生与人性。

只有深刻理解过婚姻和生活的人，才能从中年黄蓉身上看到悲哀，却又从悲哀中品出难能可贵的美好。

更何况黄蓉并非平庸妇女，守卫襄阳时，挺着孕肚的她大义凛然："靖哥哥，是襄阳城要紧，还是你我的情爱要紧？是你身子要紧，还是我的身子要紧？"

金庸写江湖事，会有意无意地描摹世间的夫妻，而其中最圆满的

一对，非郭靖和黄蓉莫属。

他们年少相爱，历经层层磨难结合，而后生儿育女、彼此陪伴，最终双双殉城，完成了一个有始有终的侠义故事。

犹记得那个傍晚，晚霞布满了半片天空。黄蓉与丈夫并肩而立，只见他英风飒飒，心中不由得充满了说不尽的爱慕眷恋之意。

到了这里，一切就都值得了。

遗憾的是，现实中的"郭靖"寥寥无几，绝情谷主"公孙止"却比比皆是。眼看着妻子花退残红，嫌恶便满满地生出来，情不自禁地把目光瞥向年轻貌美的"小翠"，全然欣赏不了步入中年的枕边人。

这样的婚姻，不失败才怪！

做了夫妻，我们就不会谈恋爱了

1

这场车祸是两个人自找的。

撞上护栏前的几秒钟，车内的两个人还在激烈争吵。在摄像头抓拍到的画面里，两人都张牙舞爪。陈静怒火攻心，一时发了狠，便伸手去抓张明达的脸，猛然使出"九阴白骨爪"的招术，张明达的眼镜被打掉，视线一模糊，车就转了向，直冲冲向护栏撞去。

砰的一声，不知是什么东西裂开了、震碎了，跟着他们的婚姻一道，灰飞烟灭。

张明达的头受伤了，一股强烈的气流逼迫而来，他只听到一声巨响，便什么也不知道了。

醒来时，眼前已是白墙壁、白被单，身边还围了一圈人，和电视剧里演的一模一样。见他醒了，老母亲开始念佛，姐姐也泪眼婆娑。

张明达转了转眼珠，头脑渐渐清醒。意识到前因后果之后，他顾不得头痛欲裂，猛地掀开被子坐起来："小静呢？她怎么样了？"

姐姐伸手按住他，脸上的不悦显而易见："都闹成这样了？差点把命给搭上！"夫妻俩吵吵闹闹一两年了，亲友们劝说无效，也渐渐不耐烦起来。

谁生活里还没点鸡毛蒜皮的事儿来烦心？别人家的欢喜悲忧，听多了，见多了，难免要露出些麻木，就连血亲也无法例外。

那天，夫妻俩又因为谁洗碗吵得不可开交，陈静激动起来，大声嚷嚷着要离婚。张明达的怒火也在熊熊燃烧，不由分说便把妻子推上车，一踩油门，箭一般地往民政局驶去。

结果，两个眼睛都喷着火的人，在中途出了车祸……

2

等见到陈静时，张明达只觉得难受，气消了，怒也散了，心里某个不知名的地方被牵扯着，火烧火燎地疼。

这个平日里咋咋呼呼的泼辣女人，躺在一片洁白里，右腿打了石膏。她还没醒，瘦弱的身子仿佛与白床单、白被子融为一体，轻飘飘的，随时都会被风吹走。

张明达在床沿上坐下来，轻轻握住妻子的手，眼里噙着几滴泪，却又落不下来。他们已经做了三四年夫妻，知心话说得越来越少，日子也过得鸡飞狗跳。就连此刻的触动和感怀，都成了一种矫情与奢侈。

可是，他们也真真实实地相爱过。

　　张明达记得那年春风拂面，他们手牵着手去置办锅碗瓢盆，推着购物车走在超市里时，他体验到了什么是"岁月静好"。那时也看电影、送玫瑰，两个人窝在一团黑暗里拉手接吻，爱情看不见摸不着，却无处不在、无时不有。

　　他们是高中同学，感情在十几岁时就萌芽了，共同经历了大学和毕业后的人生阶段，将彼此融入各自的人生中。一切都顺理成章，水到渠成。

　　可踏入围城后，才发现步步惊心、处处障碍，两个人磕磕碰碰地走过来，憧憬与激情慢慢化成了无奈与疲惫。

　　陈静变得怨毒而暴戾，"离婚"成了挂在嘴边的口头禅。有一次，两人撕破脸、闹翻天，已经走到民政局，却在迈进大门的那一刻抱头痛哭。他们蓦地想起几年前，也是在这里领了红本本，发誓说要一生相爱。于是又擦干了眼泪回家，吵了和好，和好又吵。

　　张明达的回忆被手心里的轻微动静打断，他低头一看，陈静缓缓睁开眼睛，她的嘴唇上下哆嗦着，犹豫着问出："你……是谁？我，为什么在这里？"

3

　　最狗血的剧情发生了，车祸后的陈静失忆了。她睁着一双可怜巴巴的眼睛四处打量，神色里有一丝茫然和凄楚。

　　医生没从她的脑部 CT 里发现异常，唯一的解释就是受到了过度的刺激和惊吓，对身体的影响并不大，反倒是腿上的伤比较严重，需要好好休养几个月。张明达只是受了点皮外伤，几天后就能出院。

　　陈静的父母为难地看着张明达，又看了看病床上的女儿，一时间老泪纵横。想不到张明达平静地说："爸妈，你们回去吧，小静她，还是我的妻子。"

转眼，夜色浮起，亲戚朋友都散去，病房寂静下来。陈静坐起身，盯着削苹果的张明达，忽然噗嗤一笑。张明达不明所以，转头看向妻子，却见陈静歪着头傻乐："我们肯定很相爱，是这世上最幸福的夫妻，对不对？"

张明达的手一颤，猛地想起新婚时期，陈静总是早早起床，给他准备爱心早餐，晨光里的小女人温柔地低着头，像极了徐志摩笔下的娇羞水莲花。

他的眼睛一热，喃喃回应道："是的，我爱你，很爱你。"

他扶妻子躺下，一个吻浅浅地印在她的额头上。她笑得羞涩而腼腆，仿佛又回到十六岁时的模样。

上一次的亲吻是在什么时候呢？上一次说"我爱你"又是几时？

都记不得了，美好的记忆都埋没在烦琐的日常生活里。在婚姻里走得太远，他们已经忘了当初为何而出发。

张明达暗自思索着，从折叠床上起身，痴痴地看着熟睡的妻子。只见她安详的睡颜里透着一丝天真，犹如人生初见时的明媚灿烂。

他开始怀念十多年前的他们，那时的爱情像盛夏的荷花，风霜未侵蚀，暴雨未到来，亭亭玉立，无限美好。

4

第二天一大早，陈静一睁开眼，就看见丈夫微笑着伸手过来。

他说："你好，我叫张明达。我是你的老公。余生，请多多关照。"

那年的 5 月 20 日，他们起了一个大早，排着长队，等着拍照片、做婚检、填表格。前后左右的年轻男女热烈地交谈着，每个人的脸上都喜气洋洋。

520，我爱你。选在这一天结为夫妻的人们，眼中满满的都是对明天的期盼，心中满满的都是浓浓的爱意。

领到红本本，已是下午6点，他们去了一家西餐厅吃饭，张明达伸出手："你好，我叫张明达。我是你的老公。余生，请多多关照。"

两人之间隔着牛排、红酒和玫瑰，陈静笑着伸手过去，张明达的吻印在她的手背上。就像这一刻，清晨的阳光穿过了病房的窗户，温柔地照射着张明达绅士而深情的一吻。

昨日重现，仿佛时光倒流。失去了记忆的陈静，把暴躁和焦虑也一起丢掉了。她浅笑着等待张明达送饭、擦脸，两人再现了新婚时期的琴瑟和谐。

张明达开始独自料理家中的大事小情，拖地洗衣、买菜做饭。当他独自站在灶台前手忙脚乱时，耳边总是不时想起陈静埋怨的声音。几个月前，他还瘫倒在沙发上玩游戏，对陈静的唠叨怒火中烧。

那时他还想不到，口出恶言的妻子也累了一天，身心俱疲。

5

张明达开了家小公司，忙得像旋转陀螺。装完孙子回到家，他只想安安静静地玩玩手机、看看电视。

但妻子似乎总有话说。最初时，是含嗔带怨的撒娇；再后来，就变成了暴怒和咆哮，恨他归家太晚，怨他把她辛辛苦苦擦干净的地板弄脏。

他将她的不满看作找茬，忍过一两次后，也开始甩脸子、拍桌子，好端端的一个家，渐渐硝烟四起。

直到这些天，张明达忙完工作忙家务，在没完没了的琐事烦忧里，他明明白白地听见了妻子的心声。反省沉思后，竟也耐心细致起来，第二天送饭时，他体贴地带上了好几本言情小说。

这是她爱看的。上学时，他曾省下所有的零花钱，为她搜罗各式各样的少女杂志。陈静靠在病床上，眼睛穿梭在那些华丽旖旎的句子里，不时念两句给张明达听。

他随声附和着，对小说情节毫不在意。在意的，只是眼前人的笑容和快乐。

陈静恢复得很快，半个月后出院了，回家疗养。

张明达捧了一束火红的玫瑰来接妻子，陈静的眼睛猛地亮了起来。她瘸着腿冲上去，一把勾住他的脖子，脸贴着他的胸膛，用夸张的声音唱着："我有一个好老公，好呀好老公！"

张明达一个激灵，这不伦不类、荒腔走版的调子，许久未听到了。

在他还记得每个纪念日的时候，一顿烛光晚餐、一盒巧克力，甚至一句"我爱你"，都能引来陈静的欢歌笑语。那个穿着碎花裙子转着圈的小妻子，曾是他所有的梦想和明天。

他搂紧了妻子，只觉得眼泪都快出来了——为自己差点失去的妻子和婚姻。

6

出院第二天，张明达带着老婆去看了一场电影。

影院门口有台阶，他大大方方抱起陈静，在众人的注目礼中昂首前行。娇小的妻子往他怀里缩了缩，贴紧了他强壮的身躯。

他听见她轻声呢喃了一句："我觉得自己是世上最幸福的女人！"

晚风起来了。星光璀璨的夜晚，不知有多少夫妻坐在自家的客厅里，各自刷着手机，时不时相互埋怨几句。

炉子上的肉汤在沸腾，洗衣机里的衣服在翻滚，许多人努力在柴米

油盐里做夫妻，累得无心去风花雪月里做恋人。

其实夫妻的本质，是更高级别的恋人。

因为婚姻与爱情，并不对立，它们本该是相辅相成、彼此促进的关系。谈一辈子恋爱，才能成就最高质量的婚姻。

张明达竟有点感谢这场车祸了，甚至庆幸陈静的失忆，这让他们被动地回到相爱之初，却主动地寻回了丢失的幸福。

这一刻的张明达变成了哲学家，他说："人们总认为结了婚就是爱情的大团圆结局，真是大错特错。"

在影院的黑暗里，他看不到妻子露出的一脸坏笑。其实她什么都记得，她恢复意识时，感觉到了他的抚摸和颤抖，她从丈夫无声的哽咽里嗅到了爱情的一息尚存。她用这种方式按下了时光的还原键，将濒死的婚姻重启。

或许每对夫妻，都该不时地回头看一看，看看相识与相爱的最初，听听当时的爱情，想想婚姻的初心。

婚外情啊，都是开了"美颜"功能的

1

"我不是个好男人。"

这是读者 A 先生发来的第一句话，他给我讲了自己的故事，大伙儿不妨先听一听。

说起来也不算什么新鲜事儿，不过是人到中年，婚姻渐渐变成"鸡肋"，弃之可惜，食之却无味。他闷在那种望不到头的枯燥日子里，只觉得岁月漫长、余生无望。

　　妻子和他年纪相仿、家境相似，两人通过相亲认识，但也相互看对眼，满怀期待地结了婚。婚后一年，孩子呱呱坠地，Ａ先生也升了职、加了薪。日子浮起几朵淡淡的浪花，但很快便在柴米油盐中归于平静。

　　后来又不咸不淡地过了几年，孩子慢慢长大，夫妻间的共同语言越来越少。大部分时候，他们都只能谈些鸡零狗碎、毫无美感的事情，话题始终在房子、孩子和老人之间打转，用Ａ先生的话来说，真是"俗气得不得了"！

　　妻子"俗"成了他口中的"街头巷尾随处可见的平庸妇人"，不再减肥，不再护肤，不再看书、听音乐，现在的她热衷于抢购降价物品，嘴里念叨着米价、菜价、补课价，有时还讲些家长里短的八卦，活脱脱一副"市井样"。

　　Ａ先生很不解：当初我看中的，就是她的清新脱俗，现在怎么跟变了个人似的？

　　慢慢地，他不爱回家了，下班后各种磨蹭，车子开到楼下，总要点一支烟，发会愣，像电视剧中那些孤独的中年男人。有时回家太晚，还免不了口舌之争，妻子总是骂骂咧咧、嘴不留情。他对婚姻，也就愈加失望了。

　　然后，Ｃ小姐出现了。

　　和所有狗血剧一样，Ａ先生认为她是上天派来拯救自己的，以此摆脱乏味生活，在身与心的碰撞中，再次遇见人生的春天。

　　那种感觉，真的太美好了。

2

　　Ｃ小姐是合作公司的客户代表，毕业不到两年，正处在有诗有梦的年纪，对Ａ先生这种成熟大叔毫无抵抗力。

　　他们的合作，从办公室谈到咖啡馆，后来又谈到了酒店的大床上。在你侬我侬、耳鬓厮磨间，交易谈成了，爱情也产生了。

　　她和自家的"黄脸婆"太不一样了：那间租来的一居室纤尘不染，客厅里鲜花常开，就连喝水的杯子，都是精心准备的情侣款。两人常依偎着看电影，从北野武看到王家卫，在一个接一个的爱情故事中代入自身，Ａ先生仿佛又年轻了一回。

　　他们总有说不完的话：从诗词歌赋聊到人生哲学，从明星八卦聊到音乐绘画，趣味相投、观点相近，说是"灵魂伴侣"也不为过。

　　最初时，Ａ先生只想借Ｃ小姐来消磨消磨时光，舒缓一下婚姻带来的压抑与疲惫。但慢慢地，他竟越陷越深，离婚的心思蠢蠢欲动。

　　就在这时，Ｃ小姐宣布了怀孕的消息。她很冷静地说："如果你离婚，我就嫁给你；如果你不离婚，我就打掉孩子，咱们好聚好散。"

　　这种不死缠烂打的态度反而感动了Ａ先生，他对她愈加怜惜，料定了她不是庸脂俗粉，娶之乃三生有幸。

　　妻子当然不同意，可变心的男人拉不回。在丈夫表示自己愿意少分家产后，她顺坡下驴，拿了钱，痛快走人。

　　Ａ先生乐呵呵地迎来了第二段婚姻，本以为会郎情妾意、神仙眷侣，不料被一个新生婴儿闹得鸡飞狗跳，从前的苦恼又都回来了。

　　Ｃ小姐跟他讨论尿不湿，抱怨奶粉的质量和价格，又三天两头贴补娘家兄弟，最后还埋怨起丈夫来："谁让你那么慷慨，你心里怕是还有那个臭婆娘！"

婆娘？她竟自然而然地说出这两个字，还大大咧咧地敞开怀来喂奶，脸上浮着的那层不屑与不忿，和前妻又有什么两样？

Ａ先生苦恼极了，他问我：是不是结了婚、生了娃，女人就会变俗、变丑、变市侩？

这我倒不确定，我只告诉他——你就是个"现实版陈俊生"。

3

还记得陈俊生吗？

《我的前半生》中那位前夫哥，对在家中做主妇的妻子生了厌倦之心，喜欢上一个离异带娃的中年妇女凌玲。倒不是因为凌玲多美多能干，而是他能借着她的温柔，暂时逃开婚姻中的一地鸡毛。

妻子罗子君做惯了全职太太，心里没什么安全感，所以捕风捉影，将丈夫管得死死的，也无法体会他在工作中的忧愁和压力。

相比较之下，不那么美的凌玲，反而是朵解语花。

可费劲千辛万苦离婚再婚后，陈俊生却发现，凌玲长出另一副嘴脸。作为情人时，她温柔体贴，事事为他着想；可作为妻子，她却私心毕露，现出丑陋不堪的一面来。

比如参加国外夏令营，她的亲生儿子有份，而陈俊生的孩子只能靠边站。男人看不过去，理论几句，她便歇斯底里大声争吵，全然不见当初的知事明理。两人由一对"恩爱"的野鸳鸯，变为相看两厌的怨偶。

这是大部分婚外情都无法逃脱的宿命。一旦被扔进"婚姻"的熔炉，他们之间那所谓的"爱情"，就要被柴米油盐考验，被鸡毛蒜皮侵蚀。和前妻/前夫存在的那些问题，也会开始新一轮循环。

知道婚外情为什么令人沉迷吗？

　　说到底，还不是脱离生活，只谈情说爱、高歌理想，而不必去面对真实烦琐的生活。

　　结过婚的人都知道，真刀真枪的日子不易过：房贷车贷、生儿育女、养老送终、人情往来、大病意外……这桩桩件件加起来，才是婚姻与人生的全部真相，浪漫与激情，不过是其中的十几分之一，甚至几十分之一而已。

　　我们的理想境界是两情缱绻、一世安好，可现实却常常风雨交加、鸡飞狗跳。

1

　　清代词人纳兰性德有句流芳百世的诗，相信你也听过——人生若只如初见。

　　初见时，天高云淡，岁月静好，你认真扮着淑女，他仔细演着绅士。每句话、每个动作，我们都精心演习，仿佛戴一张面具在脸上，把不好的那面隐藏起来，只展示最完美的自己给对方看。

　　但面具终究会有撕破的那一天。因为相爱的人，会慢慢渗入彼此的生活，看到对方拉屎、撒尿、不修边幅，把彼此的缺点尽收眼底。

　　其实婚外情也差不多是这样。从围城中悄悄跑出来的人，自然会认真"装扮"自己，不会轻易露出不堪的那一面。所以他们看到的，都是"美颜"过后的对方，男的风度翩翩、女的柔情似水，比那个名正言顺的伴侣不知好了多少倍！

　　但然后呢？

　　道路也就那么两三条而已：要么激情过后分道扬镳；要么在见不得光中蹉跎一世；要么结为夫妻，继续忍受生活的一地鸡毛。

　　可以肯定的是，无论哪条都不好走。

"美颜"功能会被岁月关闭，当赤诚相见的那天到来时，你会发现，当初那个令自己神魂颠倒的人不过尔尔，甚至还比不上曾经深恶痛绝的前任。

但事实是，对方人没变，只是那些隐藏着的东西被生活激发出来了。

关于这一点，张爱玲的说法最透彻。

"娶了红玫瑰，久而久之，红的就变成了墙上的一抹蚊子血，白的还是'床前明月光'；娶了白玫瑰，白的便是衣服上沾的一粒饭黏子，红的却是心口上一颗朱砂痣。"

结婚三年，我越来越相信，婚姻其实就是一个"去完美化"的过程。我们都难免要经历失望，重建认知，乃至抵御诱惑，经受一些不足为外人道的寂寞。

事实上，"换人"的本质不过是"换问题"；与其换人，倒不如转换心态，把婚姻经营提上日程。若把搞婚外恋的时间、精力、金钱都花在伴侣身上，婚姻真不至于差到哪儿去。

离婚实习期

1

我不想跟大熊过了。

因为我出差整整一周，他都没主动联系我。几乎每一次，都是我贱兮兮地求关注、求安慰，可他的回复有一搭没一搭，通电话也总急着要挂断，理由是忙、累、困……

这些借口太不走心，听上去苍白而无力，个个都能成为不在乎、

不珍惜、不再爱的"呈堂证供"。

可飞机一落地，我还是着急忙慌地开手机。气归气，心里却有些期待。毕竟一日夫妻百日恩，如果他能将功补过，我就不再计较了。

先看微信，依然是几句简单的"吃了吗""好，嗯，知道了"；

再看短信，也只有 10086 和各种广告还记得我；

最后看通话记录，还是没有半分属于大熊的痕迹。

怒火噌噌烧起来，我快步走过大厅，一颗心起起落落，回不到原点，但也暗暗祈愿着他已经站在机场大门口，最好是手捧玫瑰，要给我一个惊喜。

遗憾的是，机场大门外也空空如也。

我站在冷风里愣了片刻，最后不得不叫了一辆出租车，垂头丧气地回到家。我不想主动理他，因为是他有错在先。

2

我到家时，刚好是夜里十点，小区内灯光闪烁，家家户户的窗子都透出温暖的橘红来。当然，也包括我家那一扇。

我的脚步又快了起来，最后的希冀是他给我一个欢迎回家的拥抱，并准备好了夜宵。可推开门，只见大熊窝在沙发里刷手机，头发蓬乱、眼皮发青、胡子拉渣。

见了我，他抬起眼皮看了一眼，但看得出心还在手机上，尽管嘴巴行动起来了："老婆你回来啦，想吃什么，我去做！"

我的心一下就凉了，只站在原地望着他。大约过了十分钟，他才从游戏的厮杀中回过神来，揉着眼睛往厨房走。

"不用做了，我不饿。"

他听出了话语中的寒气，便嬉皮笑脸起来，企图用玩笑来化解我的怨气。可我只觉得身心俱疲，把包狠狠往沙发上一摔，就忍不住出口伤人。

"没空接我，倒有空忙着玩游戏？你有没有出息？我真是瞎了眼，才会嫁给你！"

他听后一愣，但也没说什么，只默默钻进厨房干活。我一拳打在棉花上，憋屈没处发泄，便冷着脸进了卧室，啪地一声把门砸上。

两分钟后，他也进了卧室，一言不发，也不看我一眼，只自顾自地抱起被子和枕头出门。

"站住！"我跳起来怒吼，"我走了一星期，你就这样迎接我？！"

他停下动作，将枕头往地上一扔："你一进门，不问青红皂白就冲我发火！你又是什么意思？！你知不知道我接连熬了几天？！"

如果他早一点说出理由，我想我不会发怒。可解释比事实来得晚，情绪已经把理智烧成灰。他一凶我，我的心就硬了起来，不由讲出更难听的话，旧账翻了，人身攻击也用了，恨不得拼个你死我活、两败俱伤。

有时候，婚姻像一件旧毛衣，只要拉住突出来的线头轻轻一扯，两个人的关系就会分崩离析。

那个夜晚，我们达成的唯一共识是离婚。

3

"离婚协议书"，敲出这五个字时，我还是忍不住掉了几滴泪，双手也不禁停了下来。

我抽了抽鼻子，发出一阵夸张的哽咽，然后等着大熊破门而入，霸道而温柔地抱住我道歉，再然后，我便故意扭动着身体挣脱他，一边扭一边哭，梨花带雨，要把他的心狠狠揉碎。

从前都是这样的，我是他名副其实的软肋，一滴泪便能冲破所有

防线，让他心甘情愿地举手投降。

但这次，书房外一直静悄悄的，我悬着一颗心，有点急，也有点气。更多的，却是伤心和绝望，只觉得这场始于爱情的婚姻，已经无可奈何地走到了终点。

第二天，我们去了民政局，可工作人员说，所有离婚都得延迟三个月再办。

"不是说婚姻自由吗？结婚你们不拦着，离婚干吗要横插一脚？"我嚷嚷起来，情感的不顺，使我将脾气发泄到工作人员身上。

大熊却做起了好人，他把我往身后拉，又满脸堆笑地道歉："不好意思，那我们三个月后再来。"

"你真怂！"我白了他一眼。他眉头一皱，貌似要开口反击。我一甩背包，噔噔噔地冲出办事大厅，不给他一丝还击的机会。

一走到大街上，我的心瞬间就空了。我轻飘飘地走着，世界仿佛被套上玻璃罩，欢喜和幸福都成了别人的。

说不难过是假的，离婚是伤筋动骨的大事，它的意味，远远不止是和那个男人一刀两断。

4

向公司请假后，我在大街上逛了大半天，买了两身衣服，又从超市拎回十个冰激凌。

我已经四年不吃冰激凌了，胃不好。当年跟大熊谈恋爱，他想尽办法逼我戒掉了心头好。但今天，我想再度放纵唇舌，恢复单身时的自由自在。

大熊一见就吼起来："你不要命了？胃痛怎么办？"

"你管得着吗？"我从鼻子里哼出一声，"我们离婚了，虽然现在还不是正式的，但也算'实习期'了好吗？你，不是我老公了！"

想不到大熊反唇相讥："那你别再对我提要求，我可以熬夜干活、不洗脚、不做家务了，也别逼我一天说几遍'我爱你'！你太作了，终于不用伺候了！"

我做了个"请便"的动作，便舒舒服服地把自己放倒在沙发上，开平板、开薯片、开冰激凌。大熊也不甘示弱，他把书房门反锁起来，钻进自己的小天地里。

家似乎被调成了静音模式，我其实已经听不见电视剧里的叽里呱啦，满心满脑都在反复思量。

这个叫大熊的男人，已经不是我的了，所以我不能对他颐指气使，不能对他呼来唤去，他对我的好不再是本分，而是情分。

这么一想，我又难过得想哭，只得把自己关进卧室长吁短叹，眼泪流了满满一个枕头。

要不算了？服个软，卖个萌，一切恢复原样。可那个"原样"太让人失望，我厌恶他不修边幅，痛恨他不解风情，也对他的平平无奇颇有微词。

算了算了。

离婚是解脱，是新的开始，鸡汤都是这么说的，我要开启美好的后半生。

5

不过第二天，我还是做了两份早餐，而大熊竟也早早起床，默不作声地坐到餐桌前。

我做的面条和煎蛋，他埋着头，大口大口往嘴里送，不玩手机，也不挑刺，和平日里判若两人。平时我要喊他起床，边吃边吐槽他为

什么不和手机过一辈子。

吃完后，大熊又自觉地收拾餐具，然后站到了水池边。乖得很，勤快得很，不用我催促，也不耍赖，要猜拳分工。

作为一对即将离婚的男女，我们都下意识地收敛了刻薄，为自己戴上一张得体优雅的面具——就像我们相识之初。

我的鼻子有点酸。"完美"的男人／女人也不是没有，但都是"只可远观"，一旦走近，就变味了。你会在日复一日的厮磨中，闻见来自灵魂的浊臭。

你的，他的。

我躲进卧室打扮，换上新买的衣服，又描眉画眼，对镜贴花黄。打开门时，他眼睛一亮，恭维话张口就来："你今天好漂亮！"

"谢谢。"我轻轻点头，我调动眼神与嘴角，做出一个标准的温柔笑容。

他又一愣，嗫嚅着说："你温柔的样子真好看……"

这次轮到我发愣，但我没时间感慨，上班要迟到了。

从那天起，我和大熊沦为了名义上的夫妻、事实上的合租者。可当我把自己从婚姻关系中拔出来后，又陆陆续续地发现了他的许多优点。在不知不觉中，他变回相识之初的青年才俊，我也温柔漂亮起来，重新成为他眼中的女神。

6

可我们都不太开心。

我看得出来，他想将郁郁寡欢藏在心里，却明明白白写在日渐消瘦的脸上。我猜他和我一样，日不能食，夜不能寐，心里总有些凄惶，总有种情绪，抓不到，又放不下。

一转眼，两个月过去了。

我们的家大变样了：客厅、餐厅、卫生间这些"公共区域"被收拾得洁净整齐，所有物件都被整理得井井有条。可这份整洁似乎更应被定义为"冷清"，它暗示着这个家庭的瓦解与消散。

真正用来生活的家，是不可能收拾成酒店那样的。它要装我们的喜怒哀乐，而住在一起的人，总免不了吵吵闹闹，因为他们过的是热气腾腾的烟火日子。

可还能怎么办呢？

我愁肠百结，在聚会上拼命把自己灌醉，鼻涕眼泪都流了出来。一直闹到夜深，男同事送我回家，可还没进小区，大熊就迎了出来。

他用看敌人的眼神看着男同事，又一把将我扯进怀中，宣示主权一般地搂紧了我的腰。我醉眼朦胧，却清晰地感觉到不知名的东西在心中融化。

他把我扛回家，嘴里埋怨道："你看看你都成啥样了？又喝酒又吃冰激凌，还有没有一个老婆样了？"

"我不是你老婆！我们要离婚了！"我借着酒劲哇哇大哭，"你不爱我了，我感觉不到你的爱……"

"矫情！"他拍了一下我的屁股，一脚踢开卧室门，把我扔到床上，然后轻轻吻了吻我的额头，"那我就再追你一次吧，好不好？"

其实他已经在重新追我了。

离婚实习期，好像就是另一个人生初见期。"离婚"二字将两人的关系置于不确定的边缘，反而能让人看清自己的内心。

我安慰着自己：我矫情做作，他木讷懒散，大家都是凡人，不如就包容着过吧。

不过话又说回来，谁的幸福能百分百纯粹呢？

"大家"
与
"小家"

——

第三辑

——

亲爱的，别对公婆抱有太
高期待。当我们不用"你
应该、你必须"来定义一段
关系，人与人之间就会简
单许多。婚姻呢，说到底，
还是两个人自己的事情。

幸福度高的婚姻，父母的参与度都很低

1

　　作为一位已婚妇女，王小妮的烦恼，至少有三分之二来自婆婆的多管闲事。

　　婆婆是小学教师，大半辈子都在孜孜不倦地教小孩子做人做事，时常有好为人师的冲动。开始讲好是分开住，可不甘寂寞的婆婆三天两头地上门来"视察指导"，生怕两个年轻人的日子过不好。

　　王小妮做的是销售，婆婆认为不稳定，所以一逮着机会便谆谆教诲："还是体制内好，趁着年轻，赶紧去考公务员！"

　　平日里的唠叨就更不用说了，要节约水电，要早点生孩子，要把一颗心收回来，踏踏实实地扑在家务上……

　　王小妮烦不胜烦，但本着尊重差异和息事宁人的原则，总是随口嗯两声应付过去。可孩子出生后，婆婆名正言顺地住了进来，一老一少两个女人的矛盾开始全面升级。而最终爆发，导火索只是一件外套。

　　已是初夏时分，晚饭时王小妮看到小家伙额头冒汗，便打算给他脱掉小棉衣。婆婆赶忙上前阻止："这样会受寒感冒的！"

　　王小妮解释："这样捂着未见得就是对孩子好，育儿书上说……"

　　"说个啥？说个啥？"婆婆双手护住孙子，声音瞬间高了八度，"我带大了一儿一女、一个外孙女，教育也搞了大半辈子，难道经验不比书管用？"

当时的王小妮正处于情绪低潮期，见婆婆如此强势蛮横，新仇旧恨忽然就有点刹不住了。她啪地一声摔了筷子："跟我结婚的是你儿子，不是你！你凭什么一直指指点点？！"

战火一点，就熊熊燃烧起来。

婆婆委屈地哭天喊地，抽噎着问儿子："我只是想为你们尽点力，难道爱也错了吗？"

爱并没有错，错的是毫无界限感与分寸感。父母介入太多的婚姻，注定会问题重重，因为这种做法，会从根本上破坏新生家庭的平衡与生长。

2

看过这么一句话："你若是受了委屈，请不要告诉你的父母，因为你终有一天会原谅他/她，但你的父母不会。"

当然，这里的"委屈"不伤及根本，也不触犯原则，充其量就是家家户户过日子都会有的磕磕碰碰。但如果，你的父母正好瞥见你那一刻的眼泪呢？心疼自然少不了，怨气和怒气更少不了。前者对你，后者对你的另一半。护犊子几乎是天下父母的通病，那份爱子心切、视女如命，容不得别人一丝一毫的怠慢。

看过一个故事，说的是一个女孩，总喜欢娇嗔着对妈妈数落老公的缺点，比如爱打游戏、不讲卫生、抽烟喝酒。本来也不算大问题，闺蜜间也少不了这样的吐槽。开始的时候，妈妈也劝她以和为贵，但渐渐地，她发现妈妈提起女婿来，由满面春风变成了数九寒天，老公也不爱跟她回娘家了。她百思不得其解。某次与丈夫开诚布公，才明白妈妈已经在不知不觉中把女婿放在了敌对面，转而向妈妈求证，却发现罪魁祸首竟然就是自己的无心之语。

长辈一旦牵扯进夫妻矛盾，问题就由两个人扩展到三个家庭，性质也不知不觉起了变化。若遇上顽固、不明事理的老人，矛盾可能激化为冲突。

爱人和父母的立场是因你而统一起来的，自然也会因你而对立，甚至破裂。到了这一步，婚姻也就岌岌可危了。所以，不轻易向任何一方的父母告状，也是已婚男女的基本修养。

3

中国父母总有操不完的心，他们的焦虑烦忧，几乎贯穿为人父母后的整个余生。

儿女单身时，他们四处奔走，嘴上念着、心里想着"等孩子成家，我就解脱了"；儿女成家了，他们的一颗心又系在小家庭的饥寒冷暖和欢喜悲忧上，总忍不住要去小两口的生活里巡视指点，唠唠叨叨。

底色是爱，但也掺杂着无法宣之于口的掌控欲和操纵欲。

心理学家武志红在其著作《巨婴国》里提出这样一个观点："巨婴的一大心理特征就是'共生'，这意味着没有界限。所以中国的很多小家庭乐于啃老，认为父母的钱就是自己的。老人也喜欢干涉子女的生活。"

所以，中国女人多有"皇太后梦"，喜欢以爱之名，在家庭内部行使至高无上的"决定权"和"任免权"。

电视剧《双面胶》里的东北婆婆，一门心思要改造上海儿媳，试图把媳妇调教成任劳任怨、当牛做马的另一个自己。她从家务分配入手，然后批评消费习惯、干预生育计划、介入夫妻感情，把儿子的婚姻闹到鸡飞狗跳，最终导致家破人亡。

被电视剧夸大了的矛盾冲突，其实都能在现实中一一找到对应。

有太多婆媳失和、女婿难当，根源都在于长辈超出范围的指指点点和横加干涉。

4

世界银行做过一份关于中国婚姻状况的研究报告。他们比较了六千多对中国城乡夫妻的婚姻状况后发现，比起子女自己做主的婚姻，父母插手的婚姻和谐度低，争执也更多。

思维观念和生活模式迥异，必然导致碰撞。婚姻有时就是个易碎品，碰一下、撞一下，就轻飘飘地散了架。

人世间的大部分缘分都指向相聚，唯有这浓浓的血脉之情意味着分离。作为父母，你与子女此生的缘分，就是不断目送他/她的身影渐行渐远。所以父母之爱，都应成为一场得体的退出。但退出儿女的婚姻与家庭，并不意味着退出他们的生活。

父母与子女之间的最佳距离，是"一碗汤"的距离：炖个鸡汤，送到彼此家时刚好能喝，近了太烫，远了太凉。

父母的"拎得清、看得透"，无非是洞悉了生命个体的成长规律，将人生的选择权与主动权归还给个体本身。因为父母终将离去，子女终将成熟。放手，其实也是另一个层面上的负责。

人们之所以把结婚称为"成家"，是因为婚姻中的两个人要脱离原生家庭，组建新的家庭。所谓结婚，就是把一对年轻男女推进"家庭"这个大熔炉里，用爱做燃料，以生活为锻造，炼就两个人经营人生、创造幸福的意识和能力。

这就是婚姻最本质的意义。

记住，幸福度高的婚姻，父母的参与度都很低。

女人可以远嫁，男人为什么不能上门

1

"金牌月老"孟非曾推出一个节目，由父母带着子女来相亲。第一期节目，一位名叫"米奇妈"的母亲，成功引起了各路网友的关注，因为她张口闭口说着的，都是"上门女婿"。

来感受一下这位妈妈的"奇葩"之处："我今天来的目的，就是为了给我女儿找一个我们全家都称心如意的女婿，最好是上门女婿！从盘古开天，婆婆都要欺负儿媳妇！"

面对有姐妹的男嘉宾，米奇妈又说："如果是这种家庭，就必须做上门女婿！有姐姐、妹妹对吧？她们是大姑子、小姑子，就会欺负我的女儿！"

结果，女儿被接二连三地投了否定票，网友们也迅速开启嘲讽模式，孟非表示无语："你妈很有可能并不想你早点找到男朋友。"

就连女儿自己都欲哭无泪："妈妈，你是来黑我的吧？"

但是讲真，我并不觉得这位妈妈有多么不可理喻。她提出的被婆家各色人等欺负，听上去是很夸张，可站在母亲的角度，却都是催人心肝的焦虑与折磨。

嫁人，尤其是远嫁，对女孩子来说，意味着融入陌生家庭、陌生地域的种种不适。与婆家人的矛盾磨合，几乎是所有妻子的必经之路。所以当妈的，竭尽全力想为女儿规避风险，尽量减少她在婚姻路上的障碍磨难。这时，"娶"一个女婿上门，就成了最佳选择。

但"上门女婿"这四个字对男同胞来说，被视为赤裸裸的歧视与侮辱。延续数千年的传统社会，将夫权驾凌于女性之上。约定俗成里的婚姻，是女方成为男方大家庭的一员，从形式（甚至实质）上与自己的父母分离。

那么问题来了，为什么承受者必须永远是女人？

2

上门女婿不易做，这是天下所有男人的共识。毕竟是要把日子过在别人的屋檐下，岳父岳母再和善，自己都会有些缩手缩脚的难堪，需要一段时间来化解这些生疏和不安。

阿勇是我的儿时玩伴，独生子，在20世纪90年代的乡村极其少见。父母对他寄予厚望，省吃俭用供他上学。阿勇倒也争气，考上重点大学，毕业后找了工作，顺其自然地留在了省会。

幸运之神不期而至，城里有个小康之家的姑娘看上他，死心塌地地要托付终身。女方父母虽然瞧不起这个农村出身的穷小子，可又拗不过女儿，只好不情不愿地接受了他，但提出一个条件——阿勇入赘。

阿勇的父母不肯，却不得不在省城近百万元的房价面前低了头；阿勇本人也抱着少奋斗十年的心思，做了上门女婿。

阿勇的妈妈想儿子，婚后就带着大包小包去探望，一个月后气呼呼地回了家，逢人就像祥林嫂似的倾诉，说的都是自家儿子的委屈。

"我那个儿媳妇啊，在家啥都不干，回来就知道躺在沙发上玩手机！那个亲家母就跟皇太后似的，指挥我家阿勇干这干那。说来不怕你笑话，儿媳妇的内裤都是我家阿勇洗的！真是造孽啊！我家阿勇在家可从没干过什么活啊，以后生了孩子，还得跟他们姓……"

一边说，眼泪就掉了下来，心疼得肝肠寸断。这当然不是矫情，这是一个母亲发自肺腑的心疼。

天下的父母都是一样的。

3

有个很火的视频，讲一个老父亲到女儿家去做客，看到女儿忙忙碌碌，一个人处理家务、一个人带孩子，而女婿却坦然地坐在沙发上，边看报纸边喝咖啡，还心安理得地要求妻子为自己准备衬衫。老父亲又心疼又心酸，回想起自己与妻子的相处模式，才发觉自己做了坏榜样。

我相信，一定还有许多女孩的父母在偶然看见作为主妇的女儿忙得团团转时，都会不由自主地鼻子发酸、眼眶湿润。因为那个被自己当作宝贝呵护着成长起来的姑娘，如今却家务缠身，活成了一个免费的保姆。当初他们把女儿郑重地交托出去，为的是让她拥有一个更幸福、更美好的明天啊！

从这个角度来看，所谓的上门女婿，不过是和女方位置互换，去感受世间大部分妻子的委屈与任务——而"男性标签"与社会舆论会放大所有的烦恼，所以人们一说起"上门女婿"，同情和不屑就一齐喷涌而出。

其实本质是一样的：进入伴侣的家庭，和对方一起创造生活、生儿育女、孝顺父母。遗憾的是，我们的社会习惯于将结婚视为女性的归属，人为地分出些主次来。

我偶尔会和高先生讨论，想要儿子还是女儿，他每次都坚定地回答——要儿子！

我嘲笑他重男轻女，他却认真地说："我不忍心看着她嫁出去，在别人家，谁知道过得好不好呢！"

他这么一讲，我又想起不久前刷爆朋友圈的段子来：女人花钱的时候在娘家，挣钱的时候在婆家；在娘家吃饭长大，却给婆家持家。把自己的一辈子都拴在了婆家，亏欠了娘家，却不一定能感动婆家。

但也有人反驳：有一大小伙子，他爸妈养活了他二十多年，没吃你们家一口饭，没喝你们家一口水，因为他喜欢你、爱你、娶了你，就把你的父母当成他的亲爸亲妈，两大家子一块儿照顾。

男人和女人都不容易。

因为成长本身就是个扛起责任和负担的过程，哪一方都不轻松。

我更愿意相信，远嫁和上门都源自于爱，互相理解包容，这才是婚姻真正的归宿。

"我妈很好相处的"，呵呵

1

"放心吧，我妈很好相处的。"

无聊时重刷电视剧《金婚》，无意中听到佟志信誓旦旦地向文丽保证，因为他的母亲，马上就要不远万里来小住。

等等，这句话好耳熟。

我在脑海中迅速翻找记忆，忽然想起来了。

对，电视剧《双面胶》里的李亚平也说过这句话，也是父母要来小住。在差不多的情景下，两个不同年代、不同地域、不同性格的男人，说了句一模一样的话。

再深入追溯一下——嗬，原来高先生也对我保证过，在我丑媳妇即将见公婆时。他为了安我的心，讲了几件关于母亲的小事，把她的慈祥与和蔼渲染得可歌可泣。

如今我嫁给他快四年了，和婆婆也断断续续相处了一段时间。讲真，她是个好人，对我也客客气气的，没得挑，但远远不是高先生口中的"完美慈母"。我理解，也想得通，故而彬彬有礼、尊重有加，婆媳间倒也风平浪静。

但电视剧就不是那么回事儿了，艺术作品一般会将现实里的矛盾汇聚、放大。看似夸张，却都能在生活中找到原型：佟志的母亲对文丽挑三拣四，儿媳夹了一块腊肉，她便不阴不阳地发话，"女人家不用吃那么多肉"；李亚平的妈妈更可怕，心疼儿子受累，却要求儿媳会奉献、能牺牲，一门心思围着老公转。

做妻子和儿媳的，多多少少能从剧中瞥见自己的影子，于是纷纷埋怨起来：说好的"好相处"呢？原来都是骗人的！

老公们则一头雾水：我没撒谎，我妈真的特别好，平易近人、温柔可亲、贤淑温婉……

呵呵！啧啧！

2

讲真，天底下少有不好相处的妈。

血缘连接起来的情感坚不可破，根本不必用心维持。几乎所有人都在歌颂母爱，上下五千年的诗卷华章里，母爱与情爱始终平分秋色。我们也都坚信，母爱是人类最伟大的本能，没有之一。

接下来，请听我讲个真实的故事。

男主年幼丧父，由四处打零工赚钱的母亲一手带大。母亲是个传统的中国妇人，丈夫去世后，她独自挑起家庭重担，含辛茹苦地抚养唯一的儿子，脏活累活样样都干。更难得的是，粗粝的生活并没有磨糙她的性子和脾气，她依然温柔可亲，对调皮叛逆的儿子能动之以情、晓之以理，一次次把他从歪路拉回到正轨来。

十几年后，儿子从名校毕业，在大城市谋得一份体面的工作，也谈了恋爱、娶了妻，便将母亲从老家接来城市，下决心要好好尽孝，让苦了一辈子的母亲尽享天伦之乐。妻子也没有异议，她听多了婆婆的伟大事迹，早就心怀敬意，提前购置好了生活用品，为婆婆的到来做足准备。

可结果却令所有人大跌眼镜，婆婆对儿媳横挑鼻子竖挑眼，无论对方怎样妥协让步，都讨不到她的欢心。

儿媳苦苦熬了三年，无论受什么委屈，总被一句"我妈不容易"顶回来，她稍微多说几句，丈夫便不耐烦起来："我妈那么好的人，怎么就你跟她合不来？！"

没办法，最后只能离婚了事。

3

有人把婆婆比作婚姻中的"隐形第三者"，她不一定是夫妻感情破裂的决定性因素，但绝对能或多或少地影响夫妻关系。

天底下的婆婆，大多都不太好相处。就拿前文中的那位母亲来说，她为人处世俱佳，在亲戚朋友中的口碑也都不错，可面对儿媳就仿佛变成另外一个人，嫌她大手大脚、怨她四体不勤、恨她使唤丈夫，就连夫妻俩插科打诨地开玩笑，都能引来婆婆的一句"不检点"……

事后分析，儿媳认为婆婆把自己当成了假想敌，尤其是和儿子相依为命的妈妈。她爱子心切，很难体面退出，便会下意识地对儿媳挑

刺而不自知。离婚后，这个前儿媳与前婆婆偶然遇见，她又变成了慈眉善目的老太太。

婆婆眼中的儿媳，是很少存在"女儿"属性的，她只会把你当作一个成熟而有担当的女人来要求，看不惯你的任性和娇弱，试图用极端手段来逼迫你成长，好飞快地实现生儿育女、照顾家庭的社会功能。她往往会认为：我这么做，是为你好；你不照办，就是不识好歹、存心忤逆。

但是呢，女孩们也都不是天生的妻子，她们从父母的掌心里跳下来，做妻子的漫漫征途才刚开头，对婆婆的耳提面命也难免反感。

男人或许始终没明白过来，所谓的"好相处"不过是他的个人感受，那真的只存在于血缘亲情之中。

4

还是那句话，不要太把婆婆当成妈。

母女关系出自血缘，是天然而纯粹的，无须刻意经营，当妈的就会把爱源源不断地传给你。婆媳却是一种社会关系，它由婚姻关系缔结，由丈夫作为中间人来维系，像转过一道手的东西。

开始时，难免会有些疏远和勉强，那一声"妈"叫出口，并不意味着婆婆和儿媳从此会亲如母女。大部分时候，它只代表一个称呼，和最初见面时的"阿姨""伯母"并没有本质上的区别。

所以姑娘们，真的不要抱太大希望，更不要傻乎乎地相信婆婆会有多么好相处。你要捧着一颗心去，但也别落下心眼。随口吐槽妈妈一句，她转头就忘，完了依然和你亲亲热热；但你若说一句婆婆的不是，也许她的心里就长出一根刺，为不睦和失望埋下伏笔。

讲真，世上哪儿有特别好相处的人啊？

毕竟每个人都有各自的脾气、立场与利益，夫妻尚且吵闹争执，又何况感情基础薄弱的婆媳？

当然，因为深深爱着丈夫，我们愿意把婆婆当作妈妈来孝敬，用漫长的岁月打底，从日复一日的相处中酿出感情来。套用徐志摩的话，就是"得之我幸，失之我命"。

作为小辈，不失原则地让一让是应该的；如果要委屈自己、退无可退，那还是麻溜地算了吧。

婆家娘家，都不是我们家

1

收到一个读者倾诉，主题是买房子。

倾诉人自称小安，结婚四年，有一个两岁男宝，至今仍挤在公婆的二室一厅中。

当年领完证，正值房价疯涨，又逢夫家爷爷病重住院，丈夫便和小安商量，先把房子的事情放一放，毕竟两人的积蓄不多，也不愿在紧要关头为难父母，做啃老族，不如就在老房子里凑合一下吧。

好在公婆通情达理，早早就把主卧让出来，又挤出钱来重新装修，歉疚和诚意都满满地写在脸上。小安也不好再计较什么，只能用"等一等"来宽慰自己。

想不到这一等，四年就过去了。

孩子都生了，日子却依然在公婆的眼皮底下打转。小安心烦气

躁，"买房子搬走"的想法时时徘徊在心头，可丈夫无法理解这种迫切。

"日子过得好好的，何必再买房子呢？"

"如果实在凑不齐钱，租也可以。"

小安作出了让步，可丈夫依然觉得妻子很作——孩子乖巧，双亲在堂还能帮衬一二，到底还有什么可挑剔的？

小安无语，其实问题她倾诉过无数遍，但在丈夫眼中，那都是无关痛痒的小事，根本不值一提。

比如，她口味略重，公婆热衷养生，不允许小辈多食油盐；

比如，她想把客厅的老家具都换一换，公婆认为那纯粹是浪费钱；

比如，她打算邀请好友来家做客，公婆却以怕吵为由拒绝了；

……

每每此时，丈夫便装聋作哑，置身事外。有好几回，小安的怒火冲到胸口，却硬生生压下，毕竟不是"自己家"，没办法完全按自己的心意行事。

一山不容二虎，一个家庭也容不下两个女主人。

想搬出去单过，也无非是为了"翻身做主"，把日子过顺心一点，同时也治治丈夫那时不时显露出的"妈宝气"——蜷缩在父母的羽翼下，他似乎很难学会做老公、做爸爸。

丈夫很生气："你根本就没把这里当成家！"

"这是你和你爸妈的家，"小安惆怅，"不是我和你的家。"

2

不知有多少人，把婚姻视为婆家对媳妇的"兼并接纳"，所以你得学会融入，尽快把自己磨合成大家庭的一分子。

我觉得这种观点很扯。

结婚是两个成年人组建一个新家庭，才不是女方挤进男方的原生家庭找位置好吗！

但很遗憾，这种观念至今仍大行其道，许多妻子大概也听过类似的话："进了我们老×家的门，就是我们老×家的人，以后要……"

省略号背后，是一长串的"以大家庭为重"。因为在传统道德观里，"小我"必须顺服"大我"，否则就是自私自利，就是不孝和不义的呈堂证供。甚至一些婆家理所当然地认为，做妻子和儿媳的，要以婆家利益为重，哪怕代价是牺牲自己、牺牲娘家。

之前讲过一个故事，主角是一个大家庭中的二儿媳，她和丈夫在省城工作，从空间上讲，是独立于婆家之外的。但丈夫的一颗心几乎全都系在婆家，他包揽了养老与盖房子的八九成开销，还要时不时地帮衬兄弟，用在自身小家的金钱和精力微乎其微。闹到最后，妻子的好脾气和耐性都被磨光，离婚的心思已经蠢蠢欲动。

"在他心里，他爸妈那里才是真正的家！"

这种男人很可怕，因为在他的潜意识中，枕边人的份量始终不如父母、手足。他对"家"的理解，始终停留在原生家庭层面。做他的妻子，会很艰辛，也很无助。

尊老当然是美德，可在"娶了媳妇忘了娘"和"大包大揽苏明哲"之间，其实还有无数种程度的孝顺。与原生家庭捆绑的婚姻，注定问题重重，想获得幸福圆满，实话实话——很难。

不如反过来想一想，假如女人是个无条件帮补娘家的"扶弟魔"呢？

3

顾娘家的最极端例子，是我在新闻中看到的一位妻子。女儿得了心脏病，急需一大笔钱做手术。丈夫东拼西凑、借遍亲友，将千辛万

苦筹来的钱打到妻子账户，不料她转头就把钱给了娘家。丈夫伤心欲绝，借酒浇愁，差点因此跳天桥轻生。

这条新闻下面，留下了上万条评论，观点几乎一头倒，因为所有人都无法想象，娘家究竟有怎样的急事，急到必须挪用一个八岁小女孩的救命钱。

合理的解释很可能是：妻子习惯了贴补娘家，根本分不清轻重缓急，也丝毫没有主次衡量，在此之前，给钱给物想必早就习以为常。至于丈夫和女儿，爱肯定也爱，但相对来说，他们都不是她的置顶项。

当然，这是极端特例，拿女儿救命钱去贴补娘家的母亲终究是少数。但明里帮衬、暗中填坑的却大有人在，她们虽已结婚，心却尚未真正"出嫁"，其心理和前面案例中的男人并无二致。

比如，电视剧《都挺好》中的苏家母亲赵美兰。她为娘家赔出了自己的一生：为落实弟弟的城镇户口而委曲求全，嫁了苏大强；往后数十年，几乎承包了弟弟一家的生活，塞钱、塞东西不说，还要帮忙找工作。即使她双眼一闭去了另一个世界，弟弟也能带着老婆孩子找上门来，理直气壮地继续啃姐夫、讹外甥，把苏家闹得鸡犬不宁。

那娘家可以帮扶吗？

当然！

我才不赞同什么"嫁出去的女儿，泼出去的水"的老观念，可世间万事都讲究一个"度"，既要遵从"量力而行"的基本原则，也要尊重自己的伴侣。

独立自主不代表独断专行，结了婚，就请"时时处处想着念着的都是我们"，除非你能把自己修炼成杨幂，哪怕给父母买房子也不必跟丈夫商量，因为"自己买得起"！

1

众所周知，结婚又被称为"成家"：一对年轻男女从各自的原生家庭剥离，共同创造一个崭新的家庭。

这里的"创造"，通常包括两个层面上的意思。

第一，积累物质财富。世间大部分婚姻，都以"过日子"为核心，我们必须携手共进，用实实在在的物质来建设小家庭。

第二，完成自我成长。结婚这回事，就是把一对年轻男女推进"家庭"这个大熔炉，用爱做燃料，以生活为锻造，炼就两个人经营人生、创造幸福的能力。

电视剧《金婚》里有这么一个情节：复员回家的大女婿，因工作没落实到位而一蹶不振，夫妻俩寄住在娘家，三天两头地吵架，日子过得极不舒心。父亲看在眼里，急在心头，最后拿出一笔钱来给女儿做安家费，让他们一家三口搬出去住。他说："租个房子，单过，弄得像个家。有了家，刘强就会负起这个责任来，就会慢慢变成熟。"

聪明的父母，知道放手与退出的必要性，不会轻易搅和进儿女的家事中，更不会将两个家庭混为一谈。

明智的儿女，也懂得"独立"的真正含义，他们区分得清原生家庭与再生家庭，既不过分依赖父母，也不会把大家庭看得高过一切。

所谓"分离"与"独立"，并非是斩断联系、再不来往，更不是要你做个不孝子女，而是要分清主次，在时间、精力和物质上有所倾斜，在处理某些问题时，带上些界限感与分寸感。

5

"女人结婚后，在娘家是客人，在婆家是外人。"

"融不进去的婆家，回不去的娘家。"

"女人花钱时在娘家，赚钱时在婆家。"

......

别再为这些老观念或闲言碎语而伤心沮丧，更别顾影自怜、暗自嗟叹，因为婆家娘家，都已经不是你们真正的家。

真正的家，由夫妻二人开疆拓土、一砖一瓦构建而成。在那里，你们是真正的主人，因为自己辛苦打拼、认真经营得来的一切，旁人没有资格指指点点。

婚姻幸福的大前提，是置顶夫妻关系，使其高于一切亲子关系。

包括我们和我们的父母。

婆婆说：房子车子都是我买的，管你怎么了

1

闺蜜吐槽自己的婆婆，嫌她的手太长，管得太宽，用专业话来讲，叫"界限感与分寸感的双重缺失"。

比如，总是三天两头地上门来"指导人生"，大道理讲得一套接一套，从小两口的作息时间到消费方式，再到工作和工资，最后甚至管起床

上那些事儿："做好措施啊，有了孩子，我可没钱贴补，也没空带！"

闺蜜臊得满脸通红，向老公吐槽过好几回，男人却只一摊手："我能怎么办？我也很绝望啊！"

前些天，婆婆又因为她买了条真丝睡裙而不爽，把一千多块钱翻来覆去地说，措辞严厉，语气也很激烈。

闺蜜再也忍不住怒火，顶了几句："我自己赚的钱，爱怎么花你管不着！"

"是吗？"婆婆冷哼一声，用鄙夷的眼光看着她，"癞蛤蟆打哈欠——口气真大！"

说这句话，婆婆是有资本、有底气的：小两口的婚房首付是她出的，车子也是她买的。

当时闺蜜咬定了"无房不嫁"，恋爱谈了三年，谈判也拉拉扯扯搞了三年。好在男方是个独生子，父母最终拿出半副身家办了婚事，房子写了小两口的名字，接着又用收来的份子钱付首付，给儿子按揭了一辆车。

可小夫妻月薪相加不足万元，又对高品质生活颇为执迷，常常入不敷出、叫苦连天，丈夫便向父母伸了手。老两口都有退休工资，也就自然而然地伸出了援手，但多少带着些怨气，忍不住要对儿子儿媳管头管脚。

闺蜜很委屈："我嫁给他，他家买房买车难道不是应该的吗？！支援一下难道不是应该的吗？！"

2

闺蜜的不忿，让我想起一位读者的烦恼。

她有一个不到一岁的儿子，目前正在家中做全职妈妈，一家三口

全靠丈夫那四千来块钱的薪水生活，日子过得紧紧巴巴。本来想叫婆婆来帮忙，可一老一少两个女人怎么也相处不到一块儿去。

当初伺候月子时，婆婆总爱炖猪蹄、熬鸡汤，还是不放盐的那种，逼着她大口喝下去。儿媳稍微皱一皱眉，婆婆便开启唠叨模式："都是当妈的人了，为了孩子，什么都得忍！"

这个"忍"字，涉及到了生活的方方面面，除了吃喝，还不许用护肤品、化妆品，更不能叫外卖、吃零食、胡乱花钱——哪怕出了月子。

同处一个屋檐下，本就磕磕绊绊容易闹矛盾，更遑论婆婆强势逼人。孩子五个月时，两人因育儿观念不合，大吵一架，儿媳指责婆婆管得宽，家里到处都要插上一脚。两个女人互不相让，狠话说了一箩筐。最终，老人家收拾行李，回老家了。

老公打电话去请，婆婆冷冷一哼："不是能耐得很吗？有本事自己带！"

媳妇也发了狠："不带也行，以后别指望我养老！"

老公很为难，提出让丈母娘过来帮把手，可妻子认为，孩子跟你姓，就该你妈带。双方僵持不下，她只能暂时放下上班的打算，心不甘情不愿地在家务和孩子中打转，于是难免要迁怒"不作为"的婆婆。

我问她，你希望婆婆怎么帮你带孩子呢？

她说，该管的管，不该管的别管，做好分内事就行。

我先表个态，我也不赞同父母插手小家庭，可这所谓的"分内事"究竟该如何定义？管与不管的标准，只怕婆媳二人永远无法统一。

说白了不过是这么一回事：儿媳以保姆的标准来要求婆婆，婆婆则以大家长的姿态来管理一切。

双方都无法摆正自己的位置，各自都憋着怨气和怒气。

处得好才怪！

3

　　说句儿媳们不爱听的话吧：公婆对你们的小家，并不存在任何法律方面的责任和义务。买房也好，带孩子也罢，事件的主体是且只能是夫妻本身。老人肯帮，当然皆大欢喜；不帮，也无可厚非。另一个现实是拿人手短、吃人嘴软，有求于人，就有受委屈、被约束的风险。

　　也说一句老人们不爱听的话吧：对子女的小家庭，你真没权力去指手画脚。儿女结婚，本就是独立的开始。所谓"成家"，就是要把年轻人投入生活的熔炉中，让他们安排自己的吃穿用度，规划自己的前程事业，在跌跌撞撞中一步步成熟。爱子心切可以理解，但请按捺住"好为人师"的冲动，千万别一腔热血地往小夫妻的日子里冲，切记——好心可能办坏事。

　　中国婆媳矛盾的最根本原因，其实就是无法正确看待双方的权利和义务。

　　拿做儿媳的来说，她一方面要求婆婆具备边界意识，不干涉自己；另一方面却认为她该帮着带孩子、做饭。婆婆呢，要求儿媳爱自己、敬自己，却没办法设身处地地为她着想，把她当作真正的女儿来疼。

　　换言之，人人都不由自主地站在对自己有利的方面去思考问题，也就是传说中的"双标"。

　　我历来主张"不把婆婆当妈"，可惜太多人只领悟到"保持距离"这一点，却从不在意另一层含义——不提太多要求，不抱太大期望。

4

　　网红 papi 酱的婚姻观曾引发热议，吃瓜群众纷纷表示羡慕，尤

其是"结婚五年，不必回婆家"这一点。毕竟现实中的妻子们，都被无形的道德要求束缚着，年节时分，大多都得按下思念父母的心情，跟着老公去做二十四孝儿媳。两厢对比之下，papi 酱的婚姻简直可以用"神仙眷侣"一词来形容。

但是，我们都只注意到了自由逍遥的表面，却不曾细细思索背后的深层次原因。

2014 年时，papi 酱尚未成名，想必也不是个多有钱的姑娘，但她没要彩礼、没办婚礼、没度蜜月，后来的一切物质财富，都是自己亲手挣来的。在这场婚姻中，她从未主动要求过公婆付出，小家庭也是由自己和丈夫一力撑起，始终独立在婆家与娘家之外。

如此一来，双方父母便都没有"指点江山"的立场，夫妻关系高于亲子关系，日子自然能按照自己的想法来过。有了孩子时，也请得起月嫂、雇得起保姆，不必因囊中羞涩而受制于人，激发矛盾。

你要相信，经济自由是一切自由的根基。

其实我的婚姻和 papi 酱类似，具体表现是公婆从不干预我们的日子，在小家这块地盘上，我永远是百分百的女主人。因为家中一砖一瓦、一针一线，都是由我们夫妻二人共同打拼来的，甚至订婚、结婚，我们都不曾从双方父母处拿过一分钱。

过程当然很苦，好在结局很酷。

其实我也羡慕过公婆给房给车的婚姻，毕竟人都有懒惰的一面，谁不渴望坐享其成？可当朋友吐槽和公婆难相处时，我又会庆幸当初的选择与决定。

5

有句话说得好 —— 好好挣钱，可以解决生活中 90% 的问题。

婚姻也不例外，它立足于爱情，却面向整个人生，被柴米油盐捆绑，与鸡毛蒜皮为伴，归根结底逃不过一个"钱"字。

当你能用自己的双手和大脑挣来一切生活所需，当你不必再仰仗父母的资助过活，当你能打理好自己的日子，你便拿回了话语权和自主权。

就拿开头那位闺蜜来说，只要收入提高、不再啃老，矛盾冲突就会减少许多，婚姻也会容易许多。

当然，人与人的生活方式是不同的。万事皆有两面性，得失其实并没有明显的分界线，重要的是在你心中，哪一处要寸土不让，哪一处可以退避三舍。

其实路就那么两条：

要么你就做好心理准备，得了老人给的便利，受些被管束、被唠叨的委屈；

要么就硬气地一肩扛起，对公婆的所有干扰都理直气壮地说"不"！

做儿媳妇，一定要做个不好惹的

1

菁菁是远嫁的媳妇。

和别人不一样的是，她的远嫁不是主动选择，而是被迫作出的让步。两年前，她的丈夫忽然一言不发地辞职回乡，又自顾自地考上了事业单位。从此后，夫妻俩便活成了遥遥相望的牛郎织女。

她找我哭诉："他都没和我商量，木已成舟，才来通知我。"

我的白眼翻到了天上，气愤地追问为什么。她抽抽噎噎地告诉我，是婆婆逼着丈夫做选择。不得已之下，男人先斩后奏，因为笃定了她乖巧懂事，不会轻易翻脸。

她果然咽下了所有的委屈和痛苦。虽然不情不愿，但还是想方设法地托关系调动工作，上上下下地写申请、打报告，折腾了一年多，才调到老公所在的城市，一家团聚。代价是从头开始——放弃打拼四年的事业，失去熟悉的交际圈，丢下父母和亲人……

"没办法的，"她念叨着，"只能是我妥协，孩子还那么小……"

她去了婆家，和公婆同住，按月缴纳生活费，回家抢着做家务，努力把自己修成"贤妻良母"。遗憾的是，婆婆难讨好，无论她怎么用心，婆婆都拉着一张脸，只有大姑姐回娘家时，才肯露出些缓和神色来。

在婆家过第一个春节时，菁菁打电话给我。

"你猜我今天吃了什么？"

"大鱼大肉？海参翅肚？"

"没有！"她忽然哇地一声哭起来，"就只有一盆白菜汤和炒肉片，他们家是少数民族，人家不过年的！"

我顿时无言以对，恨铁不成钢地教育她："那你怎么不回来？就算回不来，也可以大声抗议啊！"

"大过年的，不想为口吃的跟他们吵闹，也不想我爸妈操心……"

她的声音小小的、柔柔的。我仿佛能看到她低头垂泪，完全就是个受气的小媳妇。

气不打一处来！

亲爱的，我宁愿你不懂事，我宁愿你像个泼妇一般，掀翻饭桌，大打出手！

2

菁菁是我的发小，她温柔贤淑，从小便被父母谆谆教导着，要多为他人着想，要收敛小脾气，要待人得体，要谦卑和气……

可这些传统美德，却没在菁菁的婚姻里发光发热，反而埋下了不幸的伏笔。

其实丈夫本身倒也不算差，但在婆媳问题上，他的立场总是摇摆不定，再之菁菁温顺惯了，日子便委屈巴巴地过了一天又一天。

我们偶尔通一次电话，听到的也都是她对婆家的不满与不忿，感觉就像在看十多年前的苦情剧：那些懂事而隐忍的小媳妇，总会遇到一个泼辣强势的恶婆婆，被虐得死去活来，要到最后一集，婆婆才会恍然大悟，拉着儿媳的手，迎来大团圆结局。

但生活不是电视剧，峰回路转往往只存在于编剧的生花妙笔间。主导现实走向的，往往是不堪的人性。

别傻了，软柿子只会被越捏越顺手；别人的脾气，也只会被你的容忍而越养越大。一步步后退的话，迎接你的，通常就是万丈深渊。

我们离开父母，进入一个陌生的家庭，固然是抱着求全与融合的姿态，渴望着家庭美满、事事和顺，但教养从来都不是忍气吞声的代名词，有脾气也不意味着没教养。

在这一点上，我最佩服闺蜜小思。她常常挂在嘴边的话是这样的："我不会无事生非，但也绝对不是好欺负的人！"

3

小思的婚礼办了两次，第一次在婆家，第二次在娘家。

在婆家办酒时，她的父母、长辈、兄弟姐妹去了二十几号人，一大家子浩浩荡荡地往千里之外的婆家进发。可到了地方一看，婆家居然把他们安排进了一个小宾馆——房间都很小很旧，被子褥子也发黄潮湿；屋里没有卫生间，洗漱、上厕所必须跑到走廊的另一头。

小思皱了皱眉，拉过老公问："没有条件更好的了？"

老公没开腔，公公却接了话："凑合住吧，能省则省，都不是外人。"

她一听，脸上立刻晴转多云，说话也不客气起来，强硬要求婆家人给娘家人换房。老公迟疑，父母也当起了和事佬："算了算了，也就两个晚上，我们可以克服。"

"我千里迢迢地来嫁你，你就这么招待我的家人？！礼貌呢？！诚意呢？！真心呢？！"

小思竹筒爆豆般质问着老公，声音也提高了八度，前来帮忙的亲朋好友纷纷侧目。

公公爱面子，急忙制止了儿媳的吵闹，又不情不愿地加了钱，给送亲的娘家人换了住处。

新婚夜里，老公调侃小思："你的彪悍已经在我家亲戚中传开了。"

"是吗？"小思哈哈大笑，"那正好，给大家伙儿提个醒，谁也别想欺负我！"

那么，小思现在过得如何呢？

事实上，公婆都很喜欢她；亲戚朋友逐渐了解她之后，也开始对这个直爽的姑娘刮目相看。

因为底线已经事先划好，丑话都说在前头，才更利于之后的好事发生。在人与人之间的关系中，幸福感往往会和期待值成反比。

1

做一个不好惹的女人有多爽？那些大热的宫斗爽文和爽剧能给你答案。

电视剧《延禧攻略》中，魏璎珞进宫后，本着"人不犯我，我不犯人；人若犯我，我必犯人"的原则，一路打怪升级。她并非传统电视剧里的完美女主，却靠着"黑莲花"的形象赢得众多观众的喜爱。或许是因为，在魏璎珞身上，寄托着我们对自己的隐秘渴望："我天生脾气爆，不好惹！谁要是唧唧歪歪，我有的是法子对付她！"

如果能在与婆家人的相处中实践这句话，日子想必会少许多艰辛和磨难。贤妻良母永远不会过时，但贤与良的具体表现，绝非无底线的妥协退让。

事实上，奇葩公婆也并不多见。我们需要做的，是定好原则、划好底线，孝顺而不盲从，尊重而不妥协。

从今天起，做一个不好惹的女人。面朝大海，春暖花开。

你在婆家的地位，由这三点来决定

1

第一点，老公的态度。

有一年国庆长假，我跟着高先生回家过中秋，顺道参加他堂弟的婚礼。那天晚上，他在婚宴上喝多了几杯，回房后便躺倒在沙发上，醉

得不省人事。

　　我在卧室看书，忽然听见他大声嚷嚷："妈，妈！我媳妇呢？"

　　"在这儿呢！"我跳下床跑出去，却见他双目紧闭，显然还没从醉梦中醒过来。

　　正要回身，他又叫起来："什么？你让她去地里摘豆苗？你怎么能让她干这个呢？！"

　　我一愣，不知道他在做一个什么样的梦，却猛地想起去年春节，婆婆让我去菜地拔几根葱，他一听就急眼了："地里有露水，着凉了怎么办？我去拔！"

　　偶尔也听见他跟婆婆讲悄悄话："我媳妇又漂亮又有才，娶到她是我赚了！"

　　他把珍视和疼惜都郑重其事地摆出来，爱意也大张旗鼓，丝毫不加掩饰。次数一多，时间一久，我这个人的份量也就被他的家人掂出来了。

　　公婆本也是明理人，所以每次跟他回去，大家都笑脸相迎。亲密无间谈不上，但我希望的尊重、平等与和睦，一个都不少。

　　对一个女人来说，丈夫的爱才是立足于婆家的最坚实基础。毕竟你和他的家人素昧平生，所有的相处，都以他为桥梁。婆家人对你的态度，折射着他的立场与温度。如果连丈夫都理所应当地把妻子视为免费保姆，就别指望公婆能有多客气了。

　　因为欺负你，并不需要付出与儿子背离的代价，一切都是被默许的。

2

　　第二点，自身的能力。

　　前些年，阿芳最怕过年过节。原因无他，唯穷而已。

婆婆总要求提前三五天回去，帮着打扫卫生、采买年货。夫妻俩稍有辩驳，老人家便不高兴起来："你俩又没正式工作，早回来几天能怎么的？！"

　　那会儿阿芳还是整天泡在奶粉与屎尿屁中的全职妈妈，丈夫骑着三轮车，到处揽生意。小夫妻在大城市里步步惊心地讨生活，根本拿不出钱来孝敬公婆。

　　丈夫的哥嫂都在镇上的中心小学任教，俨然一副吃国家饭的尊贵嘴脸。那份按时发放的工资让他们挺直了腰杆，也顺理成章地抬高了两口子在大家庭中的地位。因此，婆婆对大儿媳总是客客气气，对小儿媳却任意地呼来喝去。

　　谁说亲情不势力？

　　孝心没有输赢之说，却会在对比中高下立现。而人性本逐利，臣服于权势富贵，原也是骨子里带来的劣根与龃龉。

　　阿芳只得憋着气洗洗涮涮，默默看着嫂子把大红包和礼物塞到眉开眼笑的婆婆怀中。那一两句奚落与嘲讽，也都当成节日的苦酒，一饮而尽。

　　直到前两年，女儿上了幼儿园。阿芳腾出手来捣鼓卤味，一来二去地做出了些名气。小摊子上了一次美食节目，食客闻声而动。阿芳便租下一个小店面，起早贪黑地干，这才有些闲钱寄回老家去。

　　婆婆的态度立马一百八十度大转变，竟早早地给阿芳一家人晒被子、洗铺盖，甚至会温柔地打来电话询问："好孩子，你想吃什么？妈妈提前给你备好！"

　　她哑然失笑，看看眼下正熬着的卤汤，心里只飘过中学政治课上被提及了无数次的名言——经济基础决定上层建筑。

　　地位是什么？无非是把能力证明给别人看，让谁都不敢轻视，不敢怠慢，更不敢欺负。

3

第三点，你的心态与脾性。

孔雀女若嫁了凤凰男，多多少少要生出些"下嫁"的心态。春节跟着回老家，穷乡僻壤最容易把内心的优越感彻底激发并释放出来。

我曾听过一个乡下老婆婆吐槽她的城里媳妇。

"人家嫌我不卫生哩，皱着眉头看我炒菜，问我灶台为什么是黑乎乎的？吃饭时，当着所有人的面，掏出纸巾来擦碗擦筷，简直把我这老脸都丢完了！夜里睡觉怕有虱子，自个儿把床单枕头都带来了！大年三十，让她给祖宗牌位磕个头，她梗着脖子跟我吵，说这是封建迷信！嗬，我看她才是该供起来的祖宗呢！"

老太太讲得唾沫横飞，满脸的不屑与不忿。我斗胆猜想，那位媳妇在婆家的地位应该高不到哪儿去。能力再强，老公再宠，也无法改变她在公婆眼里的傲慢与无礼。谁让她给自己的定位不是儿媳，而是女皇呢？

如果你有意看低公婆，那就要做好被对方刁难的心理准备。毕竟，人与人之间的尊重是相互的。事实上，选择一个男人就等于选择接纳他的原生家庭。那些看不懂、看不惯的行为风俗，请以包容的心态一笑置之，更不要主动站到婆家的对立面上。

必须注意的是，包容不代表怯懦，一笑置之不等于无底线退让。

几年前，闺蜜第一次跟着老公回家，不想就遭遇了下马威。原来老公家三代单传，几个姑姑早就恭候多时，一见未来侄媳妇，就一把将她拽入厨房，七手八脚地要把老公最喜欢的菜都教给她。闺蜜当即拉下脸，冷冷说了一句："我在家也是小公主，抱歉，我不伺候人！"姑姑们面面相觑，从此再也不敢把她当软柿子捏。一家人和和气气，彼此都带着点距离，倒也相安无事。

嫁了人，只身进入一个稳固存在了几十年的家庭，逢年过节面对一室陌生面孔，说来总有些难言的无助。早早摆出自己的立场和姿态，才能避免走进"委屈的小媳妇"的角色。该拒绝时，切莫欲拒还迎；该翻脸时，切莫忍气吞声。一味地退让，并不能换来尊重，欺软怕硬永远是人们心中不可言说的秘密——这是放之四海皆准的金科玉律，在哪儿都一样。

希望每一个不得不回婆家的姑娘，都能温柔待人，也能被温柔相待。

姑娘，请降低你对公婆的期待值

1

闺蜜找我倾诉，哭得一把鼻涕一把泪："我公公婆婆，偏心得实在太厉害！"

其实此类吐槽，我已经听她念叨了无数次。

第一次跟着老公回家时，婆婆拉着她的手，满脸歉意地说："咱家穷啊，没本事给你们买房买车，彩礼也……"

她和老公爱得深沉，自身的收入也还过得去，便笑着安慰婆婆："没关系，我们自己可以奋斗的。"

于是皆大欢喜地结了婚，安安心心地在婆家住下。可她很快就发现了不对劲：小姑子中专毕业，在家啃老，却用着国际一线大牌化妆品，全都是公婆掏钱买的。

　　两年后，小姑子嫁人出门，收到的十几万礼金，被公婆及时打到女儿的账户上。闺蜜气得牙痛："当年我们的礼金，他爸妈说要拿走还债，一分都没留下。"

　　这些都是小事，她恼归恼，却不会认真放在心上。吐槽完了，事情也就过了。但这次不一样。因为公婆拿出所有积蓄，给女儿付首付，买了一套小公寓，理由是女儿没有工作，需要一套房子去婆家撑撑门面、增增底气。先斩后奏办的事儿，根本没和她商量。等她知道，早就木已成舟。

　　这次，她被气得浑身颤抖："其实我不觊觎房子，我伤心的是，爸妈叫了三四年，他们还是把我当外人。"

　　我忍不住想告诉她一个扎心的事实：在大部分公婆眼中，儿媳的确就是外人。这种说法不敢说百分百绝对，但能囊括一半以上的家庭中公婆与儿媳的关系。

　　所以我主张，对公婆，不要抱有太高的期待。

2

　　女孩们常常会产生一种错觉，认为宠爱儿媳是公婆的义务。

　　同学小雪，生得肤白貌美，经人介绍，认识了相貌平平的阿明。阿明对她一见钟情，变着法地献殷勤。他的父母也积极配合儿子，三天两头地打电话送温暖。小雪随口提了句想喝鲫鱼豆腐汤，婆婆就忙不迭地煲了一大锅，用保温桶装好，打车给她送去。

　　在一家人的温柔攻势下，小雪逐渐沦陷，最终答应嫁给阿明。当时她说："难得遇到这么好的公婆，嫁过去，他们一家都会对我好的！"

　　公婆成了最令人期待的加分项，小雪那一声"妈"，喊得甜腻而动情，可事实却狠狠打脸。

婚后，公婆的态度竟渐渐发生转变，热情一点点减退，对儿媳的要求倒是与日俱增。女儿出生后，二老义正辞严地拒绝带孩子："我们辛苦了一辈子，不想再把晚年搭进去。"

小雪觉得自己上当受骗，因为这和她的想象实在相去甚远。本以为公婆能像对待亲女儿一样，把自己捧在手心，谁料生米煮成熟饭后，立刻变了嘴脸。

但事实上，"我会把你当作女儿看"是一句最典型的中国式客套话。公婆对你的所有的好，都建立在你为夫家贡献的基础上。因为在他们心中，你是和儿子撑起生活的大女人，而非娇滴滴需要庇护的小姑娘。

3

人与人之间的大部分矛盾，其实都是因期望值太高引起的，尤其是在公婆与儿媳之间。

都说进门就是一家人，所以大家都想当然地觉得结了婚，儿媳就必须尽心尽力，公婆也应该掏心掏肺。可我们都忽略了一点——亲情是与生俱来的天然关系，它由血缘决定，并不需要刻意维系；而对公婆的这一声"爸妈"，是婚姻牵扯出的附属关系。从本质上讲，双方只是生活在同一个家庭里的不太熟悉的人罢了。

当然，因为爱情，我们愿意去尽力发展这一段亲情。但聪明的女人不会把过多的期望带进婚姻，更不会要求公婆倾尽所有。公婆本身，也没有这样的责任和义务。

闺蜜近来买房，婆婆象征性地支援了一万块。婆婆说，自己手里还剩下十来万，是预备下的养老钱，不能再动。

闺蜜的妈妈得知后愤愤不平："如果是我，一定全部拿出来给你们！"

我问闺蜜："那你生气吗？"

闺蜜笑笑："能给一万我就很感激了，再说她还替我带孩子呢。"

婆婆带孩子是有"工资"的，每月两千，由闺蜜硬塞过去。

"带孩子很累，婆婆牺牲了很多，补偿是应该的。"

当我们不用"你应该、你必须"来定义一段关系时，人与人之间就会简单许多。

反过来说，当公婆降低对儿媳的期望值，自然也会停止指手画脚，把生活的主动权交还给小夫妻。

所谓界限感，其实就是摆正位置、端正姿态、分清你我。

4

我一直觉得，"相敬如宾"才是与公婆相处的最佳方式。

他们把你最爱的男人带到世间，含辛茹苦地把他培养好了送到你身边，就像那个段子说的：建一个账号，辛辛苦苦地修炼升级，最后被一个叫"儿媳妇"的盗了号。从这个角度来说，我们享受了公婆的劳动成果，所以孝敬他们是理所应当、天经地义的。但这种孝敬剔除了亲昵和无所忌惮，和对亲生父母的爱是完全不一样的。

举个最简单的例子：当你处于生理期不能碰凉水时，妈妈会很自然地给你洗内裤，但这种事若劳烦婆婆，或许就会在她心里结下疙瘩，给你一个懒惰矫情的差评。隔一层肚皮，有时就隔着千山万水。

无论是和高先生结婚前还是结婚后，我从未期待过来自公婆的物质资助，或是别的特殊照顾。买房也好，带孩子也罢，那是我们夫妻俩的事情，不能也不该把压力强加到老人身上。他们辛苦一世积攒下的财产该怎么分配，作为儿媳，我无权干涉，也没兴趣过问。

但这并不代表我是个不孝的儿媳。年节给钱、嘘寒问暖、买衣买鞋，我都认真做着——但这是敬爱，而不是亲爱。相对的，公婆也会主动和我保持一定距离，从不随意指点我们的生活，更不会提出过分的要求。如此相敬如宾，省去许多麻烦。

或许有人觉得这样的相处太没人情味儿，但亲情之外的一切情感，都需要时间来酿造。与其强行拉拢一老一少两个女人，倒不如让她们顺其自然地发展，各自做好自己的本分事儿，其他的，就交给时间和命运吧。

做"婆媳"是机缘巧合，做"母女"，需要在缘分之外再加上包容、接纳与深沉的爱。

不容易的，也强求不来的。

对不起，我做不了你们眼中的"好媳妇"

1

女友感慨做男人真好，我以为她指的是生育和哺乳这方面，可她摇头："我的意思是，'好男人'的判定标准比'好女人'低多了！"

她说的是她的丈夫。他们是三线城市中最常见的中产夫妻，双方都受过高等教育，有一份体面职业，收入也过得去，养房、养车、养孩子都不存在大问题。丈夫更是公认的好老公，他工作很勤奋，整天风里来雨里去地忙活，给小家建设添砖加瓦，为了让娃上优质辅导班，还主动把抽惯的烟降了档次。

但人的精力是有限的，忙完了工作应酬，老公到家便瘫在沙发上玩

手机，等着开饭。当然，有时也会帮着剥蒜洗菜、给孩子辅导作业，但大部分时候，做家务、接送孩子、辅导功课，都是妻子的"分内之事"，丈夫把自己定义为家庭的"顶梁柱"，价值是用金钱来衡量的。

而作为职业妇女的妻子，需要在承担繁重工作的同时，兢兢业业地处理烦琐的家务，一时一刻也松懈不得。

"也不是说他不好，我只是觉得做女人太累，"女友感慨，"男人只要努力挣钱，偶尔做点家务就人人夸赞了，可女人忙成个'陀螺'，也被视为理所应当。"

那怎样才能缓解女人的劳累？

辞职做全职主妇？不不，那样会被瞧不起，没有收入，就意味着没有尊严和安全。

拼命赚钱冲锋陷阵？如果那样，又会有人骂你不配做妈妈，不像个女人。

无论怎么选，都不会是个"好妻子"。

2

类似的吐槽，我的读者也发过。

那时她在孕期，反应很大，需要人照顾，但老公在外地上班，一周只能回家一趟。婆婆声称自己身体不好，整天躺在床上玩手机。她被逼无奈，只得挺着肚子买菜、做饭、洗衣服，向男人抱怨，他却认为她没事找事。

"他觉得工资给我就不错了，一周来看我一天、买一次菜、拖一次地，他已经是好男人了。"

至于妻子孕中的辛苦和脆弱，他简单粗暴地归为"矫情"，满以为自己在外打拼挣钱，就尽到了做丈夫的所有责任和义务。

这应该是大部分男人的心声，也是世俗对"好丈夫"的评定标准。也正因为如此，"丧偶式育儿"才比比皆是。

记得郭涛曾经说过，他第一次冲奶粉，是在录制《爸爸去哪儿》时，给林志颖的儿子 Kimi 冲的。他很坦率地承认，自己之前从来不曾冲牛奶、换尿布。

真不敢相信，这是个拥有一儿一女的"资深爸比"！

当然，不能一竿子打翻一船人，也不能因为一句话，就把郭涛移出"好男人"的行列。但这至少能够说明，在大部分中国男人的家庭观里，赚钱就能代表为人夫、为人父的所有职责。

我不否认金钱的重要性，也清楚"经济基础决定上层建筑"的道理。可作为女性和妻子，我觉得只忙着赚钱的男人，还不够格自称和被称为"真正的好男人、好丈夫、好爸爸"。

不如倒过来想想吧：一个整天忙于事业而忽略家庭的女人，社会会将她评定为"好女人"吗？

我就这个问题采访了离我最近的男同胞高先生。

3

"假如一个男人工作很辛苦，家务做得不多，那他是不是好男人？"

"当然是啊！"

"反过来呢？一个女人忙于工作，只偶尔照看家里呢？"

"呃……"他尴尬一笑，"那当然不太好。"

诸位请看：男女的评判标准就是这么不同！而现实中的大部分人，却在有意无意地实行着这个"双标"。

不由想起作家李然写过的一段话："对于男女交往中的任何事情，将其中的性别互换后，大部分人的认知不会出现错误，那就是正确的。

如果只是要求女人做得，而男人做不得的事情，或者只是要求男人做得，而女人做不得的事情，那就是特权主义和霸权主义。"

电影《找到你》，生动地演绎了这段话，里面的全职太太朱敏与律政佳人李捷，就像一枚硬币的两个面。

朱敏毕业于重点大学，婚后做了全职太太，在家相夫教子，渐渐放弃了职场和事业，后来男人出轨，为了争夺孩子的抚养权，她不得不和丈夫对簿公堂。不料对方的律师以"赚钱能力"为攻击点，一个经济条件不达标的女人，是没资格当妈妈的。

而李捷呢，为了不把自己陷入被动中，她拼了命地征战四方，陪伴女儿的时间和精力被工作挤去了一大半，到头来，女儿管保姆叫妈妈，殚精竭虑的李捷反而被斥责，因为她没有尽到母亲的职责。

真的太揪心了！

4

社会对女人的要求太高了！

这句话，几乎所有已婚妇女都能感同身受：你得能赚钱，还得在赚钱之外生儿育女、照顾家庭，能做营养美味的三餐、房间收拾得一尘不染，所以大部分已婚妇女都奔波在家庭和工作之间，把自己活成一个永不停歇的钟摆。

当然，新时代老公们的思想觉悟已经提高不少。假如老婆命令着、吼叫着，他们还是会拖着懒散的身体，慢悠悠地刷碗拖地。但如果没人指挥，下班回家的他们通常就是"葛优躺＋手机"，很少会主动把自己和家务联系在一起。毕竟过去的几千年里，中国男人都是这么过日子的，"男主外、女主内"的思想依然深入骨髓。

时代发展和女权运动将女性推入职场，收入就是赤裸裸的个人价值证明。但由生理条件和文化背景等因素共同组成的评价体系，依然在用"对家庭的付出程度"来考核女性。

早些年我做记者，在采写典型的女性人物报道时，有个问题常常被提及——你是如何平衡家庭和事业的？

每当这时，大部分受访对象都会露出一丝苦笑，然后把自己的艰苦时光讲述一遍。听上去像是奋斗与追梦的证明，可细细一想，却不由悲从中来，因为很少会有人拿同样的问题去问她的丈夫。

大众将家庭默认为女性的义务，有意无意地提高了对"好媳妇"的要求与期待值。

可是，臣妾真的做不到啊！

5

当然，不存在绝对意义上的男女平等。

因为造物主把生儿育女的神圣任务交给了女性，十月怀胎，接着是哺乳期、幼儿期，当妈的自然要比当爹的多操一份心——这是生理功能决定的客观现实，也是母爱伟大的最直接证明。

问题是，这种价值难以被量化，无法换算成可直接交易流通的财富，神圣任务反而将女性置于尴尬与失落的境地。为什么越来越多的女人不愿结婚生孩子，这也是原因之一。做一个"好媳妇"，比做一个"好姑娘"难太多了，"妻子"的标签，太沉太重！

还能说什么呢？

如果生理上的客观条件无法更改，希望我们可以从人为的主观层面来努力。比如，对职场妈妈多一份宽容，对全职妈妈多一份理解；再比如，丈夫多主动一点，多承担一点。

事实上，男女都不易。而我们结合的目的，不就是把各自的不容

易变得容易一些吗？

　　道阻且长，与诸君共勉。

有钱后，婆媳关系变好了

1

　　读者小双找到我，控诉她的偏心婆婆。具体有多偏心呢？小双讲起上周发生的一件事儿。

　　那天，他们一大家子去喝喜酒。席间，五岁的儿子嚷嚷着要喝可乐，她怕孩子哭闹失礼，便给他倒了三分之一杯，谁料饮料刚送到孩子嘴边，婆婆就高声骂起来了。

　　"有你这么带孩子的吗？！尽给他弄些垃圾食品，像什么样子！"

　　孩子被奶奶的怒斥吓懵，泪珠滚到眼角边，却又死命忍住。她看得心疼，便轻轻拍拍孩子，示意他大胆喝下去。

　　这个举动激怒了婆婆。她开始历数儿媳的种种"不懂事"，罪名安了一个又一个，连怀孕期间偷吃麻辣烫都翻了出来。这些话都当着满桌亲友讲，丝毫不顾及大儿媳妇的面子。小双臊得满脸通红，恨不得挖个地缝钻进去。最后还是一位大娘打圆场，借着菜上齐的档口，把大家的注意力转移了过去。

　　这时，婆婆就换上一副慈祥面孔，给一旁坐着的小儿媳妇夹菜："这是你喜欢的白灼虾，赶快尝尝！嗯，肘子也不错，都炖烂乎了！"

　　小双低头喝汤，恶心一阵一阵地泛起来，真比吃了只苍蝇还难受。

她并不觊觎婆婆的些微照顾，但妯娌俩分坐于婆婆两侧，这明显的差别对待不免令人心寒，心态再好也很难淡然略过。

宴席刚一散，就有亲戚悄声询问她，是不是和婆婆处得不太好。

2

的确不太好，祸根早在谈婚论嫁时就埋下了。

因为小双是农村出来的女孩，娘家陪嫁不起车子，也出不了装修的钱。婆婆将不满写在脸上，但架不住大儿子情根深种，最后只得马马虎虎把婚礼给办了。

妯娌就不同了。她出生于小康家庭，是父母的掌上明珠，结婚之前，名下就有房有车，所以一直底气满满。

开始时，强势的婆婆也试图把手伸进两个儿子的生活，但小儿媳妇比婆婆更强势，两人明里暗里斗过几回后，婆婆就悄无声息地认怂了，对其高看一眼不说，还多了些殷勤和讨好。

对此，小双愤愤不平："大家都是做儿媳的，凭什么厚此薄彼？！"

我叹口气：傻姑娘，就凭她娘家给力，自身也硬气啊！婆婆的做法当然有失公允，可人类本就容易长出一双势利眼，亲妈还有可能偏心眼，更何况毫无血缘关系的婆婆？

小双向我讨主意，我只有一句话——你要做的不是抱怨，而是让自己强大起来，多赚点钱，也试着去做一个不好惹的人！

俗话说，钱能解决世间的一大半难题，这话也适用于婆媳关系。有钱不一定能当大爷，但多少会起些震慑作用，让想欺负你的人三思而后行。

地位是什么？

还是那句话——无非就是把能力证明给别人看，让谁都不敢轻视，

不敢怠慢，更不敢欺负。

3

大道理先不谈，不如我们看看另一位儿媳妇的故事。

主角是我的同学，前些年坚持全职带娃，死活不让婆婆插手。为此，她可没少受闲气。婆婆看不惯她点外卖、买衣服，用用洗衣机都能招来一顿骂："浪费水，年纪轻轻的为什么不能手洗？！"

说穿了不过是"没钱"在作怪：全家人的生活都依赖丈夫，房贷车贷压过来，日子过得紧紧巴巴。做婆婆的心疼儿子，自然就把怨气撒到儿媳身上，忍不住给她贴上"吃闲饭"的标签。至于哺乳和带娃的辛劳，婆婆选择了忽略不计。

好不容易熬到孩子上了幼儿园，同学杀回职场，与丈夫合力扛起这个家。当她把一叠人民币递给婆婆时，老太太眉开眼笑，态度与之前判若两人：又是嘘寒问暖，又是将她爱吃的各种小菜端上桌。

太讽刺了，是不是？

但同学只是笑笑，然后说了句令人茅塞顿开的话："人性本就如此，千万别把你的公婆当圣人。"

当然，能设身处地为儿媳考虑的好公婆也存在，凡事不能一概而论，但我还是要劝你现实一点，对婆家别抱太多幻想和期待。人性的暗黑存在于任何一种关系中，你得承认并接受你的公婆——或者说所有人的自私、势利和拜高踩低。

4

作为一个情感博主，我听过许多女性吐槽自己的婆婆。

有条残酷的规律是这样的：从大概率上来讲，经济条件越差的人家，婆媳关系越紧张。

这种"紧张"，其实早在结婚之前就开始了：彩礼、嫁妆要一次一次地谈，房子怎么买，首付由谁出，装修怎么搞，房本写谁的名儿……讨价还价，唾沫横飞，彼此心里都打着小算盘，唯恐自己吃了一丝一毫的亏。这样的结合混杂着情感与交易，带着浓浓的现实味儿，婚后的斤斤计较也就不足为奇了。

一老一少两个女人，本就不具备深厚的情感基础，也没有血缘关系来连接，天长日久地生活在同一个屋檐下，必定会摩擦不断。说是"战场"或许太夸张，但绝免不了较量。

最典型的例子，是媳妇们不共戴天的"月子之仇"，婆婆们似乎总有些纰漏，比如一心只想着下奶，照顾孩子就忘了做家务，把产妇的情绪起伏看作是矫情……

但如果经济宽裕，这些问题就能迎刃而解。你满可以雇专业的月嫂，妈妈和婴儿都能得到周全的照料，心情舒畅了，产后抑郁的概率也会降低。

贾平凹说，穷人容易残忍，富人常常温柔。当一个家庭久被柴米油盐困扰，家庭成员难免会剑拔弩张，一点点小事便会点燃战火，很难心平气和。被困窘与怨怒占据了心智带宽，很难看到更高更远的东西。

很残酷，但这就是现实。

5

已经而立之年的我，早已不再期待别人会无条件地对我好。成年人的社交本就自带交易属性，婆媳关系的本质也是社会关系。世上少有天生的恶婆婆，也少有天生的凶媳妇。只是两个人因为身份上的牵

扯，会不知不觉多了许多正当或不正当的要求，而这些要求都在"情同母女"这四个字的粉饰下变得合情合理，所以我们失望、沮丧、暴怒。

不如都现实一点吧，承认各自的私心和计较，别急着做"母女"，先试着当"朋友"，无需用力过猛，也不要敷衍了事。

所以，女神们，你的首要任务就是挣钱啊！

把那些用来抱怨和愤恨的功夫都用来提升自我，当真金白银将实实在在的选择权奉于你眼前时，婆婆的怠慢就不可能伤害到你了。

她偏心妯娌小姑？没关系，我自己能买房买车！

她不帮忙带娃？没关系，我请得起保姆！

她儿子不问青红皂白就护短？没关系，我离得起婚！

……

不要生气，你要争气！

当然，结婚是冲着天长地久而去，爱是相互的，在努力挣钱的同时，也试着去理解她、接纳她吧。

有钱又有爱，不是更好吗？

给娘家妈一千块钱，老公三天没理我

1

燕子是我的同学，前些年嫁给一个做小买卖的男人，眼下已经生了二胎，正在家中相夫教子，做全职主妇。她对这样的生活挺满意："我文化水平不高，也没什么一技之长，做做家务、带带娃，倒挺合适我。"

敢这么说，当然是有底气的。因为燕子的丈夫知事明理，向来都把她的付出看在眼里，从不会讲"带带孩子能有多累"那样的混账话。尽管收入只能勉强支撑生活，但还是把财政大权交给妻子，由她来安排家中的一应开销，四口之家倒也其乐融融。

但最近，两人为了一千块钱闹不愉快。这一千块钱，被燕子补贴给了娘家。其实她事先也跟老公打了招呼，可他沉默不语，既不赞同也不反对，燕子爱母心切，便给了钱。结果，丈夫不高兴了。但那种不高兴是淡淡的，他依然保持沉默，只是脸色冷了下来，不满和不忿都暗藏在表情里。

说实话，他们并非拿不出一千块钱的家庭，但一千块钱于他们而言，也不算轻，毕竟老公的月收入只有七八千，需要负担房贷和一家四口的吃喝拉撒。

"我并不是'扶弟魔'！"

燕子很委屈，她的弟弟还在上高中，所以总想着在能力范围内帮一把，好让脸朝黄土背朝天的父母略轻松一些。平日里的帮衬，无外乎买件衣服、送桶菜油、交交话费之类，这是第一次给大数额现金。

好在夫妻感情深厚，丈夫的不快持续了两三天便烟消云散了。可情绪梗在燕子的心口，往后花的每一分钱，都会令她产生愧疚和不安。

"等二宝上了幼儿园，我还是去上班吧。自己有钱，才能理直气壮地孝顺父母！"

她笑笑，算是想明白了。

2

那么，燕子的老公渣吗？身边人的观点分两派。

甲方认为，燕子的老公冷漠无情，一心钻在钱眼里，丝毫不讲人

情味儿。岳父岳母养大个闺女给你当老婆，为你生儿育女、洗衣做饭暖被窝，共撑这个家，给个一千块钱怎么了？况且又不是吸血成性，亲人之间，能帮一把就帮一把呗！

乙方则认为，家与家之间必须有界限感和分寸感，既然结了婚，肯定要以小家为先。帮忙不是不可以，但一千块钱显然已超出丈夫的接受范围。燕子的做法，多少有些舍小家顾大家的嫌疑。不信换作丈夫在她没明确表态时私下接济婆家，你看她闹不闹！

我还真没办法判断谁是谁非。其实世间许多事，都不能简单地用对错来下定论。它们不是判断题，它们是综合了判断、论述、证明，甚至还杂糅了情感道德与法律的综合题。而我们在答题时，都会无意识地代入自身，拿自己的经历和感情来说事。

站在老公的角度，他辛辛苦苦赚钱养家，自顾尚且不暇，又怎么会心甘情愿地去为丈母娘一家埋单？

但燕子不可能这么想啊，生养之恩摆在那里，孝顺不是嘴上说说的事情。毕竟父母也曾为了她起早贪黑，付出过不亚于弟弟的心血。

大家都嚷嚷着要以小家庭为先，可还是会被描述亲情的文章感动得一把鼻涕一把泪。此乃天性使然，不是三五句道理听下来就能大彻大悟、割断尘缘的。

3

孝顺父母，是中华民族的传统美德。于情于理，成年子女都应该把父母的安危冷暖放在心头，尽最大的能力去奉养日渐老去的他们。乌鸦尚知反哺，读书明理的我们岂能置之度外？

但有个很尴尬的现实是，伴侣不一定能够支持你的孝心。而婚姻往往意味着两个人的全方位结合，在感情之外，物质财富也会合而为一。也就是说，你不能随心所欲地花钱，尤其是那部分叫作"共同财产"的东西。

小家庭成立，用钱的地方多如牛毛，日子很少能大手大脚地过——除非你们双方家境优渥，自身赚钱能力也不俗。自己的父母倒也罢了，可若需要在对方的爹娘身上花大笔钞票，心里就多少会有些不舒服——尤其是对经济紧张的小家庭来说。毕竟大家都是吃五谷杂粮、食人间烟火的世俗中人，难免会有那么一点私欲在作祟。

就拿燕子来说，她的丈夫绝对不是渣男。事实上，他也只是略有些不快，已经尽力控制情绪了，而且并没有因此苛责妻子、收回财政权。生活重压之下，谁都难以做到尽善尽美。

燕子自己也明白，在法律上，女婿并没有赡养岳父岳母的义务——当然，法律规定是底线，底线之上，还有道德和情感的约束与评判。但最好别把希望寄托在良知与人性上，最可靠的，永远是客观而实在的东西。

比如钱。

4

说实话，这个年代的人际关系，略有些冰冷，就连同床共枕的夫妻也不例外。

过去谈婚论嫁，年轻男女会想着同甘共苦，把婚姻家庭当作一把伞，两个人一同撑着，顶着风雨前行。如今的准夫妻们，却要一笔一笔把账算清楚，首付、装修、彩礼都不能马虎，算盘扒拉得哗哗响，唯恐自己被占了一分钱的便宜。

且不论这种现象是好是坏，我们只谈谈在这种环境下，怎样对父母尽孝。毕竟现如今最深入人心的概念是这么一句话——儿媳和女

婿，都没有赡养公婆或岳父母的责任和义务。这也许只是狠话、气话，夫妻二人总归一体，不大可能把事事都分得清楚明白。可即便如此，我们也得做好最坏打算——不赌概率，不靠运气。

尤其是对女人而言。

都说嫁出去的女儿泼出去的水，世俗观念里的"养老"大多与她无关。尤其是站在婆家人的角度看，那无异于胳膊肘往外拐，是媳妇始终没对婚姻家庭用心的呈堂证供，就像燕子的遭遇那样。"扶弟魔"当然不值得提倡，但父母生养自己，不可能因"成家"而彻底与原生家庭割裂。

你问我怎么解决，我的回答只有两个字——挣钱！

当你钱包充裕，能完全靠自己来为孝心埋单时，夫妻关系也就无须被金钱考验。

相信我，这是婚姻幸福的重要保证。

公公退休金六千，却不出奶粉钱，我想离婚

1

有一位年轻的妻子，在网络上问了一个问题。内容很简单，只有短短一句话。

"公公的退休工资有六千多块钱，却舍不得拿出一分来给孙子买奶粉，我该不该离婚？"

我们可以隔着屏幕脑补出一场家庭大战：儿子儿媳年轻，收入不

高，但花钱的地方比比皆是，尤其是在孩子出生之后，奶粉、尿不湿、衣服、玩具，杂七杂八的花销，一股脑地涌过来，小两口多少有些吃不消，好在家里有个"相对富裕"的老人。对生活在三四线城市中的普通人来说，六千多块钱的退休金算是挺理想的了。年轻人渴望老人的帮衬，可老人把口袋捂得紧紧的，似乎并没有为养育孙儿做贡献的意思。一来二去，儿媳就恼了。她的失望转化为愤恨，离婚的念头不知不觉冒了出来——因为公婆对自己不好。

这倒让我想起另一种很常见的埋怨。

"婆婆不帮我带孩子，以后老了可别指望我养老！"

儿媳们义愤填膺，对"不作为"的婆婆怒目而视，总觉得自己委屈至极。女人的苦在肚子里翻江倒海，最后喷涌出一股无以名状的恨。

没办法，她们都是被生活压弯了腰的妈妈。家庭和事业太难平衡了，生个娃出来，固然会有爱、有暖、有希望，但也有苦、有忧、有负担。

2

在带孩子这个问题上，许多人都会首先联想到爷爷奶奶、外公外婆。在过去的几十年中，大家都把带娃默认为是老人的工作。毕竟孩子的爸爸妈妈基本都是二三十岁，正是打拼事业的黄金年华，普通人家不大可能请保姆，夫妻上班挣钱、老人在家带娃，这样的分工合作倒也合情合理。

老人们也大多愿意发挥余热：一方面是为了给子女分担压力；另一方面，隔代的宠爱更浓烈，含饴弄孙，能够让晚年生活多些乐趣和寄托。

然而，不是所有老人都甘愿把晚年奉献给下一代的下一代。忙了大半辈子，好不容易挨到有钱有闲的退休时光，自然希望趁着身体尚

可时多出去走走看看，享受一下山山水水、美味佳肴。老人的这种想法，儿女支持倒还好，否则便会引发家庭矛盾，老人极容易被解读为"自私、凉薄、不负责任"。

有人放出话来："不帮我带孩子，就别指望我给你养老！"

也有人义正言辞："众所周知，带孙子孙女本就是婆婆的义务！"

还有人提出了解决办法："不带也可以，公婆出钱请保姆就好！"

……

每每听到这种言论，我总会为老人家们难过，真真"春蚕到死丝方尽，蜡炬成灰泪始干"，似乎不奉献到生命的最后一刻，他们就配不上"父母"这个身份。

各位年轻父母们，请允许我浇一盆冷水吧！

无论公婆还是岳父母，都没有帮子女带孩子、做家务的义务！和"赡养老人"义务相对应的，是他们对未成年子女的"抚养义务"，他们已经把我们抚养成人，尽到了自己的义务，那么"赡养老人"义务，你说我们该不该尽？这跟买不买房、带不带娃没有半毛钱的关系！

买房也好，带孩子也罢，事件主体是且只是小夫妻本身。老人肯帮忙，当然皆大欢喜，不帮也无可厚非。

换言之，他们不欠你的！

3

以上所言，讲的是法律层面。

法律总归是有点冷的，因为它以客观条款为标准，白纸黑字地写下来，代表着不能触碰的底线。但亲人之间谈的只有法律规定的权利和义务的话，那这个家，也就没有多少温情可言了。

另一方面，人们也很难接受"不帮是本分，帮你是情分"的观点。

中国式亲情缠绕一生，我们习惯了"你中有我，我中有你，水乳交融"的状态，那所谓的界限感与分寸感常常是模糊不清的，无论是父母还是子女，都会不由自主地想要靠近、期待，乃至付出或索取。

大部分父母，也都默认了儿子结婚，必须由自己来买房买车；儿女生儿育女，自己也要参与进去，竭尽所能地发光发热，毕竟血脉的绵延也和自己息息相关。因为这些传统观念的影响，一家人不能说两家话。"父母之爱是体面的退出"这种话，在现实生活中只是句华而不实的鸡汤文。

其实这也可以理解。我们听过许多道理，但依然过不好这一生，因为人生太过复杂庞大，抽象的道理碰到具体的情况，作为当事者的我们，未必还能像看书一样大彻大悟。

人嘛，谁还没点私心呢？谁又敢说自己一生理智，永远不会被情感情绪左右呢？

1

回到开头的问题上："公公退休金六千多块钱，却不出奶粉钱，我该不该离婚？"

站在儿媳的角度看，那是她一生中最慌乱无助的时光，当家庭和工作组团压过来时，公婆的支援能在很大程度上缓解困境，哪怕仅仅是买几罐奶粉、帮着换换尿布。这些点点滴滴的小事，都会被她看在眼里记在心头，汇聚成名叫"孝心"的东西。

毕竟从法律上来讲，儿媳对公婆不存在赡养义务。那句"爸妈"只是一个称呼，它因婚姻缔结而产生，却不像血缘关系那般牢不可破。它需要双方的维护与付出，用那些暖心小事，把原本相互陌生的人变成真正的一家人。

不否认"啃老族"的存在，也的确有人借此推卸责任，把一切都推给老人。但请相信，绝大多数儿媳都是知恩图报的好女人，她们会对公婆的付出产生感恩之心，再通过自己的孝心来——回馈。

你对我好，我也对你好。

人与人之间的相处看似复杂，其实无非就是这样简简单单的一句话。

所谓家人，不就是相亲相爱、互帮互助的吗？这是情感层面的考量，也是大多数人都无法跳出的思维与观念。毕竟你我皆凡人，付出与回报，会在大概率上成正比。

当然，我不赞同逼迫老人付出，老人自有他们的考量：小家本来就是两口子自己的事情，少一分依赖，就能多一分自主，有得有失罢了。

总之，对于老人的帮忙，且看成"锦上添花"，莫视为"雪中送炭"吧。

我最后悔的，是在婆家"不计较"

1

孙淼淼笃定，不计较是一种美德，这是父母传给她的最重要的为人处世之道。

老两口教了一辈子书，在老家那座小城有些名望。他们本着"教书育人"的原则，大半生都在兢兢业业地备课、上课、编教材，桃李一批批送出去，美誉一车车拉回来。这样的人家嫁女儿，自然不会太计较彩礼和物质，所求所愿不过是女婿能善待女儿，小两口努力把小日子过好。

孙淼淼自小受父母影响，不看重房子车子，男方的出身背景也可以忽略不计，在乎的唯有人品与能力而已。她理想中的爱情和婚姻都是纯粹的，不为世俗眼光左右，更不被物质牵绊。旁人提起来，她也总是一脸自信："我俩都是研究生毕业，难道还挣不来好日子？"

所以，邵云波只花了两万来块钱，就把她娶回了家。新家，房子是租的，家具电器买的是基本款，酒席也只在老家草草摆过，觥筹交错、喜气洋洋、划拳声、吆喝声响成混沌未知的一片。

孙淼淼的婚纱拖在尘埃里，被蒙上了一层淡淡的灰。她远远望着露天摆放的桌椅酒席，忽然想起自己参加过的那些婚礼：要走红毯、过花门、喝交杯酒、站在台上被司仪调侃，音乐煽情，台词也透着一股子难堪的千篇一律。俗是俗的，可还是会让人忍不住落泪，为爱情、为即将开始的新生活。

婆婆把收到的份子钱都塞了过来："淼淼呀，咱们这儿穷，亲戚朋友也都不好过，就只有一万来块钱，你拿去，给自己买条项链戴吧。"

孙淼淼推辞不得，这才红着脸收下，心里暗自盘算着再添上一两万，就能勉强去日本看一场樱花，也算是蜜月旅行了。

想到这里，她笑了笑，又亲亲热热地和婆婆、大嫂说了些体己话，这才等来醉醺醺的新婚丈夫。

2

孙淼淼夫妇最终没去成日本。

因为回城不到半个月，公公就心急火燎地打来电话，开口便是一句："云波，你得救救你弟弟啊！"

救？莫非得了急症？

孙淼淼把耳朵贴过去，费了好大劲，才把事情大致听明白：不是

急症，是三弟想盘下镇上的一家小吃店，他不打算外出打工，只想守着老家和父母，靠一双手来认认真真地讨生活。还有就是，他谈了个女朋友。姑娘厌恶一切田野里的体力劳动，只想做个收钱管账的老板娘。

话说到这里，意思已经很明白了。

成年人哪儿好意思光明正大、理直气壮地要钱？只能拐弯抹角地把苦水倒出来，反正亲情的另一层意思是"急我所急"，想来二哥二嫂也听得出弦外之音。

邵云波为难地看了看妻子，半晌才小心翼翼地试探："要不，先把钱给三弟？"

孙淼淼心有不悦，但还是点头应允。

都是小事情。

她安慰着自己，看樱花嘛，武汉也好得很，何必大费周章漂洋过海？在哪儿看风景不重要，重要的是和谁一起看风景。

做丈夫的大为感动，凑巴凑巴给弟弟汇去两万块钱。那一夜，他直抱着妻子表忠心、立誓言："我一定会特别特别努力，让你开宝马、住别墅！"

孙淼淼咯咯笑着，只觉得拿出去的钱很值得。

邵家兄弟三人，孙淼淼嫁的是老二，也是唯一一个通过读书融进都市的人。

她当时很好奇："你家为什么是三个男孩子？"

这种组合很少见，不太符合"重男轻女"的基本逻辑。

邵云波讪讪一笑："别提了，爸妈生了两个儿子，做梦都想要个女儿，谁料又是个儿子！"

老大很得爹妈重视，老幺也深受家人宠爱，唯独老二不上不下地少人疼，反而奋发图强，混了个好光景。所以，孙淼淼多少是有些心疼丈夫的。

3

婚后第二年，邵家二老双双跨入六十岁大关，提出"退休"的要求来。六十大寿的寿宴由大哥大嫂操办，三弟和女友负责招待客人。于是乎，资金筹措落到了老二夫妻身上。

大嫂笑盈盈地告诉孙淼淼："你们常年在外，家里的亲戚朋友都不熟悉，办酒席只怕也没经验，出点钱倒也省心省力了。"

这话听上去很别扭，可又找不出确切的反驳理由来。不过，孙淼淼顾念亲情，对孝敬父母办寿宴的钱不甚在意。老人开心就好，大不了她和丈夫节衣缩食，再把买房子、生孩子的计划往后挪一挪。

婆婆挽着她的手，满脸都是慈爱。老太太坐在七大姑八大姨之间侃侃而谈，几乎把孙淼淼夸成了一朵花儿："人漂亮，有文化，识大体，从不会计较什么，温厚着哩！"

孙淼淼脸红红的，心里却隐约有些不安，猛地想到了"骑虎难下"四个字。果然，寿宴后，一大家子便商量"退休金"发放。

公公咕嘟咕嘟抽着水烟筒，慢条斯理地把打算说了出来："老大在地里刨食，老三挣的也是辛苦钱。我和你娘有个头疼脑热啥的，基本都是他俩在张罗……"

话讲得含蓄委婉，意思却再明白不过了。孙淼淼心里一沉，干脆装傻充愣，不作回应，邵云波亦面露难色。

婆婆的脸沉下来，索性把事情挑明："咋？你俩一个月收入加起来不是上万了吗？挪出一千来做养老金怎么了？"

孙淼淼低头不语，不计较不等于没脑子，她再大度，也不可能把养老任务全部揽过来，只绞着自己的手指头，等待丈夫的最终决定。

邵云波咬了咬牙，最后点头："成！"

孙淼淼在心里哀叹一声，看来下馆子、看电影的乐趣也得省略了。她抬头看看面容苍老的大哥大嫂，不由又退了几步，暗暗宽慰了自己一番。

算了算了，不跟他们计较了。

这也是丈夫时常劝她的话："咱们毕竟受过高等教育，怎么好在钱财上计较那么多？"

学历是修养的代名词，修养则意味着要事事忍让，舍小家顾大家。

可有时候，这也无异于一个沉重的枷锁。

1

孙淼淼的好性子被磨光，是因为邵家打算盖房子。

老三和女友在一起两三年了，到了该谈婚论嫁的时候。女方的要求是有房有车，车不必太贵，十来万的即可；房子也不必买死贵的商品房，可以自家建一栋小洋楼。

"盖三层，正好你们弟兄三个一人一层。"

父母打电话的频率高了许多，嘘寒问暖总是"不经意"地拐到建房一事上："我们打听过了，在农村建三层楼也就是三十多万……"

但这一回，孙淼淼不干了。

夫妻俩省吃俭用攒下一笔钱，眼下正四处看房，预备给自己筑一个巢，好把生孩子的事情提上日程。孙淼淼已经逼近三十岁，再拖就成了高龄产妇，她真的不愿把孩子生在出租屋里。

邵云波的眉头紧拧，一连几天都郁郁寡欢。

他当然知道妻子的顾虑，可又没办法拒绝父母的要求，毕竟自己是唯一展翅高飞的那个，对老家的兄弟，总抱着一种说不清道不明的惭愧和歉意。

孙家二老得知，先是叹一声，接着就劝女儿算了。一个人的根长在哪里，心就不由自主地要飘向哪里。倒不如退一步，大家彼此都好受些。嫁人嘛，本来就得接受他的背景和家庭。

　　至于房子，二老话锋一转："爸妈一辈子没攒下多少钱，你都拿去用吧。"

　　这当然是不能拿的，但妈妈还是把存折放进了她的提包："密码是你生日，快些把房子定下来，我们等着抱外孙呢！"

　　孙淼淼红着眼睛，心里翻滚着好些热气腾腾的话，但最终却只哽咽着点头，感激和愧疚都融在泪光里了。

　　那一年，孙淼淼拿父母的半生积蓄做首付，购入一套半新不旧的二手房。老家的房子也在锣鼓喧天中竣工。邵云波夫妇出了二十万，剩下的那十多万，是老大、老三和父母一起凑的。

　　孙淼淼哭笑不得，二十万砸出去，换来的是一年回去住上三五天……

5

　　再后来，邵云波的爹得了肺癌。

　　病人由老大、老三护送着，千里迢迢地来到老二家中，各自脸上都有些哀伤，但语气很理所应当："爸就交给你了，你多费些心。"

　　也对，大城市里的医疗资源一流，什么专家教授、三甲医院，治疗更方便一些。至于老人的医疗费用，大哥和三弟都默契地闭口不提。孙淼淼的嘴张了又张，最终还是把话咽了回去。

　　因为丈夫已经在落泪了，强烈的悲伤逼退了现实问题，连带着带走了他的冷静和理智。他在哥哥和弟弟面前反复念叨："砸锅卖铁也得给爸治病啊！"

　　孙淼淼一言不发，心已经在往下坠。她默默走回卧室，打开手机，把看过无数回的《双面胶》又重新复习了一遍。

　　太阳底下无新事的。故事翻来覆去地讲，其实也都是相似的前因后果。把男女主角的名字一换、地名一改，情节几乎能严丝合缝地套用。

　　那时，孙淼淼的女儿已经三岁了，刚刚上幼儿园。婆婆提出建议："把孩子送回来我带，你把时间空出来照顾你爸。"

　　她不置可否，只砰一声摔了电话，第一回在婆家人面前表现出计较和狠厉的一面来。以后恐怕要打破形象当恶人了，孙淼淼苦笑着抱过女儿，心里泛起一阵悲哀和恶寒。

　　其实前几天，婆婆、大嫂、弟媳都来探过邵云波的口风了。城里的房子值钱，听说价格已经翻了将近一倍，不如把它抵押出去，好换钱来给公公治病。

　　"那可是你们的亲爹啊！"婆婆哭得一把鼻涕一把泪。

　　孙淼淼翻了翻茶几上的缴费单，第一次开口责难丈夫："医药费全部是我们拿吗？"

　　邵云波嗫嚅着低头，张口依然是熟悉的调子："哥哥弟弟都不容易，就别计……"

　　可话音未落，孙淼淼便尖声高喊出来："放屁！"

　　她把缴费单揉作一团，往丈夫脸上扔去，又狠狠踢掉高跟鞋，将脱下来的外衣用力往沙发上砸去，这才坐下来大口喘着气。那张脂粉未施的三十多岁的脸上，早已泪水涟涟。

　　邵云波也来了气："你以前不是这样的，怎么越活越小气，越来越斤斤计较了？"

6

孙淼淼问我，她该怎么办？

"我不是不愿意给公公治病。问题是，这病没法好，值得卖房子去赌一把吗？还有就是，为什么养老、看病都是我们在出钱？"

离婚的心思有了，只是还没说出口。

孙淼淼从不愿把丈夫称为"凤凰男"，但回顾婚后这些年，小家却始终被老家拖累，仿佛永远没有出头之日。可是平心而论，邵云波不是一个坏男人，抛开那些琐碎纷乱的家庭纠纷，两人感情深厚，俨然是一对恩爱夫妻。

一时间，我也不知该如何出谋划策了。只能说，开头一步走错，方向便拐了弯，往后的路，难免要步步艰辛。

在传统的婚恋观中，女性出嫁是"妾拟将身嫁与一生休"，把自己完完全全地融入婆家；在传统的家庭观中，"不分你我"才是相亲相爱的代名词，亲人之间，早就习惯了相互渗透。

而孙淼淼，亏就亏在高估了人性，把芸芸众生都看成是父母那般的高洁之人。所谓"不计较"，只会使有心之人不断试探你的底线，最后陷入一地鸡毛，把日子过得鸡飞狗跳。

大家都只是个凡人好吗？

结了婚，免不了买房置产、生儿育女，要用钱去支撑世俗热闹的小日子。血浓于水不假，但世间所有的亲情，哪一个不指向"分别"与"独立"？

当然，结发为夫妻是因为情浓意真，我们愿意共同赡养父母、友爱手足，把彼此的家人当家人。但是，那绝不意味着彻彻底底的不计较。

当你带着满腔爱意嫁人时，请及时划明界限，有的东西大可一笑

而过；但有些东西，必须锱铢必较、明明白白地拿到台面上来分说。

婚姻不易，愿你我共勉。

大姑姐帮忙带娃六个月，我们成了仇人

本文根据读者倾诉改编，为方便叙述而使用第一人称，文中的"我"非本书作者。

1

产假就快休完时，我打算请个保姆。

婆婆表示不满："花那个冤枉钱干吗？！"

她在一千多公里外遥控指挥，声音很大，依然底气十足："我给你盘算好了，你姐就挺合适的。她打算找个活儿干，我看正好来帮你带娃！"

乍一听，我觉得还不错。大姑姐是个勤劳淳朴的农村妇人，自己生养了两个孩子，大的小的都长得壮壮实实，育儿经验想必是我的几倍。毕竟，这是我第一次生孩子。

我妈走得早，爸爸粗枝大叶，眼下又找了个离异的中年女人，正不亦乐乎地享受家庭生活。婆婆则被瘫痪多年的公公拖住，没办法伺候月子，我们只得一咬牙，请了个月嫂，跟着她一步步地学习怎样给娃喂奶、洗澡、哄睡……

但月嫂只待了短短一个月，归根结底还是穷，产假期我只能领基本工资，那数目少得可怜，生活重担几乎全压在老公身上。所以一出

月子，我就开始操持家务，把能省的每一分钱都省下来。结果是累到腰酸背痛，有时也崩溃得暗自落泪，人生仿佛被一个不谙世事的婴儿困住。

其实这不算什么，忍一忍总能过去，而且辛劳与疲惫也会被宝宝的天真可爱抵消一大半，能让人心甘情愿，甚至甘之如饴。

可问题是，产假就要结束了。

2

我当然不想辞职。寒窗苦读十几年，为的就是脱离"围着锅台转"的宿命，不重复母亲那一辈女人的道路。更何况无数的心灵鸡汤都在说，全职妈妈做不得，这会让你掌心朝上、丧失自我，几乎就是下坡路的开始。

我害怕那样的日子，所以，若大姑姐肯来，那是再好不过的事情。

事实上，我也不放心把孩子完全交给请来的保姆。抛开能力不谈，她的人品靠不靠得住？会不会有可怕的事情发生？别怪我风声鹤唳，"毒保姆"的新闻比比皆是，当妈的难免敏感。在孩子的安全问题上，谁敢掉以轻心？！

大姑姐就不一样了。她是老公的亲姐姐，是孩子的亲姑妈，血脉相连，必定会尽心尽力，把孩子带得万无一失。

仔细一想，这应该是性价比最高的办法了。

大姑姐马上收拾行李赶来了。一进家门，就抱着宝宝亲个不停："大侄子，可想死姑姑了！"

她风尘仆仆，身上满带着舟车劳顿的疲累气息，可能也携带着各式各样的细菌。我轻轻咳嗽一声，试图把孩子接过来。

"姐，要不你先洗个澡，坐车累了吧？"

"不累，一看到这大宝贝儿，我就不累了！"

边说边在宝宝脸上吧唧亲了一口，我看得心惊胆战，只得委婉提醒："宝宝还小，抵抗力比较弱，还是先洗澡吧。"

"嗨，不脏！"大姑姐的嗓门又高又亮，满眼都是疼惜。我心一软，只得作罢，由着她用自己的方式来表达喜爱，心想着时间久了，习惯就会慢慢改了。

3

那一晚，我睡了产后第一个好觉。

大姑姐主动提出带孩子睡觉："你瞧你那眼睛，乌青的，一定很久没睡好吧？"

我承认，我感动得快哭了。生娃带娃的苦，也只有女人才能感同身受。

大姑姐到来一周后，我重新回到工作岗位，当起了传说中的"背奶妈妈"。

开始时，一切都很美好。

大姑姐勤脚快手，家中一应事务都照顾得井井有条。除了带孩子，她还包揽了买菜、做饭、洗衣服一类的杂活儿，且每一件都尽心尽力。就连我暂时没来得及洗的内裤和袜子，她都会四处搜寻了来，手洗干净，晾干叠好，再整整齐齐码放在抽屉里。

我一再拒绝，她却爽朗大笑："你就跟我亲妹子一样，有什么可害羞的？！"

这番话像冬日暖阳，把我的心烘成暖洋洋的一片。我从小就没了妈，老公虽好，但男人在细微处终究有所欠缺。大姑姐的温柔细致，准确无误地弥补了我的某种人生空白。所以不到一个月，我就把她当

170

作了亲姐姐。

当然，工资照付。

每个月 3500 元，与本市家政人员的平均薪资持平。有心多给一点，但无奈房贷和育儿压身，工资之外，我只能通过买衣服、送礼物一类的小事来弥补。

好在大姑姐并不在意，她依旧笑眯眯："一家人，说什么钱不钱的，多见外啊！"

我也就傻乎乎地相信了。

套上了"一家人"的名头，仿佛就多了几许温情，一本正经地谈钱，反而会让人觉得生分。我以为我会像《父母爱情》里的安杰一样，有一个可靠得力的婆家人稳定大后方，能把所有时间和精力，都用在职场的冲锋陷阵中。

4

是什么时候对大姑姐有意见的呢？我仔细回忆了一遍，应该是从一个奶瓶开始的。

之前特别交待过，婴儿抵抗力差，奶瓶必须认真清洗、消毒。可我却无意中看见，大姑姐所谓的"洗奶瓶"，不过是放在水龙头下猛冲几下，再甩干水珠，便往里舀奶粉……

提醒过好几次，但大姑姐不以为然："小孩子的东西能有多脏？！你呀，就是太矫情，把书上的东西当圣旨！"

无奈之下，我让老公劝说，大姑姐嘴上答应，却并不把我们的叮嘱放在心上。她依然我行我素，按着自己的喜好来做事。

再后来，这些习惯延伸到了做辅食。

我置办了全套工具和卡通餐具，也下载了一系列食谱交给大姑姐。

到了周末，我也会钻进厨房捣鼓，把母爱融在一粥一饭间。大姑姐却不屑一顾，每日只用各种肉汤泡饭，一勺勺地喂给我儿子。

"姐，孩子还小，还不该吃油盐，对发育不好。"

她不太高兴："你老公就是这么被喂大的，他是痴了还是傻了？说到底，不就是嫌弃我吗？"

我不做声了，唯恐言语挑起纷争，可脸色不由地沉下来。沉默在屋子里扩散，渐渐凝结成一大团尴尬，将我俩牢牢锁住。

我陷入了两难境地。

请人带娃，为的是省时省力，说白了不过是花钱买自在。可我们请了一位"长辈"，好好说不管用，发飙又不合适。辞退她吧，又怕面子上过不去，以后连亲戚都没得做。

只能寄希望于时光飞逝，等孩子能送托儿所时，大姑姐也就可以"功成身退"了。

5

但我万万没想到，大姑姐对我积怨已久。

她跟小区里的大妈、保姆们混在一起，东家长西家短地说个不停。这些风言风语关不住，总会时不时地飘过来一两句。

比如我懒，内裤、袜子都是大姑姐在洗；

比如我败家，三天两头地有网购快递送上门；

比如我脾气大，动不动就指责她这里不对、那里不好；

比如我抠门，工资低了别人家的保姆好几百……

婆婆打来电话，也多了些旁敲侧击的意味："你姐不容易，下班后你好歹也干点活儿。她是家人，不是佣人！"

我百口莫辩，情绪压在心底，久而久之，便化作脸上的阴晴不定。

我承认，自己只是个大俗人，做不到把贪嗔痴恨通通摒弃。

我打算让她走，但性质已经变了。

我以为是"雇佣关系"，但她打着"帮忙"的旗号，并放在"亲人"这个框架里，讲的都是奉献和牺牲。

她有她的委屈，我有我的烦忧。

老公找大姑姐谈过几次，但次次都被她喷了回来："你还是个男人吗？娶了媳妇忘了姐的怂蛋！我才不走，这是你家，那是我侄儿，我凭什么走？！"

那声音被刻意放大，是说给我听的。同处一个屋檐下，撕破脸对谁都不好。但那并不妨碍明里暗里的较量，我第一次明白了一句熟知的俗话有多一针见血、见解深刻——请神容易送神难。

6

矛盾彻底爆发，是在一个月前。

那天停电，老板慷慨地放了半天假。我欣喜若狂地往家赶，门一推开，只见姑侄二人正在吃午饭。

可定睛一看，我的火气便腾腾往上窜，胸腔仿佛立刻要炸开一样！

因为大姑姐正在把排骨嚼碎，一口口喂给我那八个月大的孩子！

这种喂食方式，从前也听老公讲过，据说是他老家的育儿方式，无数孩子被这么养大，包括我的丈夫。

但我，只觉得恶心！

抱歉，所有的理智与修养都在那一刻崩塌！

我冲上去抱过孩子，死命抠开他的嘴巴，强迫他把咽下去的东西都吐出来。大姑姐的怒火也窜上来了，她重重地把碗和勺子拍在餐桌上，哭天喊地地叫骂起来。

我们大吵了一架。

这是一场情绪的大爆发，彼此都压抑了太久，因而口不择言，只顾着宣泄自己的不满和憋屈。具体说了什么，我已经记不太清了，唯一印象深刻的，是当时起伏的胸口、剧烈的心跳、哆嗦的双手……

经此一役，大姑姐也待不下去了。她抹着眼泪收拾行李，直呼自己的好心被人当作驴肝肺。

终于如愿将她送走后，我的心却空落落的。

倒不是因为要重新找保姆，而是因为我们再也不能回到最初。哪怕日后握手言欢，裂痕已经赤裸裸地横在中间，再怎么修复，也不可能美好如初。

是我太傻了。

当亲情与工作搅和不清，灾难就已经在路上了，因为亲戚之间，权利、义务没办法明明白白地去定义与分割，后患已在不知不觉中埋下。

江德花那样的小姑子，或许并不存在于现实中。

因为现实中的我们，都逃不过私心与情感的影响啊！

对婆婆死心后，我过得越来越好

1

我和柚子认识十多年，关系亲密，堪比姐妹，家里家外事事分享，可她却几乎从未提起过她的爷爷奶奶。开始我以为老人已不在世，避而不谈是一种心理上的自我保护。直到最近一次聊天，谈及重男轻女，她忽然感慨一句："当时奶奶嫌我和妹妹是女孩，都不肯帮我妈一丝一毫的……"

我怔住，发了个吃惊的表情过去。不料她的话匣子因此而打开，竹筒爆豆一般把妈妈和奶奶的恩恩怨怨讲了个透。对话框里的文字快而急，透着积攒多年的情绪。虽然经过漫长岁月的缓冲，剧烈而激动的那部分已经淡去，可也依稀可感。

看到这里，你或许会觉得，这是个恶婆婆与可怜儿媳缠斗一生的故事。

但我要告诉你，不是的。

我更愿意把它归结为一个女人的坚毅自强，一种值得借鉴参考的婚姻智慧。毕竟吐槽婆婆的女人那么多，故事里的情景也许正换了时间、地点和背景，在我们身边如火如荼地上演着。

2

柚子妈嫁得早，二十来岁就生下了第一个孩子，也就是柚子。

奶奶原本是激动万分的，她守在村卫生所的简陋产房前，来来回回地祷告祈求，求上天赐给她一个白白胖胖的大孙子。可看到柚子时，奶奶的脸瞬间晴转多云，只淡淡地看了看褓褓中的女婴，又不假思索地替她取名："就叫招弟吧，在名字上讨个好彩头！"

小柚子在妈妈怀里哇哇大哭，似乎对这个意有所指的名字并不满意。好在父母都极疼爱这玉雪可爱的小粉团，并没有把"招弟"一事看得多么迫切、多么重要。

但奶奶嗤之以鼻，马马虎虎照顾了月子后，就不肯再带她口中的"丫头片子赔钱货"了。柚子妈无奈，只得低声下气地恳求婆婆："马上就要插秧了，她爸一人忙不过来……"

"娃儿是你们自己生的，和我有什么关系！哪条法律规定婆婆必须给媳妇带娃！"

这一通抢白看似蛮横却又不无道理，柚子妈是个老实人，一时也想不出反驳的话，只好抹着泪回到自己的家。有心求助亲生母亲，可娘家在百里开外的另一个村子，把正吃奶的娃娃送回去并不现实。

丈夫也愁眉不展，他见惯了自家母亲的强势，知道她偏爱小儿子，最后只能充满歉意地看了看妻子："你就在家带孩子吧，田里的活儿我一个人就可以。"

"那怎么行？"柚子妈脱口而出。

他们刚刚跟父母分了家，栖身之处不过是一间小土屋，所有希望都在几亩田地和两头猪上，需要合二人之力才能把日子勉强撑起。

"没事，我有的是力气，"柚子爸安慰着柚子妈，"一切都会好起来的！"

3

那些年挺苦的。

柚子模模糊糊地记得，母亲总是用一个背篓装着她，笑嘻嘻地吆喝："宝贝儿，跟爸妈上地里去咯！"

一家三口穿过田间小径，穿过花香稻香，穿过一个个黎明黄昏，倒也慢慢习惯了这样的生活方式。

到了地头，父母挥舞着镰刀锄头，柚子就乖乖睡在临时搭起的"小床"上。为了防止蚊虫叮咬，细心的妈妈还用纱巾围起一个"帐子"。

但再小心，意外也会时不时地发生。尤其是蹒跚学步、牙牙学语时，她总会从"小床"上翻身下来，哪怕不摔得鼻青脸肿，也难免要摔个狗啃泥……

傍晚回家，父母才能就着暮色淘米煮饭，忍着辘辘饥肠去生火炒菜。那盏昏黄的 15 瓦的灯泡，把锅里的酸甜苦辣照得五味杂陈。

那时候，柚子的叔叔也成家了，堂弟比柚子小八个月，是奶奶掌心中的无价珍宝。

因为宝贝孙子的到来，分家也就搁置不议了。奶奶心甘情愿地给叔叔婶婶做老妈子，把煮饭、喂猪、看孩子的活儿都揽过来，有时也背着孩子下地，浇浇水、拔拔草，竭尽所能地创造便利和财富——毕竟这些东西都是给孙子的。

说不难受是假的。

有了对比就有了伤害，柚子爸看看弟弟家，再想想自家，难免会长吁短叹、悲从中来。中国男人不喜欢把"爱"挂在嘴边，但对爱与不爱的细枝末叶，他们却比谁都在意。

柚子妈安慰丈夫："五根手指还有短有长呢，看开点儿吧。"

说实话，她并不在意婆婆的厚此薄彼。从她决定背着女儿下地那一刻起，"婆婆"一词就褪去感情色彩，变成甲乙丙丁之类的寻常称谓。

人和人之间，只要死了心、断了期待，豁达开阔也就跟着来了。

4

其实，柚子也被奶奶带过一小段时间。那会儿她三岁多一点，已经能辨别大人的表情神色，判断最基本的远近亲疏了。

她知道奶奶不喜欢自己。

比如祖孙三人一起上街时，堂弟能吃冰激凌，她手里的是一毛钱一根的冰棍；但凡姐弟俩争执打闹，挨批挨揍的一定是她。

久而久之，柚子便对奶奶家产生了抵触情绪，宁愿跟着父母去田里暴晒，也不愿再去奶奶跟前受气。

妈妈叹了一口气，什么也没说，只紧紧抱住女儿。

不久后，柚子有了妹妹。

"招弟"失败，奶奶气急败坏，四处张罗着把小孙女送人，躲过计划生育，好继续执行"招弟"计划。

柚子爸严词拒绝："我的孩子，你说了不算！"

奶奶也黑了脸："有种别求我，自己去带两个赔钱货！"

母子俩彻底撕破脸，后来那些年，几乎完全断了往来。

柚子妈也不必再与婆婆打交道。许多年后，她告诉女儿："婆婆不帮也有不帮的好，起码她管不着我的日子，我和你爹有商有量，倒也不错。"

婶婶虽然得了婆婆的力，但也受了不少气。老太太以"大家长"自居，对两口子指手画脚，有时甚至管到床上去。

"别见天缠着你男人，妖精似的，会吸干他的精气神！"

婶婶吵闹无数回，又无法放弃一个"免费佣人"，最后只能把舒适合着委屈一并咽下。

柚子妈总结说，这就叫有得有失吧。

5

日子到底是慢慢好起来了。

柚子妈跟一个远房姑妈学了做豆腐的手艺，先是走街串巷挑着卖，后来卖出了名气，便在集市买了一个摊位，认认真真地做起生意来。

丈夫心疼她，承包了大大小小各项体力活，自告奋勇地送货、守摊子，好叫妻子腾出时间多休息。

他对她，终究是怀了些愧疚之心的。

她十九岁就跟了他，从一间小土屋白手起家，如今盖了新房，添置了家具家电，家里的一砖一瓦、一针一线，都是两口子携手共进的成果。

在夫妻俩的悉心打理下，豆腐店很快扩展为以豆腐为核心的豆制品店，豆浆、豆腐丝之类的副产品也有了固定的客户与销量。赚的都是辛苦钱，算不上发财，但足以使这一家四口从贫穷中挣脱出来。

于贫贱夫妻而言，把日子变好的过程，其实就是最有效的婚姻修炼。他们的感情因共苦而升华，又被同甘而推进。

在柚子的印象中，父母极少大声吵架，偶尔闹脾气红了脸，也总会以最快的速度言归于好。

有人说，夫妻是最难处理的人际关系，没有之一。或许是因为婆家、娘家、小家相互牵扯、彼此羁绊，各类关系和问题错综复杂。而剔除婆媳关系的纷扰后，夫妻相处反而会简单许多，能向最本质、最核心的地方靠拢。

更何况，柚子妈从不讲婆婆半句坏话，也极少挑妯娌的理、寻小叔子的错。丈夫看在眼里、记在心头，夫妻关系愈发融洽，日子自然越来越好。

其实柚子妈也并非圣母，只是哭过、痛过后，期待值归零，却无意中摆正了儿媳与婆婆的关系。

6

现在，柚子爸和柚子妈都是年过半百的人了。

柚子研究生毕业后，进了知名集团，前些年结了婚、生了娃，已在省会站稳脚跟；妹妹成绩稍差，但也读完了本科，考进老家的事业单位，小日子过得顺顺当当。相对于叔叔家的宝贝儿子，姐妹俩的前程与归宿都略胜一筹。至少，从看得见的硬件条件上来说是这样的。

那男孩在祖母的溺爱中长大，自小便自高自大，以为全世界都能被奶奶推到自己的面前。书没读好，长大后处处碰壁，至今仍游手好闲、四处晃荡，处了好几个姑娘都告吹。

柚子姐妹则不同。她们亲眼看着父母白手起家，对"努力"二字具备最深刻的理解与最真诚的信仰，再加上家庭氛围温暖和谐，也就自然而然地长成了好姑娘。

这是她们的幸运，也是柚子父母最大的庆幸。

上天其实是最公平的，礼物都暗中标好了价格，苦难背后也孕育着珍珠。

至于婆婆，她更老了，常拄着拐棍来寻老大一家，絮絮叨叨地控诉二媳妇。柚子妈淡淡地听着，不插嘴、不接话，只适时端出些点心果子："您尝尝看，味道还不错。"

钱也是给的。通常是年节以及生病时，红包不大不小，礼数周全，一切都做得刚刚好。但对老太太提出的一起生活的想法，柚子妈总微笑着推给丈夫："家里的大事，由不得我做主。"

至于丈夫是怎样打发母亲的，她懒得管，也不在意。三十多年夫妻做下来，她明白丈夫心里的刺挑不尽、挑不完，母子缘分早就断在了很久很久以前。

当关系被简化到责任和义务后，事情反而不复杂了，养老似乎也被视作对生养之恩的报答，不带太多的感情成分。出钱并不难，难的是把收回去的爱再拿出来。

但能相处到这种程度，已经算是圆满结局了。

7

听过许多儿媳对婆婆的吐槽，其中最密集的情绪点，就是婆婆的

"不作为"。

儿媳们义愤填膺："我辛辛苦苦为你家开枝散叶，你这个做婆婆的，凭什么不帮我？！"

我的劝解通常还是那句话：亲爱的，别对公婆抱有太高期待。当我们不用"你应该、你必须"来定义一段关系，人与人之间就会简单许多。

最理想的婆媳关系当然是"亲如母女"，你嫁给他，他们全家一起来爱你，公婆不遗余力地做好小夫妻的生活后盾。这种例子不是没有，但这并非每个人都有的运气，而且也未必就如表面上那般轻松容易。

只能说，凡事都有两面性，千万别把婆婆的付出看得太理所应当，当然也不必自己死撑着一切而拒绝援手。

她肯，便抱着感恩之心，并恰如其分地表达谢意。

若她拒绝，就收起怨怼之心，把情绪化作解决问题的动力。

婚姻呢，说到底，还是两个人自己的事情。

围城内外

第四辑

离婚前，请务必做好三种"独立"的准备：经济独立、精神独立、生活独立。如果学不会婚姻经营之道，也没有恰当的自我成长与成就，再结十次婚，也只能哭着从围城里逃出来。

婚姻不幸，我出个轨怎么了

1

最近收到一个倾诉。女主角姓柳，暂且称为柳柳吧。

柳柳嫁得早，不到二十岁便四处相亲，寻找金龟婿。她长得齿白唇红、前凸后翘，倒也凭借身体的原始资本，嫁进某户小康之上、富豪之下的人家。

公婆是苦出身，从小吃摊做到四家连锁店，本事大，脾气也很大。尤其是婆婆，做事雷厉风行，为人强势霸蛮，向来都是说一不二的主儿。她本看不上柳柳那副娇滴滴的样子，可架不住儿子软磨硬泡，最终还是忍着脾气让这个媳妇过了门。

柳柳欢欢喜喜地做了新娘，也下定决心要好好过日子。她收敛起做闺女时的任性与散漫，主动洗衣做饭，兢兢业业为一家人搞好后勤。可婆婆不满意，依旧三天两头地找茬，横挑鼻子竖挑眼，哪儿哪儿都能叫她生出不快来。

丈夫也在不知不觉中变了。原先的护妻心切没有了，取而代之的是不耐烦："我妈脾气不好，你就不能顺着点儿吗？非要惹人不高兴！"

更严重的是，丈夫不爱回家了。他流连于狐朋狗友之间，常在灯红酒绿处流连，渐渐透出些喜新厌旧的面目来。柳柳跟他吵、跟他闹，他怒气冲天："娶你回家，可不是让你管老子的！"

至此，婚姻已经完全变了味。

哪怕她一鼓作气，生下一儿一女，也拉不回丈夫的心，更换不来婆婆的理解与尊重。她像生了病的人，在逐步枯萎的婚姻里苟延残喘，内心堆积着太多痛苦，却找不到合适的宣泄口。

2

后半段故事，就猛地峰回路转了。

柳柳出轨了。

对方是通过摇一摇添加的微信好友，在距离柳柳两公里的地方上班。他自称姓杨，目前也挣扎在死水般的婚姻中。

两人同病相怜，惺惺相惜，话题很快就带了些暧昧色彩，你来我往，相互撩拨，而且都有些相见恨晚的意思。

相识不到一个月，他们见面了。

网络照进现实，柳柳带着些惶恐。但老杨的温柔有增无减，慢慢融化了她的紧张。他们互诉衷肠，把各自的婚姻及伴侣都吐槽了一万遍，然后相互凝望，恍若彼此的救赎。所以，那件事儿也发生得自然而然、水到渠成、情难自禁。

柳柳在老杨的怀中化作一淌春水，整个人都活过来一般。她觉得，生活重新变好了。她再次变得眉目生动、腰肢柔软、面色红润，原来一个女人的美丽，真的要靠爱情来滋润。就连家中的恶婆婆、熊孩子，她都有了十足的耐心去应对。

听到这里，我不由诧异，既然一切都那么好，她又何必心急火燎地来倾诉？她顿了顿，又发过来一行字。

"可我的闺蜜说，我这么做是在玩火，极其不道德。我就纳闷了，婚姻不幸，我自己找点乐子怎么了？难道要一直熬下去吗？"

"亲，你可以离婚啊。"

"离婚是不可能的，孩子都有了。"

我猜，她还有没说出口的理由。比如婆家富裕，比如自己习惯了依附，比如老杨并不打算接手她的余生。

都只是一晌贪欢而已。

围城苦闷，偶尔跑出来透个气，完了还是得回家去。说到底，不过是人类的贪欲在作祟。他们什么都想要——婚姻的安稳踏实，以及婚外的浪漫激情。

3

我无言以对，只能凑双耳朵扮演倾听者。柳柳继续述说着自己的委屈。

开始时，谁都渴望和和美美、相敬如宾。虽然她冲着钱而去，但也下定决心要融入婆家，认认真真地做好儿媳、做贤妻良母，磕磕碰碰什么的，也大可一笑了之。

可他们不给她机会。

掏心掏肝，只换来冷言冷语；也曾拼了命地改善关系，但婆家似乎跟她八字不合，丈夫那所谓的"爱情"，不过是对色相的一时沉迷。

她在婚姻中得不到温暖，只好去别处求一些解脱，然后把它们拼拼凑凑，假装这也是幸福的模样。

我们不能否认柳柳的可怜之处。女人是感性动物，她们渴望在婚姻里得到的不仅仅是物质，还能有情感的连接与沟通。于某些人而言，对后者的需求，甚至会高过前者。否则，生活将沦为一潭死水。

所以，男人出轨大多为性；而女人出轨，普遍是因为缺爱。

但柳柳这样的做法，无异于饮鸩止渴。

首先，这存在道德方面的问题。

假如有一天东窗事发，势必要受千夫所指。而女方付出的代价往往会比男方更高，因为传统道德对女性的要求更高，而柳柳恰巧是依靠丈夫生活的弱质女流。等纸包不住火时，她的人生极可能被烧得满目疮痍。

退一万步讲，一直守住秘密又怎样？

偷偷摸摸地来往、战战兢兢地快乐，一切都是偷来的，永远被罩在阴影里。我实在无法相信这样的"幸福"能够地久天长。因为它并没有从根本上解决问题，问题始终存在，只是用另一种刺激遮掩了过去。

4

我不敢随便劝人离婚，但我希望，我们能正视婚姻存在的问题。

据说成年人只看利弊得失，两个人的结合，会被当作一场资源的交换与优化配置，以便实现利益最大化。

这无可厚非，毕竟那一纸婚书将两个人牢牢捆绑，从此命运相连，对方的名誉、财富甚至地位都与自己息息相关。所以，哪怕婚姻成了鸡肋，也有一根看不见的线将两人紧紧拴在一起，就像两只无可奈何的蚂蚱。所以，人们总会在爱情褪去、婚姻开始露出狰狞面目时，有意识地选择忽视与逃避。

因为离婚，远没有想象中简单。

房子要对半分，财产要对半分，孩子的抚养教育都需要自己一肩挑起。无论从人力、财力与精力来看，都会将苦心经营多年的生活猛然打碎，倒不如睁一只眼闭一只眼。

可又不甘心沉陷在失落里，于是，各种各样的方法出现了：有人离婚不离家；有人选择各玩各的；也有人像柳柳一样，去别人的怀里找刺激……

无意评价他人生活，但总对可能引发的反噬惴惴不安，忍不住要像卫道士般唠叨一番：若要获得真正的安宁与自在，还是得痛定思痛，直面惨淡的婚姻。唯有如此，才能在深入骨髓的疼痛里迎来涅槃。

余生还很长，请坦坦荡荡说再见，清清白白地另外爱一场。

婚姻是女人的第二次投胎？ 不见得！

1

"婚姻就是女人的第二次投胎。"

第一次听到这个说法时，我还是个将婚姻简单理解为"一男一女、一起吃饭睡觉"的天真女孩。

这句话，是家里的长辈说给一个远房阿姨听的。那位被称为彩琴的阿姨低着头，讪讪地坐在沙发上，双手不停绞着自己的衣角，嘴唇似乎也有些哆嗦，却始终没说一句话。

容貌秀丽的她被带来相亲，对象是镇上一个青年，据说家里有五辆大货车，跑广东贩卖蔬菜，年收入高达几十万。在 20 世纪末的乡村，几十万是个天文数字。当时许多亲戚认为，嫁进这样的人家，从此吃喝不愁，一辈子都能过好日子。

嫁汉嫁汉，穿衣吃饭。在传统朴素的择偶观里，被放在首位的，一直都是坚实牢靠的物质基础。所有人都觉得这是一桩好亲事，哪怕当时彩琴阿姨已经有一个青梅竹马、感情稳定的男友。彩琴狠下心抛弃男友，悲喜交加地做了新娘，开始了一个麻雀变凤凰的灰姑娘之梦。

婚姻对女人的塑造和影响毋庸置疑，于是，通过结婚来改善自身不佳境遇，就成了女性在婚恋市场上的主要诉求。现实里的确有许多女孩如当年的彩琴一般，冲着房子、车子和票子签下一纸婚书，把结婚当作一次鲤鱼越龙门的华丽蜕变。

2

遗憾的是，婚后三个月，命运就露出了狰狞的面目。

彩琴的丈夫好赌，平生只有搓麻将一个爱好，婚事也不过是顺着父母的意思草草定下，开枝散叶、延绵香火而已。

过了门的彩琴，经常三五天不见丈夫的踪影。独守空房的寂寞，叠加着错付终身的悔恨，使她在此后的许多年里郁郁寡欢。

后来，大货车越来越多，生意越做越难，公婆也慢慢老了。在丈夫独自跑车、输光所有本钱后，他们的生活开始走下坡路。

可恨的是那个男人即使年过四十，还是贪恋牌桌上的五光十色。彩琴一个人撑着家里的老老小小，开始变得粗嗓门、暴脾气，年轻时的明媚鲜妍一去不复返。

本想靠着结婚改变命运，不料反被命运改变。如今说起来，彩琴总抱怨自己命不好，第二次投胎，依旧没得到上天的眷顾。

似乎许多在婚姻里不得志的女人，都有这样一套宿命说辞来安慰自己。毕竟投胎这种事，是听天由命，自己哪里做得了主？

可是，盲婚哑嫁的时代早已过去。我相信，现在很少会有被刀架在脖子上逼迫着出嫁的姑娘，婚姻里的大部分选择，都出于自愿。

虽然俗话说"婚姻是女人的第二次投胎"，但俗话也说了，投胎是个技术活，不是谁都有能力掌控住改变命运的第二次机会。

"第一次投胎"，是命运发的牌，但第二次不是，它是你在考量

真心、财力、背景、人品等诸多因素之后的选择，成败与天无关。

3

同样是嫁人，我的朋友潇潇却是另外一个套路。

潇潇学历不低，人长得也不差，未出嫁时也曾鲜衣怒马、追求者甚众，但她选中的却是一个貌不惊人、身材中等的经济适用男。这个男人最大的优点是爱她，其次是待人宽厚，最后是吃苦耐劳、工作能力极佳。

婚后，小两口齐头并进，逐年升职加薪，感情如蜜里调油，生活愈发美满。但在这对夫妻看来，结婚不是渴求一粥一饭，更不是为了周全内心的爱情梦想。所谓"白首之约"，是两个灵魂的惺惺相惜与相互眷恋。所以，他们的婚姻包含了过日子，却不仅仅是过日子。

据说嫁对人的衡量标准是遇见更好的自己，可潇潇说，我结婚，从来都不是为了拯救自己的人生。变好是结婚的果，结婚却不是变好的因，毕竟她和丈夫都已具备足够的能量与心智，来对自己的一生负责。

婚姻或许是一个无心插柳柳成荫的寓言，用力过猛、期待过高、太看重自己在婚姻中的利益及所得，都会弄巧成拙、伤己伤人。把结婚当作救命稻草的人，通常会淹死在生活的惊涛骇浪里。一根稻草无济于事，学会游泳才是王道。

那些传说中的"投胎小能手"，本就具备让自己幸福快乐的资本或能力。婚姻之于他们，是锦上添花，而不是雪中送炭。

4

"婚姻是女人的第二次投胎"，说的其实是再生家庭对一个人的重要影响。

再生家庭，是与原生家庭相对应的概念，指的是成年男女组建的、独立于双方父母之外的家庭。

人生的前半段，我们受限于自己的出身、背景与父母的见识、格局，很难摆脱原生家庭的烙印。这就是所谓的"第一次投胎"，是命运的随机选择。

有人告诉我们，原生家庭再糟糕，也有一条路能够通往幸福，那便是通过结婚，进入一个和谐美满的再生家庭。只是大部分人不曾意识到，再生家庭由自己和伴侣一手打造，它的圆满，你有贡献；它的失败，你亦有责任。所以，不要太相信婚姻是你的"第二次投胎"，因为事物的发展变化取决于内在质变，而不是外在影响。

但也不可忽视婚姻对你的改造与重塑，因为嫁给一个人，就是嫁给一种生活方式，你的喜怒哀乐，甚至长远发展，都与枕边人息息相关。

最好的办法是：不放弃自己的成长与进步，也不放松对婚姻的经营与呵护。

嫁对人，从来都是一件需要发挥主观能动性的事情。天上掉下来的美好姻缘，只存在于小说、影视剧的浪漫幻想中。

5

幸福的婚姻大致相似，投对"第二次胎"的步骤，可能也有一些经验可学习。

首先，找到一个对的人。

什么是对的人？我的答案是，爱你疼你且关心你的梦想和未来的人。"第二次投胎"的终极目标，不外乎脱胎换骨、重新做人，这样说或许你会觉得夸张，但这与"发现更好的自己"有着异曲同工之妙。

除了找到对的人，成功的婚姻还在于女人的内心是否真正强大。

放眼四周，婚姻幸福的女人大多独立自主，清楚自己的所求。而对婚姻抱有太强目的性的姑娘，通常会被眼前的局势迷住双眼，难有长远的目光去看清婚姻的本质。所以，想嫁入豪门的女孩千千万，最后的赢家却寥寥数人。两个成年人的自由结合，是势均力敌、相互成就的相知与相伴，而非丝萝托乔木的依赖与期许。

最后，妥善经营你的婚姻。

婚姻是两个人的事情，漫长余生里的磕磕碰碰和矛盾纠结，需要双方的智慧与宽容去化解。

所以比起"婚姻是女人的第二次投胎"一说，我更愿意相信"婚姻是共同生活下的相互作用"一说，它重新塑造了你的习惯、认知、格局，对接下来的人生起着或积极或消极的影响。

幸福的妻子，都具备这三种能力

每天都有人在问，要怎么做，才能把两个人的日子过得幸福快乐。

这是个宏大磅礴的哲学命题，三言两语无法道清。但据我观察，那些容光焕发的妻子们，有一些相似的东西，归纳下来就是——挣钱力、单身力、接纳力。

万事无绝对，本文表达的是大概率事件，请自动忽略极端个例。

1

先说说挣钱力。

经济无法独立的女人，难免要在婚姻里受委屈——这不是危言耸听，因为大部分普通人对婚姻的期许，其实都是"合作共赢"。

　　"我养你"，这三个字，讲起来很容易，可当轻飘飘的承诺落实到沉重的生活中，一切便需要重新定义。

　　有真实故事为证。

　　冯小姐在工作中受了委屈，男友何先生温情脉脉地鼓励她："不开心就把工作辞了，好好在家休息一段时间，我养你！"

　　她感动涕零，于是利索地辞了工作。开始时，两人郎情妾意、恩恩爱爱，直到冯小姐入手了两千多元的护肤品。何先生脸色不太好看，冯小姐解释，这是用惯的品牌，没法节省，何先生便也没说什么，但从此以后，冯小姐的每一次购物都会引发一场争吵，两人的关系逐渐被"万恶"的金钱逼到了悬崖峭壁上。

　　压死骆驼的最后一根稻草，是一份酸菜鱼，外卖标价一百多块钱，下班回家的何先生看着账单勃然大怒："太奢侈了，真的养不起了！"

　　两人大吵一架，冯小姐幡然醒悟，开始马不停蹄地奔跑在求职的道路上。因为自己挣来的钱，才能随心所欲地买化妆品、吃酸菜鱼。

　　古话说，嫁汉嫁汉，穿衣吃饭。太多女性被这样的思想蛊惑着，将"我养你"视作最美的情话，可事实却是"拿人手软，吃人嘴短"，手心朝上，往往意味着受制于人，小到吃一顿酸菜鱼，大到那些影响余生的决定。

　　心甘情愿地养活妻子并且毫无怨言的男人，当然也是有的，但我们冷静下来想想，你遇到这样的男人的概率是多少。大部分女人都需要挣一份薪水——即使丈夫的收入完全能够支撑家庭，即便所有人都劝你安心顾家。因为这不仅仅是钱的问题，更是挺起腰杆、平视男人的底气。

　　很俗对不对？但这偏偏是生活与人性的最残酷真相。

　　婚姻其实很势力的，有钱的女人和没钱的女人，过的是完全不同的日子。

2

　　接着说说单身力。

　　看过一个很有意思的问答。

　　问：结婚以后，两个人在一起最重要的是什么？

　　答：就当这婚没结！

　　"当这婚没结"的意思，当然不是继续营造单身人设招蜂引蝶，而是在婚姻中保留自我，不把妻子当作自己的唯一标签，更不把男人视为生活的全部。

　　哪怕一个人，也有能力把生活安排得井井有条——这就是传说中的单身力。所谓单身力，以独立的经济条件为基础，重心则是学会和自己相处。

　　见过许多热衷于"夺命连环打电话"的妻子，她们时刻都把自己绑在丈夫的行程表上，恨不得把对方掰碎揉匀，细细密密地镶嵌进身体和生命中。然而时间一久，你就会发现，任何一方的过度依赖都会变成一条无形的绳索，把整个婚姻都勒得喘不过气来。

　　蒋勋先生曾说："你被孤独驱赶着去寻找远离孤独的方式时，会处于一种非常可怕的状态；因为无法和自己相处的人，也很难和别人相处，你一定要学会跟自己玩。"

　　我们相识、相爱、相守，在身心的维度上无限度地靠近时，还应保留恰当的空间与距离。就像两棵树，密不透风地挨在一起，反而影响了各自的枝繁叶茂。

　　结婚的目的，并不是单纯的寻找伴侣、排遣寂寞，更是相互支持、共同成长。对方永远都不能，也不该成为生活的全部。

他加班，你便看书；他和兄弟喝酒，你就约姐妹逛街；他打游戏，你就追剧……

生活多姿多彩，你必须在爱情和男人之外，找到另一种寄托和期待。

$\mathcal{3}$

最后说说接纳力。

女友佳佳，嫁了一个小学教师，前些年和和美美，最近却对丈夫百般挑剔。因为身边女友陆续结婚，对比下来，佳佳猛地发现自家的男人得过且过，似乎打算在教师岗位上"苟且"一生。

再放眼四周，有人跳出了煮青蛙的温水，正四处奔忙，积极创业；有人业余做起了自媒体，才华变现，赚得盆满钵盈；就连路口卖麻辣烫的小夫妻，都在市中心买了一套房……

佳佳自然是有些着急的，毕竟有人说了，你选择的男人，代表着你的层次。

佳佳逼着丈夫进行"自我改造"，可对方无动于衷，逼急了还要大吼一声："我就喜欢教书，不行你找别人去！"

"我这是为你好啊！"佳佳恨铁不成钢。

谁料老公强势怼回来："为我好，就让我做我自己！"

她一怔，在群里懊恼发问："这是为什么？"

答案藏在杨绛先生的一句话里："我保住了钱锺书的天真、淘气和痴气。"

很多时候，我们都忍不住要替爱人安排明天。然而，你以为那是倾尽全力的爱，却从没仔细思考过，对方想要的到底是什么。

强行改造，并不是通往幸福的捷径，因为那个与你生死相许的男

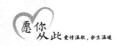

人也是独立的个体。他的性情未必能百分百与你契合，他做的事情，也不可能桩桩件件都如你愿。

世间最难的就是圆满，纵然花好月圆、两情相悦，也不能保证事事顺遂。倒不如接纳他的不完美，放弃"改造"的念头，让他安安心心地去做想做的事情。

毕竟，你——也不是十全十美、让他此生无憾的那个人。

那些嫁错的女人后来怎样了

1

据说一个女人有没有嫁对，是明明白白写在脸上的。近来与小娟的重逢，让我彻彻底底信了这句话。

记忆里的她是个美人，生得明眸皓齿、婀娜动人，几乎是全班男生心中的女神。只是女神多情，中学时代就换过好几任男友。中专毕业不久，她不顾家人的反对，嫁给当地的"大佬"，开启了"英雄美人"的传奇。

可眼前的妇人已没了女神的模样，皮肤失了水，眼神也少了光，浑身上下散发着的，都是怨气和戾气。

他们的故事，我略知一二：当年的古惑仔老在时光里，却还没学会养活妻儿老小，依旧吃喝嫖赌、我行我素。传奇尚未开场便谢幕，美人如花，却只演了一场没有观众的闹剧。

我们站在大街上叙旧，小娟深深叹着气，在车水马龙里追悔莫及。

她咬牙切齿，狠狠诅咒着那个男人，可当我劝她离婚，她又不甘地回了一句："我不能便宜他！"

我竟然无言以对。赌上一生彼此折磨，或许正是怨偶们的心灵自白。嫁错的女人，最不值的便是宁为玉碎，拼个你死我活。

嫁人这种事，最理想的状态是"一击即中"。

同床共枕的那个人，最好吃得到一起、睡得到一起、聊得到一起，如果三观吻合、精神同步，那简直就是神仙眷侣，足以收获"1+1>2"的优质人生。

次一点的，是在不断的艰难磨合中慢慢削去各自的棱角，做到"0.5+0.5=1"。

最糟糕的，就是看走眼、嫁错人，把好端端的日子过成一团乱麻，搞得"1+1<1"，婚姻变成人生的负担和拖累。

执子之手时，谁都期盼能与子偕老。但若不幸遭遇第三种，便请放过自己，也放过对方。

这是失败的婚姻里你能保有的最大的智慧和慈悲。

2

1931年，天津出了一桩震动全国的"刀妃革命"事件。末代皇妃文绣登报公开表示，要和她的皇帝丈夫溥仪离婚。

文绣和溥仪的婚姻，看起来像是一个历史遗留的笑话。尽管已经是民国，紫禁城里的小朝廷却还固守着迂腐的传统。退了位的小皇帝朱笔一圈，便似乎要将文绣的余生都圈进那座黄金牢笼里去。一副旧仪仗，把十三岁的文绣迎进宫，她便以淑妃的身份，跪迎皇后婉容入宫，在只有两个人的后宫里，规规矩矩地成长。

从那些遗留下的老照片里看，文绣的容貌远在婉容之下。溥仪也

在自传《我的前半生》里有意无意地透露着，自己偏爱婉容。两个女人起争执时，作为丈夫的溥仪，通常轻文绣而重婉容。

想来深宫里的孤寂冷清，早已让文绣明白自己所托非人，这场有名无实的婚姻不带一点温度，既慰藉不了漫漫长夜，也缓解不了内心的起伏。可她的丈夫是皇帝，无论是恩宠还是冷落，她都只能默默接受。

直到溥仪被赶出皇宫、暂居天津静园，压抑的情绪和愤恨才彻底爆发。文绣在表妹的帮助下逃出静园，随后发表离婚声明。溥仪本想挽回，不料此事闹得沸沸扬扬，只好下了一纸所谓的诏书，将文绣"贬为庶人"。

离开溥仪的文绣，做过小学教师、校对，甚至糊纸盒上街叫卖，后来嫁给了一个小军官，在清苦安宁中走完了一生。

溥仪其实不爱妻妾中的任何一个，他的全部心思，都系在渺茫的复国梦上，对女人只有居高临下的俯视，少有真心可言。这些，文绣和婉容都心知肚明。

所谓的嫁错，其实就是陷入没有爱也没有希望的苍白婚姻。文绣看得清楚分明，有勇气借着时代的东风抽身而退，婉容却用尽一生，做了一场南柯大梦。

和丈夫感情破裂后，她借鸦片来逃避现实。伪满洲国覆灭后，她又被急于逃生的丈夫狠心抛下，最后贫病交加，死得凄凄惨惨……

毁了女人一生的，或许并不是嫁错，而是明知嫁错却犹豫不决、心存侥幸甚至执迷不悟。

3

嫁错人的故事，其实每天都在上演。婚后紧锁眉头的女人，比比皆是。

幸福的婚姻是相似的，不幸的婚姻各有各的不幸。而这些不幸，都可以由抽象的"嫁错人"三个字概括，具体到每个人身上，大概就是出轨外遇、吃喝嫖赌、家庭暴力、感情淡漠……

或许是开头就错了，嫁给了"将就"或"合适"，日子在凑合里过得满地狼籍；也可能是爱情慢慢变质，长了霉，生了锈，连带着生活也开始千疮百孔。

婚姻也是如人饮水，冷暖自知。那些同床异梦和心力交瘁，其实你比谁都明白，但还是有许多女人凄惶地问："我该怎么办？"

无非就是两条路：听天由命，或是重头开始。

第一条路，鲁迅的原配夫人朱安走过。

一个是热血进步的知识分子，一个是低眉顺目的旧式闺秀。两个人之间隔着一个时代，步调无法一致，这场婚姻注定会错得彻彻底底。

朱安默默忍下一切，眼睁睁看着许广平在鲁迅的生命里生根发芽，开花结果。可没人会记得她的贤惠隐忍，我们说起她时，满溢的都是感慨和同情。

活在他人同情里的一生，大概是眼泪里泡开揉匀，一日一日数过去的。

第二条路，数张幼仪走得最精彩。

当初徐志摩逼迫张幼仪去打胎，铁了心要抛下这个"土包子"，他们由此成为中国第一对通过民法离婚的夫妻。

离开徐志摩后，张幼仪毅然撕掉"弱女子"的标签，先是在国外用心学习育儿、金融等诸多先进知识，再是回国做德语教师、出任服装公司总经理、成为银行家，活得风生水起。

她把儿子培养得出类拔萃，甚至操办了前夫的葬礼，最终亦觅得良人，重拾幸福。

4

有些女人嫁错了，只当做了一次浴火凤凰，痛过、恨过、挣扎过，迎来涅槃重生；有些女人嫁错了，却在一塌糊涂的婚姻里泥足深陷，终生摆脱不得。

嫁给一个男人，就像权衡利弊得失后，在无数道路中选了脚下这一条。一路跋涉，必定会有许多波折艰辛，阳关大道有其难，羊肠小道也有其苦。然而吃苦受累不可怕，怕的是路越走越窄。走到山穷水尽、悬崖峭壁，乃至无路可走。

这时候，最聪明的做法是回头，马不停蹄地往回走。舍弃错误的那条路，花点时间来思考判断，然后重新踏上征程，依旧勇敢坚定地向着有光的地方而去。

只是，旁人看得到风景历历分明，却体会不出你走在路上的喜怒哀乐。对与错的标准，必须由你自己拿捏。

心里有了结论，就请当机立断。人生有种大智慧，叫作"及时止损"。千万不要把错误婚姻加诸给你的痛苦无奈，再延续到本可以光明灿烂的余生里去。

嫁错了，只要还有改变的勇气和能力，就可以掌握自己的命运。记住，婚姻不是人生的终点，你永远都有机会调转方向，重新来过。

结婚后，我变成了自己最嫌弃的那种女人

1

结婚两年零三个月，小静改变了许多。变化是悄无声息的，她自己都毫无察觉。

直到有一天傍晚，她絮絮叨叨地计算菜价、油钱，顺带着分析金融股市，随后又堂而皇之地白了丈夫小李一眼。

"就你挣的那点钱，够干什么？！"

小李抬了抬眼皮，没说什么。

唠叨完的小静把湿漉漉的拖把拎过来，一边卖力地拖地，一边恶狠狠地开启了控诉模式，对老公的闲逸悠然火冒三丈。

面子上挂不住的丈夫终于皱了皱眉，不咸不淡地吐出一句。

"你越来越像你妈了。"

小静一愣，然后一惊。

她的妈妈是个典型的市井妇人，斤斤计较，一肚子的小算盘，常常被父亲奚落为"只见小聪明，没有大智慧"。

她对母亲的市侩样实在是厌倦透顶，拼了命想要逃离原生家庭和阶层，所以她用功读书、勤奋工作，刻意地按照新时代女性的标准来要求自己。想不到，一场婚姻就能把人打回原型，那些所谓的涵养，都不见了踪影。

小静独坐在书房里，盯着满书架的唐诗宋词发呆，一点点回忆着

自己的歇斯底里，只觉得生活太触目惊心，岁月静好一不小心就过成了遍地鸡毛。

婚姻着实不易，好好的如花美眷，转眼便零落成泥碾作尘。她从丈夫的眼里看到了厌恶，心下忿然，气咻咻地拿过手机，给闺蜜发微信，一长段血泪交织的控诉片刻成文。

可按下发送键之前，她又猛然从字里行间看见许多尖酸刻薄。从前她写诗、写散文，现在，她用满腹才华来斥责最亲近之人。

像个怨妇，也像个泼妇，实在面目可憎。

连她自己都嫌弃。

2

嫌弃自己的已婚女人，又何止小静一个？

我亲眼目睹过一个青春美少女向中年大妈的转变。

十多年前，她第一次上门，穿着白色连衣裙，一头顺直黑发，说话也轻声细语。

家里的七大姑八大姨围着她问这问那，个个嗓门粗大、双手挥舞，腹部的赘肉也跟着此起彼伏。

她只是抿着嘴微微地笑，脸上的羞涩与憧憬拼出一张未婚妻的脸。

还是个好奇小朋友的我，有事没事总爱围着她转。她笑得特别温柔，身上还有一股若隐若现的香味，坐在那群叽叽喳喳的女眷堆中，真的是鹤立鸡群。

那会儿她还是邻居家未过门的儿媳妇，浑身上下都是待嫁新娘的幸福与娇羞。半年后，她嫁过来了，穿着一身喜庆的嫁衣，高跟鞋踩过了一地的红纸屑。

婚后第一年，常见小两口牵着手上街，恩爱秀得甜蜜又高调。

第二年，她挺起了大肚子，头发松垮垮地挽起，渐渐有些不修边幅。

第三年，她抱着娃娃，衣襟上永远有未干的奶渍，身材已略显臃肿，神情也开始憔悴。

慢慢的，争吵声和哭泣声都被夜风吹了过来，那种扯着嗓子的哭喊，凌厉而尖刻，像是什么珍贵的东西被撕碎了一样，带着绝望和不甘。

再后来，她长胖了不少，眼角有了细纹，连衣裙也不再穿，取而代之的是一身宽松的运动服，灰色的，看上去很沉闷。

这个过程，像一朵鲜花的凋谢。

疲惫和焦虑都明明白白写在了脸上。一张未婚妻的脸，渐渐在风吹雨打中现出了妇人的模样。

可大家似乎都是这么过来的，绿叶成荫子满枝，娇艳欲滴都沉入旧时光。偶尔照照镜子，只怕连自己都看不得那副臃肿邋遢的大妈样。

想来真心酸，可这的确是世间很多女子的变化历程。

3

据说，许多女人结婚后就不可爱了，就连女侠黄蓉都无法免俗。

五六岁的时候，我第一次看电视剧《神雕侠侣》，里面的黄蓉略显沧桑，举手投足间充满了中年妇女式的护短和教条，与小龙女的玉洁冰清相形见绌。这是我对黄蓉的第一印象。

后来又看了电视剧《射雕英雄传》，这才发现穿着白衫、戴着金环的少女黄蓉娇俏可人，其玉雪聪明与小龙女不分伯仲。

那时还不懂，一个女人走过的为人妻为人母之路，会在身体和心灵留下怎样的烙印。

金庸先生的一支妙笔惯写刀光剑影，但也描绘黄蓉洗手作羹汤，为夫君的事业、女婿的前程操碎心，还得抽空开解劝慰情窦初开的小女儿。

人前，她是千万人敬仰的女侠；人后，一样被家庭琐事缠身，再加上江湖纷争不断，少女时代的无忧无虑和天真单纯势必一去不复返。

而现实世界里的普通女人，几乎无时不在为柴米油盐操劳、为工作焦虑、为琐事担忧，即使没有老公出轨和家庭暴力，身心也难免感到疲累。渐渐的，嗓音粗了，性情粗了，腰也粗了……

重压之下，必有泼妇。

事实上，结婚对于女人来说，犹如仙女跌落凡尘。

亦舒在《我的前半生》一书里这样描述一位妻子："这女人走过我身边的时候，隐隐可闻到一阵油腻气，那种长年累月泡在厨房中煮三顿饭的结局，跳到黄河也洗不清。"

看得人满腹心酸。

世间多的是下班后匆忙赶往菜市场的女人，厨房里的烟熏火燎日复一日，渐渐把少女时代的灵气都消磨殆尽。

身子沉了，心事也重了，再也无法飞升成仙。

1

做妻子，多少是要受委屈的。

看过一个故事，有个已婚男人看到自己的老板养了情人，回到家后便绘声绘色地说给妻子听，言语间，尽是对年轻女孩唇红齿白、风情万种的艳羡。

妻子回答说，如果我不必和你一起养家，不必做家务、看孩子、照顾老人，你每月再给我个万八千的，有趣体贴我也做得到，而且能比她做得更好。

这才是婚姻的另一种残酷真相：已婚女人的身份像套在头上的枷锁，在我们尽心尽力做妻子时，红玫瑰已在沦为蚊子血的路上，白玫瑰也不知不觉地化作饭黏子，远远看一眼，便觉得腻味。

就连心系天下女儿的贾宝玉都说："女孩儿未出嫁，是颗无价之宝珠；出了嫁，不知怎么就变出许多的不好的毛病来，虽是颗珠子，却没有光彩宝色，是颗死珠了；再老了，更变的不是珠子，竟是鱼眼睛了。"

分明是一个女人，怎么变出三样来？

在一个女人的三种模样里，藏着生活的百般刁难、男人的缺位失责、女人的自我放逐。

小时候以为结婚是享福，现在才明白它是痴男怨女的红尘历劫。柴米油盐里打滚，无异于刀山火海中的翻腾，需要源源不断的智慧与耐力加持，才有可能修来此生的圆满美好。

可即便如此，也永远有仙女从云层里探出头来，窥视着人间烟火里的热闹繁华，想象着夫妻恩爱里的苦中有甜。爱情的美好之处，或许就在于看透人间烟火，依旧愿与你尘世蹉跎。

惟愿婚姻里的男男女女都时时自省，把越来越讨厌的自己及时拉回来，遇见更美好的彼此。

作为女人，请你永不放弃对容貌、身材的管理，懂得给自己放假，也希望你始终胸怀山川湖海，不囿于厨房与家庭的方寸之"碍"。

婚姻残酷法则：有钱才有选择权

1

三十九岁那年，余秀华终于离了婚。

其实离婚的念头由来已久，甚至可以追溯到二十年前的洞房花烛

夜。因为这个男人，并不是让她怦然心动、渴望一生相守的良人。

可嫁给他，谁都说这是余秀华此生最大的幸运，谁让她生下来就是个脑瘫儿，这辈子只能摇摇晃晃地行走于人间呢。

作为一个身体有缺陷的农村姑娘，余秀华的择偶标准被命运挤压得近乎为零。婚姻的最直接价值，是用一个男人的有力肩膀来撑住摇摇晃晃的人生。

父母执意招这个外地男人上门，考虑的也并不是女儿的情感需求，而是沉甸甸的生活。放在当时的环境来看，这可能也是性价比最高的安排了。

对于这个决定，余秀华只能被动接受，丝毫没有选择的余地。她拗不过长辈，更拗不过命运。

于是就嫁了，生了儿子，柴米油盐、磕磕碰碰地过。日常琐事她并不担忧，但精神领域的不可兼容却让她倍感失落。

"地里的一朵花，我说好看，他说不好看，这就是价值观的问题了，这就不好办了。"

余秀华上过高中，平日里喜欢读书、写诗，对美的感受和追求明显高于丈夫。

三观不同的痛苦，其实要远远高于衣食不继。

可还能怎么办呢？

午夜梦回也不过是一声长叹。

她没有钱，也没有工作，甚至没有健康的身体，拿什么去掌握人生的主动权？也唯有写上两三行诗歌来抒发抒发苦闷罢了。

2

谁料有一天，余秀华突然就火了。

2015年年初，她的名字和那首《穿越大半个中国去睡你》的成名诗迅速传遍网络，记者们扛着长枪短炮闻风而来。

农妇、脑瘫、诗人，这三个词拼凑出了余秀华的惹人注目，趁势推出的诗集也畅销一空，才华与名气变了现。

有了钱的余秀华，立刻把离婚提上了日程。说闲话的人数不胜数，把她的行为唾弃为抛弃"糟糠之夫"。

可她义无反顾，最终以一套房子的代价，解除了这段折磨她二十年的婚姻，迎来宁静的、没有争吵、没有猜忌的日子——一个人的日子。

余秀华的离婚经过，就像她的诗歌一样，把人性赤裸裸地撕开给我们看。最后成全她的，不是什么精神层面的高尚品质，而是实实在在的真金白银。

支撑选择的是能力，可能力的最直接体现，就是钱。

试想一下，如果余秀华不写诗，或者她的诗始终默默无闻，那她的生活大概率不会发生实质性的改变，无非就是继续同床异梦，在充满遗憾和失望的婚姻里慢慢老去。

有些婚，不是不想离，而是离不起。

且不说诉讼费、律师费，单说离婚后，生活可能就是猛然塌掉一半的天。胆小的人，恐怕想想都会觉得不寒而栗。那点讲究的心思，或许就静悄悄地转变为了将就。

把贫贱夫妻捆绑在一起的，往往不是感情，而是生活。

为什么要赚钱？

有个回答是这样的：我不想为了钱和谁在一起，也不想为了钱而离开谁。

换言之：有了钱，爱情和婚姻的自主选择权才能稳稳地抓在自己的手中，不受制于命运，也不必听从任何人的安排。

毕业第三年，小夏的电话几乎快被焦虑的七大姑八大姨打爆了——她们让她去相亲。

小夏长得很漂亮，家人早就计划着用这副好皮囊去钓金龟婿，把女儿的婚姻作为阶层飞跃的跳板，获取更好的生活。

可小夏已经心有所属，她和男友在十几岁时就两心相悦了，相伴着走了近十年，早已情比金坚、难舍难分。可男友出身农村，很让小夏的家人看不上。

放心，这并不是一个梁山伯与祝英台式的苦情故事，被棒打鸳鸯的危急被小夏轻描淡写地化解了——武器是一张银行卡，里面装着小夏和男友的所有收入。虽然不是天文数字，但也足以震慑在四线小城生活了一辈子的父母。

小夏正色对父母说："你们看，他有赚钱能力，我也有，我们可以把日子过好！"

父母放了心，欣慰地把女儿交到男孩手上，皆大欢喜。

面包和爱情其实并不矛盾，但前提是你已经把面包牢牢抓在手中。只有这样的人，才不会被命运置于非此即彼的悲哀境地中。

4

别无选择，这可能是人世间最悲伤的词语之一。

我们上学时，觉得学习很苦，但对于我们这些无缘含着金钥匙出生的人来说，读书求学过去是、现在还是改变命运的最主要途径。我们背一个个知识点、刷一道道题、做一张张试卷，并不是为了跟别人比成绩，满足家长的虚荣，而是为了我们自己在面对生活时有更多的选择，而不是仅仅为了谋生就要拼尽全力。

在这一点上，学习和婚姻是共通的。

我们努力挣钱，并不一定能成为富豪，但当你的银行卡里余额充足时，你在安排自己的生活和未来时，也会多一分底气和坦然。

人人都知道，贫贱夫妻百事哀。

为什么会"哀"呢？其中一个重要原因，就是可选择的空间太过狭窄，生活都被推入"不得已"的可怜境地。

人哪，一旦被"被迫"压制了太久，就容易往偏激的路上走，婚姻自然也变得逼仄阴暗起来。

幸福不仅是一种感觉，还是一种能力。

你问我怎样获得这种能力。

我说，首先当然是赚钱。

老公宠我半辈子，也害了我半辈子

1

听来一个故事，不胜唏嘘，必须说给大家。

主角是一位"70后"阿姨，生得很美，颇有几分赵雅芝的神韵。

她姓陈，出生在小城镇中的普通家庭。因为容貌出众，所以也没花多少心思读书，勉强上完高中便投身社会，把嫁人当作头号目标。

美人当然不愁嫁。虽说娶妻娶贤，可人到底是"视觉动物"，漂亮姑娘始终都是吃香的。

　　陈阿姨在追求者中挑挑拣拣，最后选定一个容貌和家境都属中等的男人。旁人不解，她只笑笑："他是能一辈子对我好的人。"

　　事实证明，陈阿姨挑男人的眼光一流，她的丈夫世间少有：能挣钱、会顾家，十几年如一日地把妻子捧在手心。

　　结了婚，工作也就不干了，陈阿姨得了丈夫的纵容，便优哉游哉地做起了全职太太。那句"我养你"不是甜言蜜语，而是实实在在的承诺，能折算成真金白银，稳稳地托起妻子和家庭。

　　为了创造更好的生活条件，丈夫从单位辞职，一头扎进商海。他脑子灵活，又吃苦耐劳，生意倒也慢慢做了起来。不算大买卖，沾不着富豪的边儿，说锦衣玉食有些过，但丰衣足食是不成问题的。

　　难得的是，丈夫有了钱也没变坏。他从未闹过绯闻，几乎所有饭局都会带上妻子。明明自己才是整个家庭的顶梁柱，却从不对妻子颐指气使，人前人后都是"宠妻狂魔"。家里的房子、车子都在女方名下，幸福感和安全感一个也没落下。

　　人人都羡慕陈阿姨命好。她被宠成一个不知世事的小女孩，被温柔和爱包围着，无忧无虑地活到了四十多岁。本以为会安逸地过一辈子，可丈夫却突遭车祸，当场丧命，陈阿姨也随之跌入深渊……

2

　　首先是债务问题。

　　直到债主拿出一份份合同，陈阿姨才恍然大悟：原来丈夫的生意并不好做，他自己穷尽心力，却不舍得让她跟着操心。

　　其次是生存艰难。

　　丈夫没了，收入也跟着断了，可大女儿还没大学毕业，小儿子正在上高中，将来得考大学、成家，用钱的地方比比皆是。作为母亲，陈阿姨必须挑起重担来。

最后是精神崩塌。

陈阿姨在丈夫身后躲了二十多年，对外面的世界早就不适应了。此刻被命运狠狠推了一把，只觉得心惊胆战，总忍不住哭出声来。

最后，卖了两套房子，车子也贱价处理了，凑巴凑巴还完债，母子三人只剩下一套可勉强栖身的二居室。

陈阿姨不得不出门工作。

可她会什么呢？

学历低、年纪大，又长年累月地脱离社会、养尊处优，根本适应不了快节奏的社会，更无法胜任繁重的工作——无论是体力的，还是脑力的。

受了气回家，陈阿姨难免要唠叨发泄一通。可儿子和丈夫不一样，负能量多了，他对妈妈也颇有微词，将不耐烦赤裸裸地写在脸上。

陈阿姨内心悲戚，有心再找个男人来分担压力，可见的人虽多，但与亡夫相比，都相形见绌，最终不了了之。

现在，陈阿姨快五十岁了，孑然一身，经济拮据，仿佛是丈夫一去，她的人生就跟着结束了。据说她常常提起从前，余生似乎也只能躲进回忆中取暖。

我听得一阵胆寒——丈夫的深情毋庸置疑，可那恰恰是陈阿姨后半生的悲剧根源：用爱情打造出的温柔牢笼，久居其中，人会一点点丧失生存能力，彻底沦为婚姻的寄生虫。

3

陈阿姨的故事让我想到了另一个人——1987年版的电视剧《红楼梦》中的晴雯的扮演者安雯。

安雯的丈夫叫苏越，是中国流行音乐的奠基人之一，曾创作《血染的风采》《黄土高坡》《热血颂》等脍炙人口的歌曲。

两人在一次歌唱比赛中相识，双双坠入爱河。安雯随即隐没进甜腻的爱情中，事业被抛到一边，悄无声息地消失于文艺圈。

在此后的 23 年中，安雯在苏越怀中尽情地做"女儿"，远离复杂的社会，不过问丈夫的公司经营，甚至不关心家庭经济状况。

家中保姆曾形容道："你有孩子吗？你对你的孩子有多好，苏越就对她有多好。"

可后来，苏越犯案入狱，安雯不得不复出救夫。但她猛然发现，外面的一切都变了。别说对如今的娱乐圈一无所知，自己连银行的 ATM机都不会使用。

失去了庇护，世界只展现给她淡漠残酷的一面，她不得不重新学习生存之道，一次次撞得头破血流。

复出之路步步艰辛，我佩服安雯的勇气，却也深感惋惜。在人生最好的时光里，她被密不透风地保护着，本以为这是命运的慷慨馈赠，却不晓得它已被暗中标好价格。

她也叹息过："苏越，你干吗要那么爱我、宠我 23 年？干吗永远抓住我的手？你把我一直保护得好像幼儿，完全不能面对这个世界。"

两个故事何其相似。

爱海滔滔，能载舟，亦能覆舟。

婚姻再幸福、老公再温柔，你也不能放弃自我成长，心安理得地把婚姻当作保险箱。

毕竟人心善变、世事无常，能与命运抗衡的，永远只是自己内在的能力与魄力。

1

有一段时间，父亲型的男友／老公很受欢迎，女孩们两眼放光，兴奋地许下心愿，希望能找一个把自己宠成"女儿"的男人。

"渴望一生被人收藏好，妥善安放，细心保存。免我惊，免我苦，免我四下流离，免我无枝可依。"

这几乎是所有少女心怀的公主梦，而嫁一个把你当成女儿宠的男人，正好为这种虚妄的梦想提供了范本。她们将"珍爱"与"宠爱"等同起来，把寻觅良人异化为"找爹"，一面标榜着女性独立，一面渴望将自己缩回小小的孩童，永远不必面对这个变幻莫测的世界，其实不过是"菟丝花心理"在作祟——靠着婚姻转嫁生存压力，视男人为"长期饭票"，却又扯了个"爱情"当幌子，好光明正大地躲进舒适区。

这种做法也不能贸然批判，毕竟每个人都有选择生活方式的权利。但我想说——风险太大了，不确定因素太多了！因为它的本质就是赌，赌男人的真心和品性，也赌上天是慈悲还是残忍。

天灾人祸永远无法预料，那个无条件为你遮风挡雨的人，说不定会突发疾病、锒铛入狱、遭遇不测，或者移情别恋，毫不留情地收回一切给予。

当你无法控制自己所仰仗的东西，其实就已经身处险境，把决定权交到了别人手上。

我们当然需要丈夫的宠爱，事实上，宠爱与独立并不矛盾。重要的是保持头脑清醒，别把男人的爱视作生命的唯一支点。哪怕岁月静好、幸福满满，也要永远保持警惕，把自己的力量高高置顶。

就像袁咏仪那样，一面理直气壮地花老公的钱，一面上综艺、拍电视，赚得盆满钵盈。既享受老公送包包的幸福快乐，又具备自己买

包包的能力底气。

被宠爱的独立女性，才是最值得学习的榜样，不是吗？

家暴三年生三娃，人人都劝我忍忍

1

在我的个人微信公众号后台，来了一位倾诉的读者，自称小芳。找我的目的，是问自己到底该不该离婚。

小芳二十八岁，已经是三个孩子的母亲。多年后提起自己的婚姻，小芳气恨恨地将其定义为"骗婚"，因为当时的自己少不更事，对男女之情懵懵懂懂，对结婚生子也是一知半解。男友孙冬连哄带骗把她弄上床，硬生生把生米煮成熟饭。

没多久，小芳就怀孕了。看着试纸上的两道杠，她吓得惊慌失措，她再傻，也明白未婚先孕意味着什么。

十六岁出门打工，父母千叮咛万嘱咐，言语间的不舍和担忧满得几乎溢出来。他们说："也不指望你赚钱养家，照顾好自己就可以了。"

可眼下，她得挺着大肚子回去见爹娘？

没想过堕胎，一来是不忍心，二来是孙冬信誓旦旦地拍胸脯说："生下来，我一定会负责的！"

那时的孙冬已经二十五岁，想成家想得快要发疯了，奈何自身条件不好，姑娘们都敬而远之。所以小芳一进厂，他就盯上了她。

两人是同乡，话题容易找，好感被乡愁催发，又被流水线上的枯燥激励，很快便如燎原之火一般，由不得小芳不缴械投降。她还不到十七岁，涉世未深，心思单纯，情感大门容易被撬开，也容易被甜言蜜语俘获。

父母自然不乐意，他们把小芳狠狠骂了一顿，但最终还是红着眼眶准备嫁妆和婚宴，体体面面地送女儿出嫁。

否则还能怎么办呢？连孩子都有了！

在他们那传统又朴素的认知中，有了孩子，就代表尘埃落定，是死是活都得认命。

"路是你自己选的，自己好好走吧。"

2

第一次发现丈夫不对劲，是在大女儿出生三个月后。她发高烧，小脸憋得通红，打了针、吃了药，夜里还是啼哭不止，吵得孙冬无法睡个安稳觉。

那时，小两口已经回到老家定居，孙冬找了个开车的活儿，早出晚归，挺辛苦，需要充足的睡眠来保证体力，所以女儿一哭，他就烦躁不安、骂骂咧咧，把刚刚成年的妻子骂得狗血淋头。

小芳委屈极了，她还是个新手妈妈，带孩子磕磕绊绊，自己也被折腾得心力交瘁。丈夫不体贴也就罢了，竟然还气势汹汹地骂道："孩子就是被你弄生病的！真是个废物！"

小芳气不过，忍不住回怼丈夫，不料被对方狠狠扇了一个耳光。

"啪"的一声，清脆响亮，贯彻夜空。小芳捂着脸愣住了，半天没反应过来是怎么回事，接着又被丈夫推搡了一把，直通通地倒在地上……

那是一个无比漫长的夜晚，哭累了的女儿在小芳怀中睡去，丈夫

的呼噜声也高高低低地响起来。可小芳呆坐在沙发上，头痛欲裂，怎么也睡不着。

思来想去，最后还是自我安慰：他太累了，缓缓就好了吧？

至于父母那边，多一事不如少一事，还是别让他们操心了。

第二天，孙冬就为自己的冲动道了歉，公婆也在一旁帮腔，作势把儿子臭骂了一顿，小芳便收了怒气，专心把日子过下去。

谁料这只是个开始……

孙冬的脾气越来越大，孩子哭闹、饭菜咸淡、工作压力，都能成为他动手的理由——先是扇耳光、挥拳头，最后竟发展到了拳脚并用，把妻子打得鼻青脸肿。

小芳忍无可忍，跑回娘家，提出离婚。

3

父母见女儿满身伤痕，心疼得眼泪直流，怒骂孙冬是畜生，立刻就喊上儿子和几个本家侄儿，抄上家伙，直奔女婿家而去。

孙冬笑脸相迎，不辩解、不推诿，老老实实地认错，还把自己对小芳的真心表白了一番，认认真真地向岳父岳母保证，自己一定会对小芳好。

小芳父母的怒气，就这样被消减了一大半。毕竟他们也不是真的要把关系闹僵，不过是要对方一个态度，让女婿明白，自己的女儿不是好欺负的。

恰巧此时，小芳被查出怀了二胎。孙冬大喜过望，一天三趟地往丈母娘家跑，送吃送喝，好不殷勤。

娘家人见状，便齐心协力把女儿劝了回去。母亲告诉小芳："等你再生个男娃儿，姑爷的性子就定了。两口子过日子，哪儿有不吵嘴打架的？"

　　事情就这么平息下来，孙冬收敛了许多，日子平静地过了一年。但二胎，依然是个女儿。孙家人没说什么，可脸色不大好看。孙冬经常口出恶言，对伸手要钱的妻子横眉冷对，从白天到晚上，少有温情。

　　两个女儿间隔不到两岁，都是离不开人的时候。小芳不得不做全职妈妈，无奈地过着手心向上的日子。

　　家中的沉郁积年不退，平静中似乎正在酝酿着残酷的暴风雨。对此，小芳一直怀有莫名的第六感，不过她还是拿老话安慰自己，谁家夫妻不吵闹呢？

　　在那片贫瘠的土地上，男男女女都被命运刁难着、欺压着，相敬如宾仿佛只是个遥不可及的童话。

　　果然，孙冬再次大打出手了。

　　这次是因为钱，他对家中的花销不满，恶狠狠地将母女三人形容为"讨债鬼"。小芳气不过，忍不住吼了几声，但等待她的不是消停，更不是道歉，而是雨点般密集的拳头。两个孩子被吓得大哭，可怜兮兮地挤在她的脚边，一连声喊着妈妈。

　　小芳的眼泪在脸上流淌着，像一条悲伤无助的小河。

4

　　可即便如此，小芳还是生了第三胎。

　　这多少怀着些拯救婚姻的意思，因为包括母亲在内的许多过来人，都在煞有介事地劝她：有了儿子，一切都会好起来的。

　　第三胎，倒真的是个儿子。

　　孙冬笑得合不拢嘴，干活更加卖力，雄心万丈地要为儿子打下一片"江山"。家里的经济情况一天天转好，日子过得并不算差。

可小芳期待的夫妻和顺并没有到来。

丈夫的坏脾气有增无减，且有愈演愈爆的趋势，打人的频率和狠劲都在上升。从前好歹"师出有名"，如今任何一件鸡毛蒜皮的小事，都能逼出他凶神恶煞的一面，直接对枕边人饱以老拳。

那种感觉，仿佛是身体中的魔鬼被一天天养大，解决问题的所有思路，都被"暴力"二字概括。

最近一次动手，是端午节前夕，导火索是一瓶买错了的酱油。孙冬一脚把妻子踢倒在地，还狠狠地补了好几个耳光，嘴里也不干不净，把小芳的娘家人全部骂了一遍。

本来讲好要回娘家过节的，最后却因为那满身满脸的伤痕而改变计划。小芳独自在家中藏了大半个月。外头骄阳似火，她的内心却一片冰冷。

这次是铁了心要离婚。

回头看看这十年的路，几乎每一步都带血带泪。自己名为妻子，实则是一个生育机器、发泄工具，活得实在不像个人。

但这次，没有一个人支持她。

父母主张再去把女婿揍一顿，好叫他知道利害关系。哥哥姐姐愤怒归愤怒，却还是强忍着火气去当和事佬，期待着妹妹妹夫能重归于好。

他们的理由充足且一致——为了孩子。

5

我不知道有多少女性和小芳一样，因为有了孩子，离婚成了一件难于上青天的事情。

大家都说，做父母，是要妥协、要牺牲的。把孩子带到世上来，你就必须对他负责，为他倾尽所有，怎么可以离婚呢？家庭破碎，孩子的成长难免会受影响，难保不会误入歧途，遗憾一生——这绝对不是一个好母亲的做派。好母亲应该是隐忍而克制的，她应该为儿女忍下所有伤痛，吞下所有悲哀，以牺牲的姿态成全孩子……

以上种种说辞，我虽然认为是道德绑架，却不知该如何反驳。毕竟现实问题赤裸裸地摆在那里，三个孩子，大的不过十岁，小的只有两岁。父母离异意味着什么，不言而喻。

尽管有许多情感博主都在殷切地说，生活在这样的家庭，对孩子成长没有一点好处，还不如离了算了。可当事情轮到自家头上时，你会发现离婚并没有那么容易。

抽象的矛盾会具体为许多烦琐事务，情感、责任、利益相互纠葛，根本没办法轻飘飘抽身而去。

讲真，我不敢怂恿她离婚，我只问了一句："假如没有孩子或者没那么多，你还会这么纠结吗？"

"不会！"她的回答斩钉截铁，说完却又满怀悲情，"可所有人都劝我，再给他一次机会，毕竟孩子都还小……"

虽然她已经记不清，这是她第几次给丈夫机会了。

其实，我也大概猜到结局了。

她会回家的，为孩子继续苦熬苦守，等到白发苍苍，等到男人的拳头和心都变软，等到老得不愿再计较恩怨得失……

可能最终也会离婚，也许是三年后、五年后、十年后，但绝不是孩子嗷嗷待哺的现在。尽管她对我说，她一想到丈夫打自己的样子，就会浑身颤抖，整个人都不好了。

想想真是令人唏嘘。

如今的局面，当然不是小芳的错，但没管住身体和子宫的女人，注定要比旁人更艰辛。

还是祝福她早日看开，早日脱离苦海吧。

斗小三的最高境界是什么

1

这几年，"斗小三"成了一个热门话题。

曾和几个自媒体界的朋友开玩笑说，但凡文章标题中带了"小三"两个字，阅读量便会蹭蹭往上涨，互动率也会比平时高出许多。而最受欢迎的故事，通常是一番较量后，原配大获全胜，把小三虐得死去活来，直令人拍手称快。这多少反映了现实中的某些问题。

人们也不时看到"原配当街暴打小三"的新闻事件，往往会对第三者一脸鄙夷，视其为"过街老鼠"，直言"打死活该"。

婚姻保卫战也许是世上最小的战争，它没有炮火硝烟，却能把人伤得体无完肤。有些女人之所以爱看斗小三的爽文，不过是把自己代入故事情节中，在文字中酣畅淋漓地活一回罢了。

我相信她们倒也不是没想过离婚，只是转念一想，总觉得咽不下这口气，没办法痛痛快快地放过那对伤害自己的男女。

一方面是不甘心，毕竟对方破坏自己的家庭，被欺负的感觉如鲠在喉，总要把情敌狠狠教训一番，才对得起委屈的自己。另一方面是沉没成本太高，结发为夫妻，生活捆绑、利益相关，"放手"只是嘴上轻松而已，真的实施下来，谁不得痛苦得脱掉一层皮？倒不如跟小三死磕下去，看谁能笑到最后。

有位读者就气恨恨地告诉我："只要我不让位，她就永远是个可耻的小三！我为什么要成全那对狗男女？！"

这话乍一听挺解气，可细细一想，我又觉得其中有个致命的逻辑漏洞——"不成全"的背后，是对自己的"不放过"。大半生过下来，自己得到的也只是怨恨罢了。

比如宝咏琴。

2

宝咏琴是香港富豪刘銮雄的原配妻子。两人相识于加拿大的大学校园里，也曾有过花前月下、你侬我侬的好时光。

毕业后，他们双双回了香港，开始携手创业。当时，刘銮雄缺乏启动资金，宝咏琴卖掉了作为嫁妆的一套住宅，帮助丈夫迈出了商业生涯的第一步。此后，两人双剑合璧、互为补充，横扫香港商界，公司越做越大，钱也越赚越多。

他们是一对最佳搭档。刘銮雄商业嗅觉机敏，却不善交际，而宝咏琴擅长处理内外关系。他们的合作，从家庭到公司，几乎能满足人们对成功夫妻的所有幻想。

但故事后来也落了俗套。

男人钱一多，就容易招惹莺莺燕燕。刘銮雄开始沉迷于温柔乡，与许多女明星不清不楚，伤透了妻子的心。但宝咏琴一直没狠下心来离婚。他们的婚姻早就不是简单的情感连接，而是全方位、多角度的融合与牵绊，说是"牵一发而动全身"亦不为过，所以也就忍了几年。

眼睁睁看着自家男人的花边新闻满天飞，今天捧这个，明天爱那个。丈夫万花丛中过，自己却对月空流泪。

直到一位姿容绝代的美人"恃美行凶"，把电话打到了宝咏琴处，用脏话劈头盖脸地骂过来，宝咏琴才下定决心离婚。

3

不幸的是，离婚后仅五天，宝咏琴确诊了乳腺癌。此后数年，她一直在抗击病魔。乳腺癌之后，又得了肺癌，肝肾功能也随之衰竭，不到五十岁就去世了。

据说，她至死都没有原谅刘銮雄。

很多人都说，乳腺癌是气出来的病。虽然没有证据表明，宝咏琴的癌症和刘銮雄的风流有直接关系，但长期抑郁，确实是癌症的诱发因素之一。从这个角度来看，宝咏琴的人生悲剧与婚姻不幸是存在直接关系的。

太不值了，不是吗？

毕竟当时的她，已是香港商界的大人物，离婚分得的那一部分财富，足以使她屹立不倒，维持光鲜的人生。

心情舒畅是身体安康的保障因素之一，如果宝咏琴能放得下，或许又是另一番人生吧？

宝咏琴有着原配们惯有的"不甘"，毕竟是她陪着他辛苦打拼，费尽心力创下家业，又怎么甘心让他人来坐享其成？

大概也有女人的柔情在里面，毕竟是从校园一路走来的爱人，她没办法决绝地斩断情丝，总抱着一丝希望，希望自己能斗败小三，把丈夫的身和心都拉回来。

但结果……

老公没拉回来，自己倒折了进去。

4

其实，就我个人而言，是不太支持"斗小三"的。

简单粗暴的打骂也好，费尽心思的算计也罢，它们其实都是某种程度上的自我耗损，颇有些"杀敌一千自损八百"的味道。

更何况，问题的根源在于夫妻关系。苍蝇不叮无缝的蛋，婚姻的瓦解通常是由内而外的，小三插足是直接导火索，却未必是根本原因。

也不是非离婚不可。如果你确定你的男人是真心悔过，也确定自己有翻篇的能力，那就再给彼此一个机会，把感情缝缝补补好，让日子一天天继续下去。毕竟婚姻不易，退一步虽然憋屈，但也可能拯救了自己和家庭。

怕就怕你一边选择原谅，一边却心有芥蒂；怕就怕伴侣一边认错，一边却和第三者藕断丝连。这样一来，婚姻便成为一片沼泽，拉着人慢慢往下坠。倒不如干干脆脆地退出，把斗小三的时间和精力用来学习、游玩和提升自己，成就一个崭新的自我。

须知——放过别人，有时也是放过自己。

过去的女人们说："我宁愿委屈自己，也不愿成全狗男女！"

现在的女人想开了："我宁愿成全渣男贱女，也不想委屈自己！"

人生又不是比赛，何必非要分出胜负来？

输给小三，赢了余生，那又何尝不可呢？

除了"单身力"，愿你保持"离婚力"

1

有个女读者，三十来岁，和我聊过好几次，话题一直都是丈夫的婚外情。

这对夫妇处于社会底层，从农村来到城市打工。两人进了不同的工厂，每天早出晚归，只能在深夜时在租来的小屋里短暂团聚。

夫妻异乡打拼，本该相濡以沫，可她却在老公的手机里发现对方出轨了。第三者和丈夫同厂，算不上多么年轻漂亮，但优势是会打扮、会撒娇，男人管这种特质叫"温柔"。

得知真相的她怒气冲天，丈夫不慌不忙地承认了，甚至理直气壮地"教育"她："你该多学学她，别整天跟母老虎似的！"

这蹩脚的出轨理由犹如火上浇油，她跟老公狠狠打了一架，但男人依旧我行我素，和第三者的联系也在继续。于是争吵成了家常便饭，两人一步步沦为怨偶，日子也越来越难熬。

"他都这样了，你还不离婚？"我极度震惊。

可她表示："我只希望他收心回家，能跟我好好过日子。"

后来还有好几回，她反反复复地诉说自己的苦恼，却始终陷在泥沼里拔不出脚。

我更加不能理解了："莫非你还爱着他？"

"什么爱不爱的？！"她自嘲，"家里有两个不到十岁的儿子，离了婚，我怎么养？"

我瞬间就明白过来了。

这婚哪，不是不想离，而是离不起。他们的婚姻或许无关情爱，却与生活紧密相连。而且这夫妻二人，谁都不具备离开对方的能力。

离婚，也是需要资本的。

2

当一个女人对婚姻失望透顶、打算抽身而退时，人们常常会用这句话来劝她："离了婚，日子怎么过？"

这里的"日子"，包含两个层面。

第一层是物质范畴的。

房贷车贷、生活费以及孩子的抚养费，可能再也没人同自己一起承担，经济压力势必增大。

第二层是精神范畴的。

长夜漫漫，前路也漫漫，一个女人踽踽独行，想来总是艰辛的，倒不如退一步，好歹有个男人在身边。

我不喜欢这种论调，却不得不承认它所言非虚。对大部分女人来说，这的确是真实存在的情况。

电视剧《我的前半生》中，罗子君遭遇丈夫劈腿时，第一反应并不是态度强硬地退出，而是找小三谈判，甚至自我检讨，试图将出轨的男人拉回来。母亲和妹妹也帮着她全力挽回破败的婚姻，想尽办法要留住陈俊生。因为那时的罗子君，只是一个靠婚姻来过日子的弱小女人。

婚后，罗子君就辞职了，在家相夫教子，专心做全职太太，世界缩小为男人和孩子，工作和交际技能也都在退化。外面那个弱肉强食的世界，她已经适应不来。

作为保险箱的婚姻，其实也是另一个层面的"金丝笼"。但是否有笼子，其实并不重要，重要的是住在里面的那只鸟儿没有忘记飞翔，也不曾荒废它的翅膀。

3

有句话是，攒够失望就离开。

我想在后面加一句——还要攒够钱，攒够资本。

余秀华的故事，就是个最好的例子。

父母给她安排的那个人，与她合不来。余秀华生了颗敏感的诗人心，田间地头的一朵野花也能品出深情来，可丈夫只觉得她可笑。

其实他也不是坏人，只是心生得粗糙，而且很少给家用，也没真的把妻子放在心上。

"下雨天不会接你，相反，要是你摔跤，他回来还会笑话你。"

有一回，为了追讨工钱，他让她去拦老板的车，因为她是残疾人，老板不敢撞。

余秀华问，如果真撞了怎么办。

丈夫沉默，她很难过，自己的生命在丈夫眼中只值八百块钱。

离婚的念头起了无数次，却始终难以实现。直到余秀华的诗火了，才华得以变现，她才从这段令人窒息的关系中解脱出来。

她本人是这么说的："我有钱了，也不是很多钱，但可以给他买个房子，这时婚就离了。"

结婚需要些物质基础，其实离婚也需要。

余秀华的故事虽然带着些偶然因素，但也透露了婚姻和人性的真谛——强大了的女人，才有可能主宰自己的人生。

4

和好友聊天时，她说了这么一句话："结婚后，我每天都在为离婚做准备。"

我很吃惊："结婚难道不求天长地久？"

"不是的，你误解了。"她解释道，"其实我和老公感情一直很好，我只是时刻提醒自己，永远不要失去独立生活的能力。"

什么都会变，基于物质或情感的那一纸婚书，其实并没有我们想象的那么牢靠，所以你不能把所有希望都寄托在男人身上，能永远依靠的，只有自己。

相爱时用尽全力，不爱了大步离开，绝不受婚姻的气，永远肆意洒脱，永远能掌控生活。

我相信这是每个女性都希望活成的样子，但这还真不是每个女性都能做到的——需要有经济基础提供底气，需要有强大的内心面对外人的非议，还需要有十足的勇气来应付生活。

婚姻不是谋生工具，更不是合伙开企业。我用它来追求幸福、分享人生，假如它变了味、发了霉，我要抬脚就走，马不停蹄地离开你！

这样说，不是不相信爱情，而是想牢牢抓住主动权，这是安全感的最重要来源之一。

我不怕失去你，因为我有我自己。

5

姑娘们，"嫁汉嫁汉，穿衣吃饭"的时代已经过去了，别信什么"爱的供养"，更别一时头脑发热就放弃自己的事业。要知道，一头扎进婚

姻的后果，往往是失去最可靠的"离婚力"。

对，离婚力！

我认为它是"单身力"的升级版，代表着一个女人的综合实力，包括经济、精神、心理等多方面的指标。简单通俗地说，就是保持随时离婚单过的能力。

其实，这是所有已婚女性的婚内必修课。

鲁迅说："出走的娜拉，不是堕落，就是回来。"所以我们在故事的开头，就坚决不能把自己变成"娜拉"。

你要努力工作，经济独立，绝不活成依靠男人的寄生虫。

你要独立自主，敢于承担，永远不把自己的幸福寄托在别人身上。

保持"离婚力"的意思，并不是把分手挂在嘴边，更不是用离婚来要挟男人。毕竟，我们结婚，是冲着幸福和白首偕老而去的。那些不伤原则、不触及底线的小吵小闹，大可小事化了、一笑而过。

尽最大的努力，做最坏的打算吧。

世间诸事，莫不如此。

离异女性的正确打开方式

1

成为你自己。

在禁锢女性的传统社会中，极少有女人敢主动提出离婚。因为婚姻对那些大门不出、二门不迈的女人们来说，是安身立命的根本。

如今时代不同了，离了婚，离了男人，女人可以通过自己的努力过上想要的生活。不管你信不信，"苦情怨妇"真的已经吃不开了。在这个人人都渴望活出真我和精彩的时代，一把鼻涕一把泪的哭诉成了笑话。人们或许会怜悯弱者，但只会把欣赏与敬畏给强者——哪怕是在离婚这个问题上。

张幼仪与徐志摩的离婚案，是中国历史上依据《民法》而判决的第一桩离婚案。在徐志摩与林徽因那段轰轰烈烈的情史里，她以一个陪衬者的身份出现，尴尬而无助。离婚后，她独自带着儿子生活，并成长为银行家、实业家，赢得了世人的尊敬，最后甚至操办了徐志摩的后事。

当婚姻解体、家庭支离破碎时，悲伤自然免不了。疗伤很必要，但不能一味缩在自己的小天地里独自舔舐伤口。就像陈赫的前妻许婧，在离婚后独自环游了世界，走了几万公里，在忘记伤心事的同时，也收获了更广阔的天地。

王菲最令人佩服的一点，便是始终将自己活成想要的模样，而不仅仅以一个母亲或妻子的身份来要求自己。她轰轰烈烈地谈恋爱，热火朝天地开演唱会、发唱片，两段婚姻丝毫伤不了她的元气。

如果婚姻真的不幸走到了分道扬镳的那一步，一定要学着自己慢慢站起来，哪怕要从洗盘子、打杂类的工作开始。

只有自我意识觉醒，你才有可能凭着自身的力量傲然立于世。

告诉孩子，爱不散场。

任何一场婚姻都有诸多不易和不为人知的隐情，但无论过错方是谁，关系一旦结束，前尘往事最好一笔勾销。

离婚后水火不容、老死不相往来是很多离婚夫妻的常态。我参加

过一场婚礼，新娘的父母离异多年，站在礼台上时，互不搭理。冷冰冰的两张脸，瞬间把现场的热烈气氛降到零点，新娘尴尬无措。好好的婚礼，就这样被打了折扣。

有个叫 Azka 的印尼小男孩，画过一个关于父母离婚后的系列漫画。在漫画中，九岁的他告诉我们，父母只是不住在一起而已，他们还是自己的爸爸和妈妈。不再争吵的两个大人反而可以做朋友，而 Azka 依旧能得到他们满满的爱。

离异的夫妻，需要传递给孩子的正是这样的理念。婚姻关系与亲子关系并不矛盾，家庭或许会解体，但爱永不散场。

3

不把孩子当作全部。

我身边有这样一位阿姨：婚后不到两年便遭遇丈夫出轨，一气之下，她带着年幼的女儿净身出户。这位阿姨是高级知识分子，精神上有些洁癖，亲自将前夫捉奸在床后，便不再相信男人，对爱情和婚姻失望透顶。

从离婚那天起，女儿就成了她的全部。她吃苦受累，又当妈又当爹，把自己累得够呛，女儿却越来越不领情。

这是中国无数个单身母亲的缩影——失败的婚姻结束，孩子便成了安全感的全部来源和情感寄托。备受诟病的"妈宝男"，很多出自这样的家庭。过度的亲密和依赖，会将亲子关系推到一个极端层面。

健康优质的母爱，从来都不是以爱为名的捆绑与束缚。对孩子来说，沉甸甸的爱容易成为生命不可承受之重，跟着母亲徘徊迷失在离婚的阴影里。不如学学王菲，用事业、爱情、孩子来共同构成余生。

毕竟，只剩下一个支撑点的人生，看起来摇摇欲坠，过起来也诚惶诚恐。

1

追寻下一站幸福。

更多的中国女性，为了孩子忍辱负重，走不出离婚这一步。然而，用自己的幸福来换取儿女的安全感，将"伟大""自我牺牲"等标签贴在身上，除了感动自己外，不见得能让孩子的安全感和幸福感获得实质性的保障。

现在这个时代，离婚已经不是什么大不了的事儿了。虽然结婚时我们都渴望天长地久，但地球在转，万事都会变。当爱情离去、生活饱受摧残，何必还要"且行且珍惜"？放过彼此，越快越好，才是干脆利落的解决方式。

离婚的目的是什么？

当然是重新开始，寻找下一站幸福，这不言而喻。

前面提到的那位阿姨，终身未再婚。其实她娟秀雅致，并不乏优秀男子追求。开始时，她也陆陆续续和其中几个交往，但只要谈及重组家庭，她就会患得患失，生怕女儿受委屈，也怕婚姻再次受挫。如此反反复复，结果都不了了之。渐渐的，一颗心就凉了下来。转眼十几年疏忽而过，红颜辞镜花辞树，大好年华白白被辜负。

如今，阿姨的女儿也年近三十，却迟迟未有归宿。问及原因，她只有淡淡的一句"对婚姻无感"。多年的耳濡目染，已经在无形中磨光了一个年轻女孩对爱情的全部向往。

我始终相信，一个敢于追求自身幸福的母亲，才能教会儿女正确的生活姿态。

窦靖童和李嫣（王菲的女儿），应该都不会长成委曲求全、生活寡

淡的女子。幸福的定义，她们的母亲已经用实际行动教给她们了。

一生那么长，世界那么大，如果能再遇良人，我们没有任何理由错过或是放弃。毕竟，人生一世，不就是为了肆意欢笑？

离开错的，是为了再遇见对的。

祝你离婚快乐

1

有个朋友要离婚，一大家子人都议论纷纷。

主流观点当然是劝和不劝离，希望她拿出宽容和大度来，原谅那个被猪油蒙了心的男人，也顺从这狗血的婚姻与人生。

事情的起因是出轨。那个发了点小财的男人有了外心，竟然嫌弃起跟着自己赤手空拳打天下的结发妻子来。开始时，是回家越来越晚，而且倒头就睡，夫妻间的身体沟通与言语交流都近乎为零。

朋友起了疑心，趁老公洗澡翻看手机，却发现老公改了密码。于是大吵大闹，把陈谷子烂芝麻的矛盾都拿出来说。男人来了气，索性夜不归宿，天天流连在他人的温柔乡中。悲愤交加之下，朋友四处搜集情报，终于将偷情的男女抓了个正着。

女人嘛，总归是笃信"一日夫妻百日恩"的，所以在未亲眼目睹之前，离婚的心是狠不下来的。可当事实赤裸裸地摆在面前时，所有的自我欺骗都收了起来，只一门心思计较着财产怎么分、孩子的抚养权怎么争，像是忽然间智商开挂，从"傻白甜"变身"涂了大红唇的甄嬛"。

这时候，反倒是男人怂了，猛然间想起家的温暖来，于是请了七大姑八大姨来做说客。她们都说，这婚离不得。

首先，家产要对半分；其次，破碎的家庭会影响孩子的成长；最后，离了婚的女人再嫁困难重重……

"再坚持一下，哪个猫儿不偷腥？等年纪大一点，自然就收心了。"

2

我忍不住要泼一盆冷水。

"坚持就是胜利"这句话，或许适用于事业，但从来都不适用于婚姻。

现实的例子遍地都是。

同事的公公脾气暴躁，年轻时没少对妻子动手。但在当时的农村，打妻子并不是什么了不得的事情。生活苦啊，无处释放的压力都化作暴力，再施于比自己弱小的女人身上，男人在酒精和拳打脚踢中寻找到丢失的雄性威严。

婚姻是什么？工具罢了。

女人沦为生儿育女与洗衣做饭的工具，天长日久，自然想逃离令人窒息的婚姻。无数人劝她忍耐，毕竟一代代女人都是这么过来的。年轻的婆婆含着泪应下来，没想到这一忍，一生就过去了。

到了晚年，婆婆有了成年的子女做倚仗，底气终于足了一些，便开始隔三差五地找事，似乎要把年轻时受过的气都一一讨回来，整个家都被闹得鸡犬不宁。

同事讲起来就生气："我真希望他们离婚算了！"

但也只是想想罢了，两人都已风烛残年、子孙满堂，即使离了婚，

婚姻的烙印也被刻进骨子里，再也无法重新开始。

上一代中国女人，太能忍，但我并不认为这是一种值得歌颂的品质，因为对自己负责的一生，正是从"不将就"开始的。

近年来，离婚率攀升，原因之一就是新一代女性自我意识的觉醒。她们开始认识到，一味忍让妥协并不是通往幸福的康庄大道。

3

人们为什么会离婚？当然是日子过不下去了，原因各不相同：感情破裂、三观不合、家暴出轨……

完美的婚姻并不存在，尽管当年也曾花好月圆、山盟海誓。可等闲变却故人心啊，世间最容易变质的东西，非感情莫属。更何况许多人只是跟现实、合适、经济基础等一系列客观条件结婚，没留太多真心给这段婚姻。

而离婚制度的存在，就是允许人们反悔，给变化发展着的情感留一条生路，也给人生重新来过的机会。

白头偕老是所有人的心愿，却不是每对夫妻都有的福分。

恕我直言，不要为了孩子而委曲求全，用名存实亡的婚姻来营造一个虚幻的美满家庭。对婚姻来说，抱残守缺从来都不是上策，及时止损才是真正的大智慧。

一生那么短，千万不要把错误婚姻加诸给你的痛苦，再延续到本可以光明灿烂的余生里去。

4

我们在前文中多次提到的张幼仪，曾在晚年时说过这样一句话。

"我要为离婚感谢徐志摩。若不是离婚，我可能永远都没办法找到我自己，也没办法成长。他使我得到解脱，变成另一个人。"

离婚对张幼仪来说，是前半生与后半生的鲜明分界线。她的故事，说来话长，但很精彩，大家可以到网上细查，在此不再赘述。

人们常说"塞翁失马，焉知非福"，离婚又何尝不是？生活的剧变里，可能隐藏着凤凰涅槃的惊喜。

你可能会说，那是名门闺秀，我们这样的普通人哪敢作奢望？

那我们来看身边的故事。

我在前文中提到的三姨，是一个再普通不过的劳动妇女。她在发现前夫赌博且屡劝不改后，义无反顾地离了婚。在后来的日子里，她守着个小菜摊独自谋生，兢兢业业地熬了十几年，最后嫁了一个上得厅堂、下得厨房的男人。如今两个中年人常常花式秀恩爱，日子越过越滋润。

离婚的最直接意义是重生。对于普通女人来说，再婚或许只意味着再遇良人，获得再普通不过的幸福。但相对于之前的水深火热，这已是莫大的救赎。

5

当然，我不是劝你离婚，因为没有谁的婚姻不委屈。

结婚这种事，牵连着柴米油盐，考验着人性与智慧。神仙眷侣是不存在的，大部分饮食男女，其实都在理解、宽容与尊重中艰难修行，把自己和对方都渡到彼岸去。

只是，磨合期的不适经常会被放大为无法调和的矛盾，所以总有人将离婚视为万全之策，认为自己也会成为罗子君，离婚后迎来多金帅气的钻石王老五。

别做梦了好吗？

如果学不会婚姻经营之道，也没有恰当的自我成长与成就，再结十次婚，也只能哭着从围城里逃出来。

但假如婚姻真的走到彼此消耗、难以挽回的地步，那就把婚离得越早越好——一段腐烂关系的终点，也许就是另一段美好的起点。

但离婚前，请务必做好三种"独立"的准备：经济独立、精神独立、生活独立。然后，你可以约上真心的好姐妹聚会庆祝了，你可以大声呼喊："祝我离婚快乐！"

我知道，夜深人静时，你依然难免悲伤。如果过去无法一笔勾销，那就试着与回忆握手言和，给自己时间和空间来迎接没有他的余生。

所以，干了这碗宋朝版的心灵鸡汤吧（选自一份宋朝的离婚文书）。

"愿妻娘子相离之后，重梳婵鬓，美扫峨眉，巧呈窈窕之姿，选聘高官之主。解怨释结，更莫相憎。一别两宽，各生欢喜。"

你值得，也应该拥有更好的明天！

对错之间

第五辑

世间事，哪一件能完美？大部分人，不过是在七八十分的婚姻里，努力寻求九十分的快乐。根本就没有什么"对的人"，只有肯爱、敢爱、会爱的普通人。

你是谁，就会嫁给谁

有一个女孩，出身不高，能力不强，中人之姿。她在一家不大不小的公司，做着一个不咸不淡的工作，收入不高不低。人生所有的出路，似乎都落到了传说中的"第二次投胎"里。

所以，一定要嫁个好男人！

这样的话语，亲朋好友劝着，闺蜜念叨着，她自己的心也在蠢蠢欲动着。

"好"的标准是什么呢？

有财、有才、有颜、有趣，最好是霸道总裁与贴心暖男的结合体，而且还只爱上我一个。

有多少姑娘幻想着馅饼会掉到自己头上来：以爱情为名，靠着嫁人，轻轻松松实现财务自由、阶级跨越。但事实上，这是女孩们在婚恋中产生的最大错觉。

不是"嫁给谁就会成为谁"，而是"成为谁才会嫁给谁"。

1

社交圈子决定你会遇见谁。

郭晶晶与霍启刚的相识，是在 2004 年雅典奥运会结束之后。当时，夺得金牌的运动员们集体访问香港，郭晶晶也在其中。当时霍家负责接待，大家坐着游轮游维多利亚港时，霍启刚便主动上前，向郭晶晶求合照、要电话。

原来，霍启刚在雅典奥运会现场便迷上了郭晶晶，在香港短暂相处后，又对她好感倍增，随即便展开猛烈的追求。

然后，冠军嫁入了豪门。没有高攀与低就，皆大欢喜。

这两个人，原本不是同一个世界的人：郭晶晶出身于一个普通的工人家庭，霍启刚则成长于豪门世家，上天给他们设置的是原本平行不相交的轨道。直到后来，郭晶晶屡屡夺冠，成为蜚声国际的跳水皇后。那些闪闪发光的金牌，将郭晶晶送到了一个全新的人生高度。

在那里，她与霍启刚的圈子产生了交集。当天时、地利正好，人和就在万事俱备里缓缓到来。意料之外，却也在情理之中。

现代人的伴侣，多来自自己的社交圈，同学、朋友、同事、亲戚……一男一女的相遇，就在经纬相交的某一点。人们把那个点称作"缘分"，看似偶然，却是无数必然的交汇。

杨绛嫁了钱锺书，是知识分子的惺惺相惜；男明星娶了女明星，是演艺圈的志同道合；童话中王子和公主幸福地生活在一起，是两股政治力量的强强联手……

一个人的圈子就是一面镜子，镜子里映着自己的身份地位、兴趣爱好，也藏着未来伴侣的模样。所以现实中的婚姻，大都是保姆嫁保安、医生娶教师、豪门许世家。你身处怎样的圈子，就会结识怎样的异性。这不绝对，但可以囊括大部分夫妻的相遇模式。

物以类聚，人以群分。交友如是，婚姻亦如是。

2

见识才能决定两个人的匹配度。

几年前追电视剧《欢乐颂》时，有个朋友开玩笑说："这个故事如果让琼瑶奶奶写，估计小包总甚至老谭都会爱上邱莹莹。"

出身于小门小户的邱莹莹，单纯、善良、天真，几乎集齐了霸道总裁小说里的女主标配。在那些无限度满足小女孩幻想的爱情故事里，爱是万能的，能抵消工作能力的不足，能弥补眼界学识的缺陷。一句"真爱最大"，便可轻松化解所有的冲突和矛盾。

可真实的人生没有编剧的金手指，"傻白甜"的女生进了职场，根本得不到大老板的正眼一瞥。

爱情可以是一部小说的主题，却远不是人生的所有真相。能让一个人发自内心欣赏爱慕的，永远都是旗鼓相当的对手。

抱歉，这就是成人世界里的交往法则。

婚姻这件事，是以爱情为基础开展的宏大人生课题。夫妻关系在性和爱之外，更像是同一条战壕里的亲密盟友，他们需要携手打怪升级，共同向更美好的地方奔去。最好的爱情，永远是木棉和橡树的关系，能各自独立，更能共同战斗。

所以，小包总看上的，只会是海归精英安迪。这个有着华尔街背景的高智商女人，势必能成为他在生意场乃至人生路上的最佳拍档。不是势利虚荣，也不是嫌贫爱富，只是天性使然。

一生那么长，人们最终爱上的，当然是和自己同步调、同频率的那一个。因为追赶和等待的人生，都将苦不堪言。

3

价值观念决定能不能结婚。

作家李月亮写过一个故事，故事中的情侣有着截然不同的金钱观：男孩发了一笔不大不小的意外财，和女友商量怎么花掉它。女孩想要买貂皮大衣，男孩想去西藏旅行。两人争执不下，最终愤而分手。但是爱还未完，彼此都遥遥记挂着对方。可多年后再次相见，他们却对彼此的追求与生活都颇有微词，再一次不欢而散后，爱完了，缘也尽了。

激发爱情的，或许只是一瞬间的荷尔蒙。可婚姻是持续的、长久的，想要相处不累，最好和三观相同的人在一起。

我有个朋友，因为一顿饭而和男朋友分道扬镳。

那天是圣诞节，她想去五星级酒店吃一顿自助餐，男朋友却主张去吃麻辣串串香。她爱的是宁静优雅的用餐环境，而他向往的却是世俗热闹里的人声鼎沸。那天摔门而去后，她站在雪地里思索许久，最终选择了分手，在浪漫的圣诞夜里埋葬了一段爱情。

有人说她小题大做，她平静地回道："吃不到一起的人，怎么可能过得到一起？"

乍一听有点荒谬有点作，细细一想却不无道理。一个人的衣食住行、吃穿用度，无不是人生观、价值观和世界观的外在表现。看似平常的一顿饭里，藏着他们各自的性格密码，这是潜伏在关系里的危险因子，她在双方都大发雷霆的那一刻，便预见了未来的种种争吵和不堪。

谁都没有错，只是不适合。你爱高山，而我却爱大海。我不能陪你攀登，你也无法伴我远航，仅此而已。

婚姻最需要的，是久处不厌。而久处不厌，建立在相同的价值追求上。

4

生活理念决定能否相守。

据说有些爱得死去活来的情侣，同居后就分手了。模拟出来的婚姻状态，通常会让提前进入实战的两个人揭去面具，暴露出最真实的自己。

和你共度余生的人，是日常状态下那个活生生的他／她，而不是衣冠整齐、言笑晏晏的他／她。前者是原生态的，后者是社会性的。

　　婚姻就是要把人扔进生活的大熔炉里，细致到挤牙膏的力度和冲马桶的手法。都说细节见人品，其实细节更见生活理念，而生活理念，可以决定爱情或者婚姻的存亡。

　　网络上流传过一个故事，说一个烟头毁了一场婚姻。

　　作者的爸爸，把熄灭的烟头随手扔进了妈妈养殖的兰花里，这一举动成了导火索，最终毁灭了那场本就摇摇欲坠的婚姻。

　　烟头、兰花，再微小不过的事物，但它们代表了夫妻二人的生活理念。说白了，最终令他们向左走、向右走的，是漫漫余生里无法回避也无法调和的矛盾。

　　同居后分开的那一拨人，或许正是从同吃同睡的生活里，窥见了对方与自己的不可兼容之处。散了，反而是放各自一条生路。

　　和自己共度余生的那个人，应该能一起搓麻将、斗地主；一起弹素琴、阅金经；一起抽烟喝酒、读书下棋……

　　重点不是做什么，而是一起做。

　　据说开天辟地之时，男女本为一体，后来被劈开，又被扔进茫茫人海，所以我们兜兜转转、寻寻觅觅，只为了寻到与自己吻合的另一半。

　　另一半，这个词听上去真温柔，仿佛另一个你。

　　那么，你是谁？

　　你，不仅仅是一个名字，而是你在遇见他／她之前的所有故事，读过什么书、见过什么人、做过什么事……

　　把上述因素加在一起，搅拌均匀，便是那个在未来等你的伴侣的模样。

为了报复前任，他赔上自己一条命

1

有个男人，年轻时谈过一场刻骨铭心的恋爱。没结婚，但两人已经过成了事实上的夫妻，彼此都爱得死去活来。可是渐渐的，姑娘开始嫌他不上进，挥一挥衣袖，离他而去，不带一丝眷恋。

分手那天下着雨，男人站在风雨中，一脸伤痛地问："你是嫌我穷吗？嫌我没本事吗？"

想不到女孩干脆利落地回答："是啊！"

男人受了刺激，开始发奋图强，苦练技能，甚至不惜远渡重洋，在美国进行艰苦卓绝的训练。

他身边出现了另一个女人。不同于前任的是，这个女人吃苦耐劳，无怨无悔地陪他走过最艰难的时光。为了挣钱供他训练，她做过清洁工、保姆，干尽苦活累活。过了好几年，终于守得云开见月明，男人在国际赛事中获奖，一跃成为知名高尔夫球手。

苦尽甘来，荣归故里，却与前女友狭路相逢。此时，前女友已晋升知名主播，而且嫁了个帅气多金的世家子弟，活成了云端之上的公众人物。

因为工作关系，他和从前的恋人又产生了交集。可这偶然续上的缘分，却使他不断想起从前的屈辱，报复之心也随之而起。他想方设法地接近前女友，蓄意挑起事端，终于成功激起了女主播丈夫的怒火。然后，这个男人死在了高智商、高能力的对方手上……

这是韩剧《迷雾》的故事梗概，我给它取了一个狗血的别名——"前任引发的血案"。

人在遭受情伤后，总会在无处发泄、难以解脱时，咬牙切齿地表达对前任的痛恨，甚至叫嚣着要把对方挫骨扬灰。但大多数人只是过把嘴瘾，转过身，依旧涕泪连连、心如刀绞，极少会将恶念付诸实践。

而事实是，再悲痛欲绝的失恋，都会被时光风化为从前。你以为自己得了癌症，其实那不过是一场高烧，头痛、咳嗽都被悲伤放大，所以你痛不欲生。

但痊愈是一个过程，只能交给时间。

2

"我不甘心！凭什么他另结新欢，我却在痛苦里煎熬？！"

X在我面前哭得一把鼻涕一把泪，在痛陈男友劈腿之事后，她又变了面孔，恶狠狠地说绝不会放过他们。她的计划是找到男方的公司去，把他的恶形恶状都昭告天下，彻底搞臭对方，让他再无出头之日。然后，再找几个彪悍的姐妹，在路上截住小三，先劈头盖脸一顿打，再撕下衣服拍视频，传到网上供人围观。

我倒吸一口冷气，猛然发现——使人丧失理智的，除了爱情，还有失恋。

再看看那些因放不下前任而给吃瓜群众生产无数瓜的明星，我觉得好像看到了"当代版李莫愁"。那个被仇恨折磨了一辈子的女魔头，正是在报复前任的心魔里作茧自缚，亲手毁了本可以幸福圆满的一生。

感情中最深的执念，莫过于此。

3

分手这种事，注定不会太开心。一个"分"字，暗示着情断缘尽。可人与人之间的牵连，从来都无法用一句"再见"来彻底斩断，尤其是曾经同床同枕、你侬我侬的情人或夫妻之间。放不下的那一方，会觉得自己吃了亏、受了骗，想方设法讨还公道。

可公道如何讨？

这是成年男女间的你情我愿，钱财或许还可以算个清楚分明，可感情却永远无法明码标价、一清二楚。不甘和不忿由此而起，前任因此成为牢笼，困住你的一生一世。

儿时看电视剧《武林外史》，最怕白飞飞的母亲，那个被毁了容的女人凶残恶毒，把自己有限的余生投入到无限的复仇中去，甚至还找来一个无辜婴儿，将一个崭新的生命拉入仇恨的深渊……

毁了自己，更毁了别人。

白静的思想大概也和马夫人异曲同工："得不到他，我就毁了他！"

何苦来哉？

前任就像经过的山、淌过的河，你在山上摔过跤、在河里湿过鞋，难道不该烘干鞋袜，继续往前寻觅山明水秀？停下来跟山跟河较劲，你是不是傻？

至今仍记得很久以前，一位相熟的姐姐无意中发现男友脚踏两条船，她打电话过去，只问他："我都知道了，是真的吗？"

男友一定想不到，那是她对他说的最后一句话。他沉默着，试图用无声来化解矛盾、平息对方的怒火。姐姐等了一分钟，心一寸一寸地凉下去，然后挂断电话，掩面而泣。

第二天，姐姐当机立断换了电话号码，又马不停蹄地把对方所有

联系方式拉黑，独自开始了漫漫疗伤路。

三年后，她再次遇到爱情，欢欢喜喜地嫁作人妇。婚礼那天，丈夫抱着她走出小区，她在转头时，猛然瞥见一个熟悉而陌生的身影，正探头探脑地看过来……

她把这些说给我听，一脸的云淡风轻，似乎在讲别人的事儿。

我文艺病发作，不由要感慨一句："活得精彩漂亮，才是对前任最狠的报复，对不对？"

她的不屑从鼻子里哼了出来："我报复他干吗！闲着没事干啦，他算老几？！"

是啊，前任算个什么鬼，他/她也配毁你一辈子？

我们啊，总是一边骂小三，一边想前任

1

据说前任是棵摇钱树。

这些年，但凡是以怀念前任为主题的文艺作品，几乎都赚了个盆满钵盈：《前任3》以小成本、小制作赢得了19亿票房，无数人在电影院中哭到不能自已；《纸短情长》刷爆社交网络，那句"诉不尽当时年少"，不知戳中多少痴男怨女的心；《后来的我们》在刘若英的名气加持、退票风波与"前任"二字的煽动下，成功占领热搜，口碑虽然两极分化，却不影响它的热度和票房。

上述三者的共同点，概括下来就是刘若英的一句话："希望每一个观众，在电影中寻找到自己。"

　　这些文艺作品成了一面镜子，倒映着我们的过往和失去。你将自己代入其中，忽然听懂了一首歌、看懂了一部电影，然后，怀念起了那个没和你走到最后的人，"前任"这个扎心却余温残存的词语，便足以令人乖乖打开钱包，为情绪买单，为往事献祭。

　　有人感慨完了便罢，但也有人在光影声色的召唤下，义无反顾地回头，马不停蹄地奔往事而去。

　　在《后来的我们》某篇影评下，有这么一条被顶到第一的评论："今天和男朋友去看，他哭着跟我说，对不起我，还是放不下她。然后我们分手了，真的太难过了。"

　　我不难过，我是震惊。想不到夺走一个女孩男友的，竟是那素未谋面的"前任"。

　　我想说：姑娘，随他去！一个沉溺在过去的人，根本无法陪你走到更好的明天！

2

　　五一小长假，我参加了一个同学聚会。席间一位女同学爆料："来之前，××特地跟我打招呼，让我拍照、发视频都避开他，免得被他老婆发现。"

　　众人哄堂大笑，可笑着笑着，心酸却隐隐约约地浮了上来。

　　我们的青春已下线，如今围坐在一起，各自都生出一张成熟的脸。这头举杯欢笑、纵情高歌，家里那位却忌惮着"同学会同学会，拆散一对是一对"。

　　我相信这种说法并非空穴来风，因为"久别重逢"能为旧情复燃创造温柔的土壤，让那些挣扎在柴米油盐中的平庸丈夫或妻子，在往

事的浮光掠影中，看出别样的光彩与希望来。

就像《后来的我们》里林见清的妻子：孩子发来视频，借着思念和撒娇，要求父亲把摄像头对准房间各个角落查看。方小晓不得不东躲西藏，低下头来、绕过床铺，仿佛一个见不得人的存在。

我们都知道，孩子的背后是母亲。那个等在家中的女人——林见清明媒正娶的妻子，此刻正借助孩子来查房，监控丈夫的一举一动。

乍听会瞧不上这个疑神疑鬼的女人，可细细一想，却要悲从中来：她为他生孩子，替他操持家务，他却跟前任孤男寡女地共处一室，满眼泪花地说着从前。

我们总会不由自主地把自己代入进那个伤感的前任，而忘了一个重要的事实——你的现任也有前任，你也可能是被绿了的那个。就像方小晓说的："我本可以做正宫，如今却被当成了小三……"

假如故事接着演下去，林见清和方小晓都没管住自己的蠢蠢欲动，青春偶像剧就会变成狗血家庭剧。

3

电视剧《虎妈猫爸》中，有位海归教育专家唐琳，是男主角罗素的初恋女友。两人因为毕业后志向不同而分道扬镳，然后，罗素娶了毕胜男，生了孩子，过起了鸡毛蒜皮的小日子。两人为一个学区房焦头烂额，为孩子的教育吵得鸡飞狗跳，为避无可避的中年危机心力交瘁。这时候，忽然出现的唐琳插了一脚，于他们脆弱的夫妻关系，犹如雪上加霜，差一点就分崩离析了。

其实每个刻骨铭心的前任，都是潜在的破坏力最大的小三，原因有三点。

第一，感情基础的存在；

第二，婚姻烦琐的刺激；

第三，回忆滤镜的美化。

有位朋友倾诉，说自己婚后总是在和丈夫吵架冷战时，有意无意地翻看前任的微信。看着看着，眼泪便簌簌而下。

她想起那些花好月圆的从前，感慨着自己曾被另一个男人无条件地宠爱。而眼前只有琐碎的柴米油盐，于是她想逃，逃到前任的怀抱中去，伏在他的胸前痛哭流涕。

她记不得当初为什么而分手，只记得他眉目温柔，仿佛是一生一世的守候。可一看前任的朋友圈，他的封面是你侬我侬的婚纱照，她又猛然想起现在已是"使君有妇、罗敷有夫"。

还能怎样呢？

不顾一切地约见，旧情复燃，要死要活地闹离婚，冲破层层阻碍结合？然后，他们也变成俗世中再普通不过的一对夫妻，在柴米油盐中打滚，慢慢地生出怨和恨，再接着怀念各自的前任？

4

这一生，谁还没有个白月光与朱砂痣呢？

毕竟大部分人，都是在一次又一次的恋爱与失恋中学会怎样去爱，然后在天时地利人和、一切都好的时候穿上嫁衣，把余生交给眼前那个人。

至于前任，你所有的怀念、所有的遗憾，其实都来源于这耳熟能详的六个字——得不到，已失去。

人啊，欲望生生不息，贪念孜孜不倦。我们怀念前任，或许不过是觊觎得不到的另一种人生。

遗憾的是，你紧紧盯着失去的甜，却忽略了背面的苦。毕竟已经有许许多多的故事告诉我们，做小三，是不会有什么好下场的。

　　小时候我们看琼瑶剧，总会不由自主地站在女主角那一方，笃信不被爱的前任就是第三者，是天然的炮灰。可到了我们也为人妻、为人母，才惊觉动了心的前任有多么可怕：秒变小三、破坏他人家庭，或许只因久别重逢时的一个暧昧眼神。还好，琼瑶留足了希望与慈悲，她安排男女主角平静告别，继续各自的悲欢余生。

　　所以，千万别信什么"旧爱才是爱，新欢只是欢"。真正的爱，是少年时代的纸短情长，但更是风雨同舟的结发之情，是生死相交的平凡夫妻。

　　选定了就认真去爱吧！

　　据说最好的前任都像死了一样，不打扰就是最后的温柔。

　　这个道理，我们的老祖宗早就悟出来了：满目山河空念远，落花风雨更伤春，不如怜取眼前人（晏殊《浣溪沙》）。

我们的爱情，死于一次自助餐

　　分手是在圣诞夜。

　　天很冷，但全世界都在沸腾。

　　说起来实在可笑，分手的导火索竟是一顿自助餐。两人都试图说服对方，争得面红耳赤。好在大街上人来人往，大家都行色匆匆，没有谁会花时间去关注一对怒气冲冲的男女。毕竟，争吵和分手，每天都在这座城市发生。你以为的撕心裂肺的故事，在别人眼里不过是事不关己的杂事。

　　他的理由很现实，一百元以内的自助烤肉，热气腾腾、滋滋作响，唇齿舌尖所感受到的焦香里溢满了幸福感与满足感，多实惠，多划算。

她却执意要去五星级酒店：乐队演奏着圣诞节的曲子，龙虾是当天从澳洲空运过来的，摆放在精致的英国瓷盘里，吃下去的每一口都是情调，是对生活的重视。

问题并不在钱上。那时他们已经毕业三年，在工作上小有成就，房子首付也已备好，只等挑个黄道吉日领了证，便将买房和婚宴提上日程。人生大事都这样顺利地定好了，可是那天，在吃饭这件小事上，两人都出乎意料地倔强，摆出一副绝不妥协的样子。

僵持了半小时，她一气之下吼出"分手"两个字，他愣了一下，回敬一句"随便"，她便拂袖而去，消失在茫茫人海中。

和出轨、撕破脸、将爱情挫骨扬灰不一样的是，分手时，他们的爱情余温尚在，所以他偶然想起，也会问自己是不是小题大做了，吃饭只是一件微不足道的小事，真的值得为它丢了爱情？

后来他又找了一个女朋友，居家型的姑娘，爱好是插花、烹饪，约会也总是在家里。姑娘将每一顿饭都料理得极为细致，而他靠着沙发刷剧，只觉得安心从容。

两个人似乎都省略了爱情，一步跨进了往后几十年的岁月静好中。这样的人生，即使一眼望得到头，过一天就知道一辈子是怎样过的，他的心里也是向往多过恐惧。只是她还会时不时地出现在他的脑海里，缠缠绵绵地勾着他的心。

他总是梦回那年的圣诞节，自己退了一步，两人吃了豪华料理，手牵手走在雪花纷飞中。可是接下来，她要求巴洛克风格的豪华装修，花光所有收入，买了一屋子的精致物件，不当吃也不当喝。他忍无可忍，两人最终还是分道扬镳了。惊出一身冷汗的他猛然醒来，梦醒后的无力感愈发催生出心底浓浓的思念。

后来她也找了新男友，是个大学里教艺术的儒雅男子，懂得琴棋书画，也精通吃喝玩乐。两个人携手走遍大好河山，也一起吃遍佳肴

珍馐。得一知己做伴，生活过得潇洒肆意。

可她还会梦见他，一遍遍假设当初自己妥协，两人去吃了那顿烟熏火燎的烤肉。其实也没什么大不了的，滚滚红尘，饮食男女，对吃何必如此讲究？但是梦境为她描绘出了一步步妥协之后的人生：洒扫、烹饪、带孩子，烦琐的家务困住梦想，往后的一切都不再是自己原本设定好的模样。

即便如此，她依旧想知道，假如当时退一步，人生会不会不一样。

还真就等来这样一个机会。

他俩共同的好友结婚，婚礼前一天，朋友邀曾经沧海的两人逛街。本地最有名的商业街，大红灯笼高高挂起，青石板路蜿蜿蜒蜒。她一脸兴奋，一头扎进一家陶器店，拿起一把玲珑小壶，爱不释手，毫不犹豫地刷卡买下。

他啧啧两声，不冷不热冒出一句："喝茶什么壶不可以？何必非要大老远买那么贵的？"

她冷哼一声，刚要出口反驳，千言万语却忽然梗在心里。她看了看他脚上的大棉鞋，又看了看他拎的一大包土特产，涵盖了衣食住行里的鸡零狗碎，而且价格都很便宜。这样的男人，顾家又温和，不是不好，只是她不想要。

他也暗自观察着她的行头和做派，心里长叹一声。娶了她，只怕日子真的好过不到哪儿去。

两人相视一笑，笑容里忽然多出许多宽容与谅解。那一刻，他们才真正听见了爱情离开的声音。虽然晚了好几年，可还是来了。

回忆汹涌而来，在一起时，甜蜜有之，争吵亦有之，而大部分争吵的原因，都可以概括为一句话——要过怎样的日子，怎样过日子。

对待吃的态度，其实就是对人生、对世界的态度。谁都没有错，只是不适合。幸运的是，那顿大餐避免了一场不幸的婚姻。

分手的真正原因，不是一顿饭，而是两人完全相反的人生走向。

一个乡下女人的婚姻保卫战

1

　　肖伟第一次提出离婚时，女儿刚刚过完三岁生日。

　　陈秀竹记得清清楚楚，那是个盛夏的夜晚。她刚刚从燥热中透过气来，正张罗着切开在井水中浸泡了一天的西瓜。

　　"我和你之间，根本就没有共同语言。"

　　他的声音不紧不慢、不疾不徐，但音调是重的，瞬间把陈秀竹的心砸出一个坑，坑里密密麻麻地种着恨。

　　"啥叫没有共同语言？啊？啥叫共同语言？"她连连发问，又猛地劈开西瓜，红色的汁液溅了一桌子。

　　肖伟吓了一跳，眉头也皱了起来："你看看你，还有点女人的样子吗？"

　　"啥叫女人样？"陈秀竹拎着刀走到肖伟面前，"我一个女人，上山下地、洗衣做饭、生儿育女，把你伺候得舒舒服服，你还敢跟我叫板？"

　　她边说边挥舞双手，菜刀的寒光在空中划了一道弧线，又落到了肖伟的眼镜上，他不由地结巴起来："你……你……没文化……还凶巴巴的……"

　　话音刚落，陈秀竹就哐当一声扔了菜刀，跌坐在地上嚎哭起来，边哭边骂，把肖伟从头到脚狠狠数落了一番。

不到十分钟，肖家的小院门口就挤满了看热闹的邻居。乡下的光阴寂寞，别人家的鸡毛蒜皮，最适合拿来当长夜的下酒菜。

人一多，陈秀竹就壮了胆，胆气和勇气都撑足了，哭声自然也放大了数倍，把一个名字石破天惊地吼了出来："我就知道，是那个叫李雅琴的狐狸精！"

肖伟吓了一跳，急忙拉起地上的老婆，慌慌张张地把她往屋里推。

因为他的妻子，准确无误地说中了他的心事。

2

小学教师肖伟，平生最大的憾事，就是娶了个文化水平不高的妻子。

1987 年，十九岁的肖伟高考落榜，知识改变命运的愿望落了空。他万念俱灰，寝食难安，大半年都郁郁寡欢。

直到陈秀竹出现。

他们是在一个喜宴上相遇的，她是新娘的表妹的闺蜜，跟着送亲队伍前来，一眼就相中了文质彬彬的肖伟。

她是在山里长大的姑娘，只念到小学三年级，识字不多，热情却不少。肖伟的前半生都埋在书堆里，对男女之事稍显迟钝，自然经不住火辣辣的撩拨。

然后就结婚了。

其实，肖伟是有些不情愿的。

在学校时，他读过几本小说，对爱情也有模模糊糊的幻想。可如今，时移事易，爱情和他的梦想一道灰飞烟灭。

结婚当天，肖伟的心情不好也不坏。等到陈秀竹主动把衣裙一层层脱下，充斥在他脑海中的，也只是欲望，而非感情。

肖伟从婚姻里感觉到的，是实实在在的好处：脏衣服有人洗，菜地有人浇。到了夜里，还有个温热的身子暖着自己，他心里的那些空虚，就这样被婚姻一点点填充起来。

婚后第二年，当肖伟的第一个孩子在母亲腹中扎根时，命运之神意外地眷顾了他——村里的小学，请他去做代课教师。他被天上掉下来的馅饼砸得晕晕乎乎，不太敢相信好事能发生在自己身上。

校长哈哈一笑："你可是县一中走出来的高中生，比我这老头子可有文化多了啊！"

陈秀竹喜得见牙不见眼，肚子也不由自主地挺高了许多，双手托腰，恨不得在村里横着走。

从那时起，肖伟的一双手便只拿钢笔和粉笔，锄头、镰刀、锅铲统统归了陈秀竹。

对此，她毫无怨言。

3

李雅琴是师范毕业的中专生，爱穿碎花连衣裙，讲起话来轻声细语。她还兼任了音乐教师，一副好嗓子如百灵鸟。肖伟不通音律，却被她的歌声搞得五迷三道，回家再看陈秀竹，不甘便被激发出来了。

产后的陈秀竹胖了一圈，因为带孩子，邋邋遢遢的，不爱收拾自己。每天吃饭时，她都端着一个大海碗大口扒饭，有时候菜辣了，还会顺手揩一把鼻涕，然后大大咧咧地解开衣服喂奶。

肖伟的眉皱得越来越紧，放学了也不愿回家，宁愿待在学校，和一群外地来的年轻老师吃食堂，听李雅琴哼着歌备课。

同样是女人，为什么差别那么大呢？

有的夜晚，肖伟也会和媳妇坐在沙发上看电视。陈秀竹东家长西家短的，把村里的男盗女娼都兴致勃勃地说给丈夫听。肖伟左耳朵进

右耳朵出，满脸都写着一个大大的"烦"字。

慢慢的，陈秀竹也觉察出了肖伟的变化，她心急如焚，可又找不到解决方法，便在家里摔摔打打，难听的话一箩筐一箩筐地往外说。

天长日久，平淡夫妻成了怨偶。

4

事实上，肖伟跟李雅琴清清白白，但陈秀竹三天两头地到学校去围追堵截，流言和狠话也放了出去。

有一回，她背着孩子到校长办公室，一把鼻涕一把泪地哭诉家庭矛盾。路过的老师和学生，个个都指指点点。

肖伟坐在小花园边抽烟，灰烬落了一地，心也一寸一寸地灰下来。

那天，肖伟第二次提出了离婚。

这次，陈秀竹没有哭闹，她默默地走进厨房，举着一把菜刀出来，把父女俩逼到了角落："离婚是吗？行！我先杀了你的女儿，再自杀！"

菜刀明晃晃的，肖伟从它的反光中读出了自己的恐惧和无奈，最后只好松了口。

陈秀竹大声嚎哭，骂得变本加厉："我给你当牛做马，你在外头逍遥快活，我造了什么孽！那个狐狸精，我要……"

妻子骂出的污言秽语，肖伟听得心惊胆战，满腹悲哀，生无可恋。

然后，李雅琴被调走了。肖伟成了整个学校的笑柄，女老师们都不敢和他多说一句话。他独坐在办公桌前，只觉得孤独缓缓地从心底流出，然后顺着血管蔓延，布满全身。

5

都说情场失意，职场就会得意。

肖伟的心空了，恨不得把别人享受天伦之乐的时光，全部用在工作上。因为教学成绩突出，他拿了好几次先进，最后转正了，成为实打实的"公家人"。工资上涨，在村里的地位也得到了提升。

陈秀竹见男人有了出息，"怀璧其罪"的心理越发滋生出来，对丈夫的监视更甚了。

女儿初中毕业那年，肖伟终于得到提拔，做了教导主任。

也就是在那一年，他遇见了自己的"第二春"。

对方姓陈，是新调来的离异女教师。据说离婚原因，是和身为商人的前夫三观不合。

一个午后，办公室里只有他们两个人。陈老师主动开了腔："肖主任，听说你老婆经常到学校来查岗？"

肖伟红了脸，一时间不知道怎样答话。

"对不起啊。"陈老师轻声道歉，"我这么问，是因为同是天涯沦落人。"

肖伟这才知道，陈老师的丈夫也疑神疑鬼的，她被逼急了，这才选择净身出户，远走乡村。

"我跟他真的无话可讲，有时候觉得，家里像个冰窖。"陈老师微微笑着，边低头改作业，边将了将耳边的头发。

肖伟回头，只见她的轮廓被阳光渲染得温柔宁静，像她书桌上插着的一支栀子花。

心动就这样来了。

同病相怜是婚外情最好的催化剂，"相互理解"很容易被当成"心

心相映"。

6

没多久，陈秀竹便意识到，丈夫出轨了。

妻子的第六感最灵敏，那种与生俱来的直觉能够打破学识的限制，准确无误地预报危机。

但这一次，她不敢打草惊蛇。因为肖伟是家里的顶梁柱，他的收入涨了，脾气涨了，穿衣打扮也一天天讲究起来。陈秀竹无时无刻不在庆幸自己的选择，当年看上一个皮囊，如今得到了一张金饭票，简直一本万利。所以，她害怕失去。

人呢，一旦有了得失心，行为自然就会收敛。陈秀竹把自己劝了又劝，费尽全身气力压下怒火，把日子"安然"地往下过。婚姻对她来说，早就不是欢笑和幸福的来源，而是生活的支点、生命的寄托。

但这次，肖伟铁了心要为自己活一次。他写了离婚协议书，女儿、房子、存款、财物统统不要，只求一个能重新开始的自由身。

陈秀竹没辙，一哭二闹三上吊全都使了，但丈夫无动于衷，他甚至把菜刀扔到了妻子面前："要杀我还是女儿，挑吧！"

他面色铁青，脸上已经有了中年人的坚硬。陈秀竹只觉得心在滴血，跌坐在桌旁嚎啕大哭。

肖伟早已看穿了她的外强中干，也识破了她所有的心思和算计。

他是赢定了的那个人。

7

但结果，却让所有人大跌眼镜。

因为这一次，陈秀竹跳了楼……

是在肖伟的学校跳的，选在放学时分，还当着所有师生的面，绘声绘色地念了陈老师写给肖主任的情书，村里的男女老少都围了过来。

看热闹是不嫌事大的，大家群情激昂，兴高采烈地配合着陈秀竹的声讨，又怂恿她"给那对狗男女点颜色看看"。

陈秀竹只觉得面孔发热，脑子里是一团乱糟糟的兴奋，讲到最后，她已经神智迷乱，真的从三楼上跳了下来……

万幸的是，她只伤了腿，一条命保住了。

那年，他们的女儿上高二了，高考已经迫在眉睫。她在母亲的病床前哭得惊天动地，一连数月不肯理父亲。家里的亲朋好友闻言，自然也把肖伟骂了个半死。

事情愈演愈烈，最后教育局都插手了。陈老师被"发配"到了更偏远的乡村，肖伟的教导主任也做不成了。事发前一个月，老校长曾暗示肖伟："你是我一手带出来的，我明年就要退休了，你多加把劲。"可惜，"着火的老房子"烧光了肖伟所有的忍耐。

婚姻最终是保住了，代价是他的前途，还有她的一条腿。

肖伟的心再一次空了，也累了乏了，折腾不动了。

到了婚姻的后半场，两人反而相敬如宾：陈秀竹的脾气收敛了不少，肖伟也开始分担农活和家务。老夫老妻的样子，已经慢慢出来了。

而"老夫老妻"，往往代表着宽恕、放下、不计较、不追究……

算了，就这样吧。

毕竟爱情像鬼，听到的人多，见到的人少。

相亲四十年，找不到对的人

1

先讲一个"老姑娘"的故事，不过事先声明，我没有任何恶意。

姑娘姓张，和我爸妈是一代人，据说当年也风姿绰约，曾迷倒过十里八乡的小伙子，但她一个都没看上。

美人嘛，心气和眼光都难免要高一些。更何况张姑娘已经早早放出话来，要嫁一个吃公粮的"人上人"，最好是英姿飒爽的兵哥哥。

当时乡里有个万元户，卯足了劲儿地追她，她倒也不是不动心，毕竟二十一寸的大彩电在当时不是人人都买得起的。可对方的"农民"身份却令她耿耿于怀，思来想去，最后还是说了再见。

后来，神通广大的媒人还真的介绍了一个兵哥哥给她，帅是真帅，但穷也是真穷，家里住的是土坯房，也不晓得转业后路在何方。张姑娘一听这条件就怕了，还未见面便回绝了。

也有城里的小伙子追求她，但愿意娶农村姑娘的，大多相貌一般，而且工作不是最吃香、最赚钱的那种，所以也不在张姑娘的考虑范围内。

挑挑选选四五年，张姑娘的年纪慢慢拖大了，选择范围也一步步缩小，可她不愿委屈了自己，依然坚持要找到"最好的一个"再成家。

可找来找去，"最好的一个"却迟迟不肯出现。张姑娘就这样拖到快四十岁，最后实在受不了大嫂和弟媳的白眼，才心不甘情不愿地嫁了一个二婚男人，一过门就直接当了妈。

我不知道她是否幸福，也不好评价别人的婚姻。但我看到她脸色灰暗，笑容少了许多，所以我在想，假如她在二十岁出头时嫁了那位万元户或兵哥哥，人生会不会不一样？

　　结婚就像拾麦穗，最大、最好、最完美的那颗，其实只是个幻想。一辈子不结婚没什么大不了，怕就怕明明渴望婚姻和家庭，却被自己的吹毛求疵硬生生耽误。

2

　　无独有偶，北京的赵先生，从 1982 年起就一直找对象，但至今仍单身。

　　亲戚朋友和媒人尽心尽力地介绍着，想早日为他觅得美娇娘，完成娶妻生子的人生大事。可赵先生太挑剔，姑娘见了无数个，却总也找不到最合适的人选：甲脾气不好；乙样貌不够；丙家世太差；丁什么都好，但就是没感觉。反正谁都不太对，跟他想象中的妻子不一样。

　　中间也有人劝他，把要求降低一点，"天生一对"都是小说里才有的事情，可他听不进去。就这样挑挑拣拣，四十多年倏忽而逝，同辈人差不多都当了爷爷奶奶，他却依然形单影只，把自己耽误成了六十多岁的高龄单身汉。

　　当然，如果对婚姻无感，喜欢一个人的自在生活，那也无可厚非。但赵先生显然不在此列，媒人表示很无奈："他要求高，要漂亮的，还要比他年纪小，这也就罢了，他的要求还有点天真，希望女方会写诗！"

　　讲真，我很佩服赵先生的不将就、不凑合，但他的做法，我并不提倡。绝对的不将就，有时也是另一个层面的偏执和顽固。

　　对大部分普通男女而言，孤独终老并不现实。在婚姻这个问题上，谁都免不了适度的妥协——毕竟，人无完人。

不如反过来想一想，我们自己，是不是对方眼中的"一百分"？

这世上根本就没有什么"天作之合"。白头偕老的背后，通常就是磨合、迁就和包容。

9

假如赵先生能学学胡适，他现在或许也已经儿孙满堂、尽享天伦。

胡适的婚姻，有一个非常不美好的开头——他在家族长辈的逼迫下，娶了各方面都不合拍的江冬秀。

当时的胡适，已经在上海读过书，又去美国留了学，眼界和见识都被外面的世界打开了。而江冬秀却是个裹小脚、不识字的旧式女子，还比胡适大一岁。胡适不情愿，可又拗不过母亲，只得无奈地做了新郎官。

最初的几年，他不是她的如意郎君，她也不是他的添香红袖。他有外遇，她撒泼发狠，拼尽全力地维护婚姻。以外人的眼光看过去，的确就是一对说不到一起、玩不到一起的怨偶。

可这样的两个人，竟也携手走完了一生，成为恩爱夫妻的典范，就连张爱玲都夸赞道："他们是旧式婚姻罕有的幸福的例子。"

至于中间发生了什么，说来话太长，我只讲两件小事让大家感受一下。

胡适爱书，把书看得比命还重。战乱时，人人自危，逃命是第一要紧事。可江冬秀无论逃到哪儿，都牢牢护住丈夫的几十箱书，使其未在战争中受到一丝损失。

胡适为此写信感激妻子："北平逃出来的教书先生，都没有带书，只有我的七十箱书全出来了，这都是你一个人的功劳。"

后来，两人到了美国。江冬秀沉迷于打麻将，常常只给丈夫煮一锅

262

茶叶蛋充饥。胡适倒也不生气，反而怕她找不到牌友解闷而四处打电话，替她约伴儿。

你看，他们都慢慢学会了站在对方的角度看问题。

藏书与打麻将，一雅一俗，看似风马牛不相及，但本质都是理解和尊重。有了这两个关键词，白头偕老就不是难事。

4

我不是劝你学胡适。毕竟婚姻还是要以爱情为基础，在能选择的情况下，当然是找情投意合之人，尽力把相处磨合的苦恼减到最低。

用今天的话来说，就是"不将就"。

这三个字本身是没什么错的，婚姻乃终身大事，再怎么谨慎小心都不为过。可问题是，我们怎样去定义那个"对的人"？

歌词里说得很简单，只需要"确认过眼神"，但落实到生活里就不一样了，它无法量化，全凭个人感觉来摸索拿捏，一不小心，对方就成了"完全不对的人"。因为我们总是把"不将就"误解为"极致的完美"，潜意识里的要求，是对方与自己的择偶条件无缝贴合。

可世间哪有这等好事？

上天再厚待你，也不会依着你的要求来量身打造一个人。即便真的有这么一个人，茫茫人海，你又如何能遇到？

5

关于"对的人"，情感节目主持人涂磊有一段很精彩的论述。

"事实上，你会发现，你无论选一个什么样的人结婚，都会认为是错误的。你怎么选都是错，因为总有一个人会比他／她更好。能够走入

婚姻的人，都有敢于将错就错的勇气。"

所谓"将错就错"，并不是要你随便找个人结婚，或在错误的婚姻中忍耐下去，而是看清人生的真相，抛开不切实际的幻想，让感情踏踏实实地落地。

因为"将就"与"不将就"之间，还包含了深深浅浅无数种层次，退而求其次，有时也是一种大智慧。

世间事，哪一件能完美？大部分人，也不过是在七八十分的婚姻里，努力寻求九十分的快乐。

结婚当然不能太将就。因为伴侣的契合度，能在很大程度上决定余生的幸福度。但人们总想一步到位，在一段关系的最初阶段，就试图消灭所有潜在问题，幻想着让婚姻变得一帆风顺、毫无波澜。

事实是，恋爱谈得轰轰烈烈、彼此认定的人，未必会是永远默契合拍的伴侣。

这样的例子多的是呀，比如《如懿传》中，青樱和弘历年少相爱，最终却因为这样那样的问题而离心，婚姻支离破碎，只剩一句"兰因絮果"的叹息。

你看，当年那个"对的人"，也会在岁月的磨砺中失了颜色，渐渐变得面目全非，再也不是当初那个眉目温柔的翩翩少年了。

而"不对的人"，也可能在日复一日的相处中生出情意，摩挲出另一种温柔来。

所以，"对"与"不对"，不是一成不变的。

人们把婚姻视作修行，其实正是为了在日复一日的相处中打磨彼此，把那些"不对"的东西一一修正过来。

根本就没有什么"对的人"，只有肯爱、敢爱、会爱的普通人。

金婚夫妻：是白头偕老，也是一地鸡毛

1

故事的开头，并不是花前月下、你侬我侬。

故事发生在 20 世纪 70 年代，主人公叫张成林。他已经长成个结实的小伙子，而他的婚事急坏了老母亲。

张家穷啊，顶梁柱去得早，只剩孤儿寡母相依为命。张成林通过招工进了厂，但做的都是杂活，工资不高，家里也只有个栖身的小屋。

张大妈托了好几个媒婆，可大家勤勤勉勉找了大半年，依然没说动任何一个姑娘。无奈之下，她们只好把眼光投往农村。

于是，肖梨花出现了。

那时的肖梨花，梳着油黑的大辫子，一双眼睛神采奕奕，下地做饭样样出彩，唯一的缺点就是户籍：不是城镇户口，没有正式工作。

张成林犹豫着不肯娶，他暗恋着宣传科的播音员，对这个农村姑娘并不来电："我们厂里的女青工，哪个不比她强？"

"问题是人家都看不上你啊！"张大妈恨铁不成钢，"你能有个媳妇就不错了，还挑三拣四的！"

张成林自知理亏，闭了嘴，收拾妥当后，乖乖跟着媒人去相亲。不料，肖梨花却嫌他个头矮："看着还没我高呢，还是拉倒吧！"

她的爹妈不依："又英俊又有工作的能看上你？差不多得了！"

那就先凑合着处处吧。

　　他们都不是对方的理想型，但也谈不上厌恶至极，那就给对方一个机会，也让自己多一个选择。

　　这一处，感情倒还真生出了一点点，但算不上爱情，可能也不是友情，而是一种即将携手面对生活的"战友情"：妥协中掺杂了一丝期待，期待里又暗含了几分失落。

　　这种关系，是打从开头就奔着过日子而去的，爱情只是可有可无的点缀，所以也没费多大周折，他们就结为了夫妻。

2

　　婚后，肖梨花一口气生下三个孩子，张成林乐得合不拢嘴，但有时也愁得睡不着觉——多出来的三张嘴，意味着更重的生活负担。而他，已经连续三年没涨过工资了。

　　不过是卖力气换饭吃的普通人，没任何人脉背景，张成林拼尽全力，也只能勉强保证一家人不饿肚子罢了。

　　为了把日子过下去，家里把白面换成粗粮，肉自然是没有的，青菜萝卜也得省着吃。张成林孜孜不倦地提醒儿女，吃饭只是为了活着，可不是为了享受。

　　可孩子们哪儿听得进去？他们被肚皮挑唆着、怂恿着，成日里哭闹不休，家里乱成一锅粥。

　　肖梨花气不打一处来："明明是你这个当爹的没本事，凭什么还要骗孩子们？"

　　张成林感到自己的尊严被践踏，嘴巴也不客气起来："对，对，就是因为我没用，娶了个不挣钱的主儿！"

　　"你……"肖梨花气得浑身发抖，鼻子一酸，眼泪就噼里啪啦地落了下来。

她既没工作，也没土地，人生的希望全部寄托在丈夫和孩子身上。为此，她任劳任怨地操持家务、生儿育女，可结果，她的努力被看得一文不值。

太气人了！

3

不过，肖梨花可不是逆来顺受的女人。她叉着腰和丈夫对骂，一点点细数自己的辛劳，讲得唾沫横飞、眼泪直流，还把走过路过的每个人都拉来评理。样子不太好看，和身为厂花的播音员形成鲜明对比。

张成林被骂得眼冒金星，最后只得偃旗息鼓。肖梨花倒也见好就收，丈夫认了怂，她便鸣金收兵，又吭哧吭哧地搓起男人的工作服来。

人的脾气，也许真的会被艰辛的日子撑大吧。那些句句致命的诛心之言，大多只是一时的气话。好在他们都是粗人，从未认真计较话里话外的意思。吵完闹完，依然一个锅里吃饭、一张床上睡觉，肩并肩把苦日子熬过来。

其实张成林知道，肖梨花是个好女人。她里里外外地忙碌，一颗心全扑在家里，福没享多少，委屈却不少受。

不过，母亲张大妈却总是有意无意地挤兑这个粗手大脚的农村儿媳。起初，她担心老张家香火无继，只能退而求其次地选了肖梨花。可孩子一出生，肖梨花的缺点就变得令人无法忍受了：吃饭吧唧嘴，说话大嗓门，身上永远洗不去那股子泥腥味……

一老一少两个女人对着破口大骂，张成林夹在中间左右为难。肖梨花一气之下甩脸子回了娘家，做丈夫的只好三催四请、敛眉俯首，用那双粗糙的大手轻抚媳妇："是我妈的错，我已经说过她了，跟我回家去吧！"

既然台阶来了，肖梨花便顺势而下，装模作样地拒绝一番，最后还是跳上了丈夫的自行车后座。

她还记挂着家里呢，担心丈夫一个人顾不过来，担心三个孩子的穿衣吃饭，根本不能安心待在娘家。

她不仅仅是女儿，更是妻子和母亲。

4

苦日子快熬到尽头时，张大妈却要离开人世。她得了胃癌，医生说是饱一餐饥一餐落下的病。张成林被这个"癌"字击得气息奄奄，整日都躲在角落里以泪洗面。所以，张大妈最后的几个月，是肖梨花一手服侍的，婆媳俩在永别之际达成了和解。此时的肖梨花已年近四十，脸和手都糙了，心却不可救药地软下来。

送走婆婆后，她支起一个早点摊，终于开始走自己的路、挣自己的钱。

开始时，张成林嫌她丢人。小买卖嘛，尽管政策放开了，但在吃公家饭的张成林眼中，这还是投机倒把。

肖梨花管不了那么多，她搬出政策来据理力争，绝不肯低头妥协，其实深层次原因是——她赚到钱了。

钱是一个女人的胆，为她壮了声势，也给了她继续干下去的勇气。

那些年，夫妻俩似乎一直在吵架，今天为孩子的学习，明天为家务分配，后天为花钱多少。进入中年的两个人，在各自的工作中疲于奔命，为各种各样的问题而心力交瘁，却都无法感知对方的辛劳，只是无限放大自己的委屈。

也就是在那时，当年的厂花离了婚。

其实也不算厂花了，红颜辞镜花辞树，不过残存的风姿加了时光的滤镜，迷倒张成林还是绰绰有余的。

他自告奋勇地给人家换煤气罐、修家具，挖空心思地讨好记忆中的女神，自以为无人知晓，却还是纸包不住火，消息传到了肖梨花的耳朵里。

她怒气冲冲地打上门去，厂花却不屑地冷笑："这种男人只有你稀罕，送我我都不想要！"

肖梨花无奈，只得狠狠瞪对方一眼，把准备好的一肚子脏话咽回去，顺便把那个低头耷拉脑的男人带回家。

5

出人意料的是，肖梨花没再闹，而且话也变少了，每天脚不沾地地忙生意，对张成林的一切都漠不关心。

而张成林倒殷勤起来，每天早晨五点就起床，帮着老婆打豆浆、蒸包子，直到上班时间快到了，才着急忙慌地往厂里跑。

肖梨花的日子，渐渐顺心起来。

儿女都大了，懂事了，学习努力，知道心疼妈妈，个个都知冷知热；生意也在一天天变好，她打算着再攒点钱，就租个铺面，雇上一两个人，把早餐品种多开发些花样出来。

至于男人，那已经不是她的生活重心。收心回头固然好，就算不，也影响不了她太多。

当然，婚是不会离的。他们都不年轻了，生活错综复杂，切开藕片带出的丝，就足以让人头痛上好几年。

更何况，张成林也只是帮着厂花干粗活，倒也没做实质性的对不起老婆的事。肖梨花盘算来盘算去，最后选择了退一步海阔天空，放过丈夫，也放过了自己。

就这样，又一个十年倏忽而逝。

五十岁的肖梨花生了病，张成林急得团团转，喂汤喂药地守护在床前。肖梨花鼻子一酸，差点掉下泪来。

活了五十岁，她从没得到过这样的照料。幼时家贫，父母忙着生计，放任她马马虎虎地长大；嫁人生子后，又马不停蹄地跟生活抗衡，根本不知道被宠爱是什么样的感觉。

岁月把男人磨软了，从动作到语调，从眼神到内心。

挺好的。所谓的修行，大概就是这样吧。

6

我认识他们时，他们都到了七十岁上下的年纪，已经活成了人人羡慕的模样。

可不是人人羡慕吗！我早起上班，总能见两人有说有笑地往家走，手里还拎着从早市买回来的菜蔬。当时是清晨八点，他们已经做完晨练、买好菜，还在外头吃了顿丰盛的早餐。

"我们老年人觉少，"张成林呵呵笑着，"倒不如陪老婆子去遛遛。"

听说他们的早餐一周不重样，煎饺、炸酱面、豆浆油条、小笼包、米粉，有时还会坐公交车，去十站地以外的肯德基吃汉堡包、喝咖啡。

我下班回来，老两口早就吃罢晚饭，在楼下的空地打羽毛球。

那一幕挺温馨、挺美好的。

夕阳西下，不是断肠人在天涯，而是一对老夫妻在愉快地玩耍。

都说少年夫妻老来伴。伴儿嘛，不就是一起吃一起玩，把混吃等死的人生活出精彩来？

人人都羡慕他们的恩爱：形影不离，无话不说，走路手牵手，两个相依的背影缓缓移动，简直就是行走的"狗粮喷洒机"。

可肖梨花说："当年我可一点都不想嫁给他！"

张成林也说："当时，我也挺嫌弃她的！"

也是这些年才亲昵起来。

经济宽裕了，儿女也都长大离家，屋子空荡荡的，心仿佛也跟着变宽了。当然，吵也吵不动了。

听说再过两年，孩子们就要操办他们的金婚典礼了。

7

金婚是一个特别美丽的词语，它代表着同甘共苦，意味着半个世纪的风雨波澜，是坚贞与坚守的代名词。但作为局外人的我们，只看到白头偕老，却看不到漫长一生的鸡毛蒜皮。

每一对儿孙满堂、笑盈盈庆祝金婚的夫妻，应该都有过五十次想杀死对方的冲动，都为离婚纠结过一百多回吧。

婚姻不易，如是而已。

也许有人会拿电视剧《父母爱情》来反驳："看，这对夫妻多美好！"

我不否认那样美满的故事，但如世外桃源一般的海岛、宽裕的经济条件、护妻如命的丈夫、无须考虑的婆媳关系，真的不是谁都有运气遇到的。大部分凡夫俗子的婚姻，都要从生活压力、家庭关系、中年危机，甚至说不出口的移情别恋等层层叠叠的内忧外患中奋力突围。

金婚的可贵之处，其实正在于此：生活虽是一地鸡毛，但我们仍能白头偕老。

有人说："我不羡慕在街头热吻的情侣，只羡慕夕阳下挽手的老人。"但是亲爱的，挽手的老人，也是由热吻的情侣一天天变化而来的啊。你若羡慕得紧，不妨也拿出耐心来，好好经营属于自己的那一份爱情。

等到红颜老去、两鬓斑白，若身边人还在，也会有孩子指着相依

为命的你们，悄声说一句羡慕。

我和三观不合的男人，过完了一辈子

1

嫁给水生，不是静婉的本意。倒不是因为嫁过去要吃糠咽菜，而是嫌他目不识丁，完全配不上自己。

她想象中的婚姻，是赌书消得泼茶香、在天愿作比翼鸟、金风玉露一相逢……总之，是千百年来诗词歌赋堆积出来的繁盛情事，绝不是众人口中的柴米油盐、生儿育女。

太俗气了，想想都让人不寒而栗。

提亲那天，她故意捧着一本诗集看，眼光却暗暗打量着拘谨的水生。只见他穿着一件青黑色小褂，紧张得双手不知该往哪里放，只不断重复着同一句话："我一定会对小姐好的，一定会对小姐好的……"

母亲颔首微笑，伸手接过水生递上来的几匹衣料和一块腊肉："水生，你是个好孩子，把静婉嫁给你，我很放心。"

水生便千恩万谢地出门去，脚步轻盈得几乎要飞起来。

可静婉的心是沉重的，与未来的夫君形成鲜明对比。她不理解，为什么母亲要把自己嫁给长工家的儿子。

2

短短半年内，静婉经历了过山车一般跌宕起伏的人生转变。

272

半年前，父亲在赌桌上输光家产，当夜便把自己吊死在桃树下。

五个月前，家中的三位姨娘和兄弟姐妹分家离散，她和母亲搬进一条不知名的小巷子，开始孤儿寡母的凄惶日子。

四个月前，母亲把她从女子中学拽回家来。那天，她流了泪，坐在破床上默默哭了一夜。

三个月前，水生托人上门说亲。据说他对小姐倾慕已久，愿意照顾她一生一世。

静婉泄了气，虽说她也听过许多主张恋爱自由、婚姻自由的宣讲，可当困难来到眼前，还是该躲的躲、该受的受、该哭的哭。

没办法，这是朵藏在温室里的娇花。你不能指望风雨一来，她就立刻长成参天大树。

既然这桩婚姻躲不过，那就在结婚仪式上弥补一点吧。

作为当时的新式女性，对做新娘这件事，静婉其实已经设计过无数回：她希望披着婚纱，在神父面前起誓，优雅而温柔地说"我愿意"。台下必须坐着一群要好的小姐妹，羡慕嫉妒地看着新郎吻她。

水生犯了难："咱们穷人家，哪知道这些洋玩意儿？再说，大家都只等着好好吃喝一顿呢！"

静婉不依，哭哭啼啼地闹起来，母亲却厉声喝止了她。见女儿隐忍着抽泣，当妈的又心疼起来："静婉，没办法，咱们母女俩总得过日子。跟着水生你可能会委屈，但不至于吃亏，相信妈。"

话说到这一步，反抗和哭泣都只是徒劳，静婉只好抹着眼泪点头，把对婚姻与婚礼的憧憬都细细地收起来藏好。

3

过门那天，小雨一直淅淅沥沥地下，空气也是湿淋淋的，似乎天

地万物都在陪着静婉流泪——为一个女子的委屈与不甘。

静婉呆坐在床前，任由母亲为她穿上红袄子、涂脂抹粉。

脂粉都是西洋来的时兴货，带着些遥远的浪漫气息，与眼前这带着些泥土腥的雨水格格不入。再看母亲，眼角已长出细密的皱纹，两鬓也添了银丝，若隐若现的，早已不是当年那个养尊处优的阔太太了。

嫁人不是为了谋爱，而是为了谋生。

她一路安慰着自己，乘着一顶小轿，晃晃悠悠地出了城，又沿着崎岖的乡道进了村，来到水生家。

水生的父母都害病走了，家里只剩下个已出嫁的姐姐。第二天，静婉脱下喜服，穿上陪嫁过来的衣服，大姑姐就叫嚷起来："你穿着这身衣服像什么话？怎么干活啊？"

静婉一愣，看了一眼自己的打扮：一件青底碎花的旗袍，长发已经盘起来，鬓边斜插了一支珠花。

大姑姐谆谆教导："咱们是穷人家，穿衣打扮要符合身份。不如把这身旗袍改成些小衣服，以后好给孩子穿。"

"姐你胡说什么呢？"水生坐到了静婉身边，抱歉地对她笑了笑，"喜欢什么就穿什么，这是你的自由。"

大姑姐一听就不乐意了，站起身来拂袖而去："你就把她当千金小姐继续宠吧，以后有你受的！"

静婉一惊，慌忙站起来挽留，水生却拉住她的胳膊，冲她笑笑："大姐心里还有气呢，她希望我娶村头屠户的女儿，但我拒绝了。"

"那你为什么非要娶我呢？"静婉的声音小小的，带着新嫁娘的羞涩与胆怯。

水生轻轻一笑："因为我喜欢你啊，小时候跟着爹去城里交租，无意中看到你在花园里荡秋千，瞬间就……那啥了你……"

"爱"这个字，他还说不出口，只含糊地一笔带过，蜻蜓点水似的。

可静婉听懂了，她低下头，脸悄无声息地烧起来。

4

就这样，小夫妻的日子平平淡淡地过起来。

静婉变成当家的主妇，每天清晨起床，就把煎蛋和烤馒头片一字排开，有时还抹上点乳腐汁，再切一盘子新鲜的西红柿，看上去倒也别有一番韵致。

这都是她从女子中学里学来的，只是面包换成了馒头，果酱也被乳腐汁取代，她吃得津津有味，但水生如鲠在喉。但他忍着，装模作样地为一桌饭食叫好。

两个月后，静婉看出了端倪。她垂下眼帘，询问丈夫："你喜欢吃什么？我去学。"

"清粥咸菜啊，面条啊……"水生脱口而出，又不屑地补上一句，"烤馒头片有什么好吃的，又干又硬！"

静婉放下筷子："以后我和你一起喝粥就咸菜吧。"

水生欢呼起来，却在无意中看到妻子眼中飘过的一丝落寞。他的心猛地疼了一下，隔天便早早起床，熬了粥，也烤了馒头片。

静婉在香气氤氲中起床，眼眶竟又红了起来。她心里很暖，第一次主动拥抱了丈夫。

靠在他的怀里，她忽然想起父亲的姨太太们，煲汤做菜，绞尽脑汁、小心翼翼地讨丈夫的欢心，可父亲却很少领情。

或许母亲说得对，嫁给水生不吃亏。因为他的心里眼里，始终暖着一盆火。

5

他爱她，爱才是包容与接纳的源动力，也是化解矛盾冲突的润滑剂，但他们也吵过架。

那次，水生给人做工，得了一点钱，他全数交由静婉保管，让她安排一家人的吃穿用度。

他们已经有了一男一女，正是活泼可爱的年纪。静婉思来想去，最后还是带孩子进了城，在照相馆里拍了三张照片：两张单人照、一张兄妹二人的合影。

拍照可不便宜，一下子把钱用掉一大半，剩下的钱，静婉全部换成了启蒙书，欣欣然地带着孩子回家。

不料丈夫勃然大怒，把书本丢了一地："孩子们正在长身体，你不给他们买点肉吃、买件好衣服，倒去拍什么破照片、买什么书！"

静婉解释道："我想记录孩子的童年，让他们长大后有个念想。买书是想教他们认字……"

"狗屁！"水生粗声大气地打断，"我看你就是改不了小姐作风，尽搞些没用的！你以为老子赚钱不累？"

静婉一愣，眼圈瞬间就红了，嘴唇动了动，却什么也没说，只转身进了房，把一地狼籍和悲伤都狠狠关在门外。

水生叹了口气，闷闷地坐下来抽旱烟，对自己的"败家娘们儿"深感无奈。他气她不知生活艰辛，但又敬她知书达理。虽然钱花出去了，却一分都没用在她自己身上。

思索了半天，依旧没理出个头绪，但水生决定尊重妻子的想法。他把书一本一本地捡起来，慢慢挪回屋去。

"从前有个小男孩，家里穷得要命，常常吃不上饭，有时饿得猛喝凉水，把胃都给弄坏了……"

水生絮絮叨叨地说，静婉便安安静静地听。听着听着，眼前就浮现出那个干瘦可怜的小男孩来，怜惜之情打从心底生出来，忽然就理解了他的怨和怒。

言行都只是表象，答案深埋在遥远的过去。懂了它的因，体谅它的果，两人的关系就能继续下去。

她转过身来，轻轻往他怀里钻："以后，我会先征求你的意见。"

"不，你比我有文化，大事由你做决定。"

"那小事呢？"

"当然听我的，哈哈！"

6

后来，静婉也开始下地干活。

她戴着套袖与遮脸的帽子，将自己捂得严严实实，跟着丈夫一起拔草、挑水。收工时，她总采上几支野花，欢欢喜喜地抱回家。

水生疑惑："这破花有什么可看的？"

静婉白他一眼，他也就不问了，只跟在她身后走，把夕阳踏成一片细碎的浮光。但从此后，家里的玻璃瓶里热热闹闹了几十年，山茶花、野菊花、白莲花、栀子花，都是水生采回来的，一朵又一朵，争先恐后地点缀着静婉的余生。

她学会了裁衣服、做鞋子，懂得用汤汤水水来补养丈夫的胃，也学会了精打细算地过日子，能面不改色地讨价还价，把一家好几口的苦日子从容不迫地挨过去。

就这样，一辈子就过去了。

静婉八十岁那年，我见过她一次，虽是耄耋老妪，但依然白白净净，

笑起来眉眼弯弯，依稀可见当年的卓然风姿。

她正在葡萄架下摆杯盘，沏上一壶茶，摆上一盘糕饼，再翻开读过无数遍的《红楼梦》，悠然自得地度过她的下午时光。

茶是野山茶，是水生从山上采来的；糕是蒸糕，原是跟着邻居大妈学的，她把它当作蛋糕，津津有味地吃了几十年。

据说他们在金婚时办过庆典，静婉穿上了迟到半个世纪的婚纱，在已有些佝偻的水生的怀抱中笑靥如花。

感谢盛明兰，重塑了我的婚姻观

1

无事重温电视剧《知否》，猛然发现，其实它是一本婚姻教科书。生活在大约一千年前的盛明兰，为人通透、行事机敏，以庶女的身份，为自己谋来了圆满的人生。她的婚姻思路和模式，至今仍具有参考性。

先从择偶说起吧。

盛明兰的初恋是小公爷齐衡。两人同在一处读书，算得上青梅竹马，感情萌发于纯真的少年时代，水晶般澄澈动人。

那时候，齐衡几乎是所有京城少女的梦想。他出身显赫、玉树临风、好学上进、彬彬有礼。这样的青年才俊，试问谁会不爱？

墨兰蠢蠢欲动，如兰跃跃欲试，荣飞燕和嘉成县主争得你死我活。还有无数的豪门望族也在暗中较劲，都想让齐衡成为自家的乘龙快婿，可他却独独钟情于盛明兰——这个五品小官家的庶女。

就像是古代版的偶像剧，王子对灰姑娘（相对而言的）情根深种，铁了心要娶她为妻，甚至为此与父母抗争，一副不达心愿不罢休的姿态。

对齐衡，盛明兰心里也有悸动，但却一再拒绝。自始至终，她都清楚自己的处境与地位。对那些超出自己身份匹配的东西，从来都不产生觊觎之心。后来被对方打动，明兰也曾心生期许，愿意为之一搏。但在他订婚后，她迅速调整心态，开始和祖母中意的贺弘文"相亲"。

她要嫁的，并不是轰轰烈烈的爱情；她追求的，也不是什么"非君不嫁、非卿不娶"的传奇。

爱情不是婚姻的全部，婚姻亦不是人生的全部。

或许在盛明兰心中，这只是获取幸福的途径之一，而非幸福本身。

这一点领悟极其可贵。因为女人大多感性——包括千百年后的你我在内。我们容易被感情所累，把爱情看得太大。对求而不得的人和爱，轻的寝食难安，重的甚至能把自己折磨出一身病来，最后只落个"痴情"的评价。

但那有什么好的？

过日子嘛，要的终究还是实实在在的东西。情啊爱啊，可以追求，但不必沉迷。"眼睛是长在前面的，本就应该向前看的；来这世上一遭，本来就是要好好过日子的"。

2

至于贺弘文，盛明兰当然也不会用情至深，只看贺家表妹出现那一段便知。

那位表妹名叫曹锦绣，与表哥青梅竹马，曾经相互倾慕。两家大人，也暗藏了结亲的意思。但后来，曹家获罪，曹家人被流放，萌芽状态的感情就此被扼杀。直到新皇登基、大赦天下，曹锦绣才重新回到京城，

并恳求表哥收留，做小妾也好、丫鬟也罢，横竖给个容身之所。

贺弘文心软，怜惜叠加着旧情，有点摇摆不定。盛老太太很生气，但盛明兰很淡定，甚至还能悠然点香，脸上不见一丝波澜。接下来，她说了一段话，引发了我长达一年的思考。

"若我们真两情相好，骤生波澜，自然是泪眼滂沱、痛不欲生。但如今瞧着，这贺家哥哥，心里其实并没惦记我，我也没惦记他。反倒是两个人和和睦睦，这日子过得如宾如客，以礼相待。"

当时乍一听，觉得盛明兰的话挺扯——这样的婚姻有什么意思？

从一开始就奔着过日子而去，爱情被忽略了，真心也被省去。说好听点是相敬如宾，说难听点，不就是凑合着过吗？就好像今天的相亲，家世背景能匹配，双方长辈能放心，也就心平气和地结婚了，何必把爱情放在第一位？

这种想法貌似很理智，细思却极悲凉，难怪盛老太太都责备道："你小小年纪，就心同槁木，可不能这样！"

但明兰笑了笑，又把自己的打算讲了一番。

"咱们活这一辈子，总不能只在院子里头绕弯打转吧？"

她做了最坏的打算，但也安排好了丰富的余生：游山玩水、击球垂钓，总是有许多方法解闷的。

细细一想，似乎也不无道理。

人活一世，能永远陪伴自己的，也只能是自己。枕边人的那颗心，能在漫长的岁月中不变固然是好，但即使他初心不再，也不会动摇自己的幸福根基，这就是"单身力"。

3

这种"单身力"，被盛明兰切切实实带进了婚姻中。

嫁给顾廷烨，并不是因为她有多爱他，而是一番权衡之后，将这位顾二叔认定为可托付终身之人。他那句"我在男人堆里是老几，你在女人堆里就是老几"，最能震撼到明兰。

此外，两人前前后后曾有过一系列接触，她已经大致了解了顾廷烨的人品、能力与性情。综合而言，的确是个不错的结婚对象。

那就嫁吧，反正对那个时代的女人而言，成亲是逃不开也躲不过的宿命，不如干干脆脆地顺势接过，把它视为人生的一部分，用心经营，努力过好每一天。

所以，即使丈夫呵护有加，盛明兰也不曾恃宠而骄，没有把一颗心全部扑在他身上，很少拈酸吃醋。旁人给丈夫送小妾来，她淡定接收，然后心平气和地安排住处，并不因此而哭泣烦忧，也不担心自己得来的疼惜会被分去一部分。

当然，这是因为她还没那么爱他。但从另一方面讲，这也是盛明兰的智慧通透。她懂得向内寻找力量，不把人生希望和乐趣完全寄托于婚姻，她甚至不苛求丈夫宠爱自己。

丫鬟不解，她微微一笑，边卸妆边把自己的想法说出来。

"他是个好人，又顾惜着我，这就很好了。不过凡事，最好也不要太指望人，大家各有各的难处。实在要指望，也不要太多太深……总是指望他，他也会有一天嫌担子重的。"

说实话，这一番言论略显冰冷。它剔除了夫妻之间的情爱，用一种公事公办的态度来行事，未免会让自己的伴侣心寒。太冷静、太理智的人，终究是不大可爱的。我们且将这段话筛选过滤，提炼出一种能适用于任何时代的夫妻之道——别对婚姻和伴侣抱有太高期待，否则，你会失望至极。

比如，从前的我。我总怕老公爱我不够多，所以会刻意纠缠，逼着他做这做那，恨不能将男人的一颗心掏出来看看。有时也迷信心灵鸡汤，

忍不住用它们去对照他的一言一行，稍有出入便心下黯然，只觉得"他不爱我了"。

这大概是许多女人的通病。女人对情感的需求，普遍高于男人，我们甚至会把安全感与幸福感全部寄托于婚姻。而一旦投入太多，也必然会期待更多，这就应了盛明兰的话："失望一多，就生怨怼；怨怼一生，仇恨就起。"

事实也证明，期待越小，幸福度会越高。后来的盛明兰，不就是个最好的例子吗？但我相信，哪怕她真的爱上顾廷烨，也不会痴缠，更不会为了争宠而迷失了自己。

好婚姻、好日子都属于有脑子、会谋略的女人，爱情太单薄，根本不够撑起你的全部人生。

说到底，我们都是独立的个体，婚姻充当不了万能的黏合剂。爱人之前，请先爱己。